ख़ुशी के मौसम

वाणी प्रकाशन

नयी दिल्ली-110002

ख़ुशी के मौसम

अली बाक़र

अनुवादक
डॉ. सुषमा भटनागर

ISBN : 978-81-7055-694-7

वाणी प्रकाशन
21-ए, दरियागंज, नयी दिल्ली-110002
द्वारा प्रकाशित

प्रथम संस्करण : 2000

मूल्य : 125.00

के.के. ग्राफिक्स, दिल्ली-110085
द्वारा लेज़र कम्पोज़

शुभम ऑफसेट, दिल्ली-110032
में मुद्रित

KHUSHEE KE MAUSAM
by Ali Bakar
Translated by Dr. Sushma Bhatnagar

अनुक्रम

पेश लफ़्ज़

अली बाक़र के बारे में कुछ लिखने को दरअसल, मैं अपने बारे में कुछ लिखने के बराबर समझता हूँ। इसलिए कि हम दोनों की दोस्ती की उम्र अब पाव सदी से भी ज़्यादा हो गई है। यह दोस्ती वहां से शुरू होती है, जहां हम दोनों के "आतिश" ज़वान थे। बल्कि एक ही यूनिवर्सिटी की एक ही क्लास में पढ़ते थे। (यहाँ यूनिवर्सिटी से मतलब उस्मानिया यूनिवर्सिटी है और क्लास से मतलब बी.ए. है।) हम दोनों का स्वभाव एक जैसा था, विषय समान थे और हद हो गई कि वे लड़कियां भी समान थीं जिनके हुस्न पर हम बारी-बारी फ़िदा होते थे। इस नाजुक मामले में भी जब "ख़्याले ख़ातिर अहबाब"[1] *(दोस्तों का ख्याल)* का दामन हाथ से न छोड़ा तो उस दोस्ती की मज़बूती में भला क्या शक हो सकता है।

1953 ई. के जून की कोई तारीख़ थी, जब अली बाक़र से अपनी मुलाकात हुई थी। इस ख़ूबसूरत, मधुर स्वभाव वाले, सुसभ्य नवयुवक से भेंट हुई तो यह पता चला कि यह एक पल भी निचला नहीं बैठ सकता। निचला तो वह अब भी नहीं बैठता, मगर उन दिनों उसकी रगों में जैसे पारा दौड़ा करता था। कभी किसी पर जुमला चस्पा किया, किसी पर फ़िकरा फेंका, किसी पर फब्ती कसी, किसी पर लतीफा उछाल दिया। कुल मिलाकर उसकी ज़िन्दगी एक लम्बी और कभी ख़त्म न होने वाली हंसी थी। जहां तक ऊपर बताई गई विशेषताओं का सम्बन्ध है "बाफ़ज़्ले ताला"[2] *(ईश्वर की कृपा से)* यह मुझमें मौजूद थी बल्कि उस वक़्त की उस्मानिया यूनिवर्सिटी की उर्दू में "बदर्ज़ा अतम"[3] *(कूट-कूटकर भरा होना)* मौजूद थी। सिवाय ख़ूबसूरती के मैं अली बाक़र से किसी मैदान में पीछे न था। उस ज़माने की उस्मानिया उर्दू शेओ-अदब के माहौल में कमर-कमर डूबी हुई थी। मियां अली बाक़र का यह हाल था कि बेतबाज़ी[4] *(अन्त्याक्षरी)* के मुक़ाबले में खड़े हो जाते थे तो शेरों की झड़ी लगा देते और जैसा कि उस ज़माने के उस्तादों का तरीक़ा था, वे बैठे-बैठे अश-अश[5] *(धन्य-धन्य)* करते रह जाते थे। इस होनहार बिरवान के पात इतने चिकने थे कि उन पर से ऐसा लगता कि हर संज़ीदा बात फिसल जाया करती थी। लेकिन उस हंसोड़, खिलंदड़े नौजवान के व्यक्तित्व के एक कोने में बड़ी गम्भीरता, मर्यादा, संयम और

रचाव भी था और यही कोना फैलकर आज का अली बाक़र बन गया है।

वैसे यूनिवर्सिटी में हम घंटों साहित्य पर बहस किया करते थे, लेकिन कभी यह आशंका न हुई थी कि अली बाक़र एक दिन कहानियां भी लिखेंगे। मैंने बी.ए. तक खुद को शिक्षा रूपी अलंकारों से संवारा और यूनिवर्सिटी से निकल आया। मगर अली बाक़र ने इतनी शिक्षा को अधूरा समझा और बढ़ते चले गए। एम.ए. किया और आक्सफोर्ड में न जाने क्या-क्या अनावश्यक शिक्षा प्राप्त की। कुछ नौकरियां कीं, दिल्ली में रहे और एक दिन चुपचाप लन्दन चले गए। फिर एक खुशगवार सुबह को पता चला कि लन्दन जाकर वह कहानीकार बन गए। कुछ लोग ऐसे होते हैं जिन्हें जब तक देश से बाहर न किया जाए तब तक उनमें से 'साहित्य' भी बाहर नहीं आता। अली बाक़र उन्हीं लोगों में से हैं। मेरे और अली बाक़र के एक दोस्त थे जो अंग्रेज़, अंग्रेज़ी और इंग्लिस्तान से इतने प्रभावित थे कि बातचीत में भी बी.बी.सी. से समाचार प्रसारित करते थे। जब तक हिन्दुस्तान में रहे, अंग्रेज़ों के गुण गाते रहे, अंग्रेज़ी तो बोलते ही थे, मगर अंग्रेज़ी में चलते, बैठते, खाते-पीते और सोते भी थे। वे इस शताब्दी के छठे दशक में जब हिन्दुस्तान से इंग्लैंड गए तब हमें लगा जैसे हिन्दुस्तान पर से ब्रिटेन के साम्राज्य का असली खात्मा तो उनके जाने के बाद हुआ है। ब्रिटेन के साम्राज्य के ताबूत में वह आख़री कील की हैसियत रखते थे। मगर लन्दन जाकर वह ऐसे ठन्डे पड़े कि सुना है कि अब बी.बी.सी. की ख़बरे प्रसारित करना तो दूर, उन्हें सुनते तक नहीं। अब उनका रुख इटली की तरफ हो गया है। अली बाक़र का मामला अलग था वह अंग्रेज़ी तो बोलता था मगर अंग्रेज़ी में चलता-फिरता और सोता नहीं था (उसकी जड़ें हिन्दुस्तानी समाज में बहुत गहरी जमी हुई थीं)। वह यूरोप गया तो अपने साथ सामान-ए-सफ़र[1] *(यात्रा में साथ ले जाने वाला आवश्यक सामान)* के तौर पर पूर्व के मूल्यों और परिपाटियों को भी ले गया और चौदह बरस के बनवास के बाद जब स्वदेश वापिस लौटा तब भी उसका सामाने-ए-सफ़र सुरक्षित था। अली बाक़र ने ज़िन्दगी का यह सलीक़ा अपने पिता मौलवी आफ़ताब हुसैन साहब से सीखा है। खुदा ज़न्नत नसीब करे, वे ऐसे रख-रखाव वाले आज़ाद ख़्याल आदमी थे कि हम लोग भी उनसे मिलते तो दिल में हसरत लेकर उठते थे कि ऐ काश! हमें भी जीते जी ऐसा बाप मिल जाता।

अली बाक़र ने शुरू में जब एक कहानी "शराब और शहद" लिखी थी तब ख़ासतौर पर ख़त लिखकर ग़लती की तरफ न सिर्फ़ मेरा ध्यान दिलाया था बल्कि यह भी लिखा था कि मैं अपनी राय से उसे ख़बरदार करूँ। राय तो ख़ैर मैं क्या देता, मगर उस कहानी को पढ़कर यह यक़ीन न आया कि यह वही अली बाक़र है जिसे हमने यूरोप जाते हुए विदा किया था; तब भी वह कहकहे लगा रहा था। उसकी कहानी में कुछ ऐसा छुपा-सा ग़म था और ऐसी अछूती कसक थी कि मैं हैरान रह गया कि अली बाक़र ने आख़िर यह दौलत अब तक कहाँ छिपा रखी थी। आदमी

को समझना कितना मुश्किल काम होता है इसका अंदाज़ा पहली बार हुआ।

इसके बाद अली बाक़र की लगातार कई कहानियाँ प्रकाशित हुईं। अली बाक़र के साथ मुश्किल यह है कि वह पेशेवर कहानीकार नहीं है। साहित्य में जीवित रहने की नीतियों और तक़ाज़ों से बिल्कुल अपरिचित। सिवाय अपने क़रीबी दोस्तों के उसने किसी और से अपनी कहानियों के बारे में राय नहीं पूछी। हालांकि नीति तो यह कहती है कि पहले आलोचकों से अपनी कहानियों के बारे में राय पूछी जाए और उसके बाद ज़रूरी हो तो क़रीबी दोस्तों को परेशान किया जाए, क्योंकि साहित्य में पनपने की यही बातें होती हैं। मग़र इसका एक फ़ायदा अली बाक़र को यह हुआ कि उसने जब भी कोई कहानी लिखी, सच्ची और सहज कहानी लिखी। हमारी तरह नहीं कि एक-एक आलोचक को सामने रखकर साहित्य-सृजन किये जा रहे हैं। इस दृष्टि से अली बाक़र की कहानियाँ "ख़ालिस कहानियाँ" हैं। यही वजह है कि उसकी कहानियाँ सीधी दिल में उतर जाती हैं और खुशी बनकर पूरे अस्तित्व में महकने लगती हैं। अली बाक़र की कुछ कहानियाँ पढ़कर मेरा अन्तर कई-कई दिनों तक उनमें डूबा रहा। अली बाक़र ने एहसास के इस अछूतेपन को न जाने किस तरह इतने दिनों तक छिपाए रखा था। उसका अंदाज़े बयां भी बेहद अनोखा है, सहज और अनौपचारिक है। छोटे-छोटे विषय और साधारण से वाक्यों को इकट्ठा करके वह भावना और अनुभूति की एक भव्य इमारत खड़ी कर देता है। उसकी वर्णन शैली को देखकर बया के घोंसले की याद ताज़ा हो जाती है। ऐसी अछूती शैली मुझे उर्दू के बहुत कम कहानीकारों के यहाँ दिखाई दी।

अली बाक़र की कहानियाँ अक्सर यूरोप के समाज के परिदृश्य में लिखी गई हैं। वह जब यूरोप के कोहरे से ढके हुए वातावरण में डूबे हुए लोगों की बातें करता है तब उनके दुख-दर्द और उनकी छोटी-मोटी ख्वाहिशों में अपने को शामिल कर लेता है। सारा यूरोप जैसे उसके सीने में सांस लेता हुआ महसूस होता है। वह पूर्व के और साहित्यकारों की तरह एक खास ऐनक लगाकर यूरोप के लोगों को नहीं देखता। महाद्वीपों में बंटे हुए सारे इंसान एक से हैं, सिर्फ़ उनकी परिस्थितियां और परिप्रेक्ष्य अलग-अलग हैं। अली बाक़र की कहानियों को मूलाधार इंसानियत और इंसानी रिश्तों को जोड़ने वाली वही भावना है जिसे हम मुहब्बत कहते हैं। उसकी हर कहानी चाहे वह "हठ धर्म" हो, "कसक" हो या "पहले इश्क की लज़्जत"– इंसान के इसी सार्वभौमिक भावना का प्रतिनिधित्व करती है। इसकी देशी-विदेशी कहानियाँ पढ़कर दिल में क्या-क्या होता है। कितनी कलियां चिकटती हैं, कितने ज़ख़्म सुलग उठते हैं, कैसे तार बज उठते हैं, कितने रंग बिखर जाते हैं, यहां सब मैं कैसे बताऊँ। आप खुद पढ़कर देख लीजिए। उसकी कला इसी में निहित है कि वह छोटी-सी बात में भी भावना का सम्मान खोज लेता है। उसकी कहानी "तोलन बाना" जब मैंने पढ़ी थी तब कितनी ही देर दुख में डूबा रहा था। अगर मैं उस कहानी को लिखता तो उसे

एक लतीफ़े के रूप में बयान करता। मग़र अली बाक़र ने उस कहानी में एक अनजाने दुख के वे स्तर खोज़े हैं जो एक कुशल और सच्चे साहित्यकार से ही संभव है।

अली बाक़र की एक और पहचान यह है कि वह हम सबके "बन्ने भाई" यानी सज्ज़ादा ज़हीर मरहूम और मुहतरमा रज़िया सज्ज़ाद ज़हीर का दामाद है। मगर उसने साहित्य में अपना स्थान बनाने के लिए इस आसान और प्रभावशाली रिश्ते से भी फायदा नहीं उठाया। उसे तो बस खरी कहानियां लिखनी हैं। साहित्य में स्थान बनाने से क्या मतलब? बन्ने भाई ने ख़ुद मेरे सामने कई बार इच्छा प्रकट की कि अली बाक़र को अपनी कहानियों का संग्रह प्रकाशित करना चाहिए, मगर इस मामले में वह ऐसा लापरवाह साबित हुआ कि बन्ने भाई की ज़िन्दगी में उनकी यह इच्छा पूरी नहीं हुई (दामाद चीज़ ही ऐसी होती है)। रोज़मर्रा की ज़िन्दगी में अब भी वह हर गंभीर बात को हंस कर टाल देता है। इस पहले कहानी संग्रह का प्रकाशन भी मेरे निरन्तर अनुरोध का परिणाम है। मगर मेरे अनुरोध करने का मतलब यह तो नहीं था कि वह मुझसे ही इस किताब का "पेश लफ्ज़" लिखवाता जिसे मैं अक्सर "पसो-पेश लफ्ज़" कहता हूं। भला मैं किस कला में अद्वितीय हूँ। अपने अज्ञान और असमर्थता के प्रमाण उदाहरण सहित देकर मैंने उससे कहा–"भई, तुम किसी भारी भरकम व्यक्तित्व से क्यों नहीं लिखवाते?"

बोला "मियां मुज्तबा! हम तो मुहब्बत के दीवाने हैं, वही करेंगे जो मुहब्बत हमसे करवाएगी।" फ़िर आँख मारकर आदत के अनुसार ठहाका लगाकर बोला, "यों भी मैं नहीं चाहता कि मेरी किताब की वज़ह से तुम्हारे अलावा किसी और की प्रसिद्धि हो। मैं चाहता हूँ कि अब ज़रा तुम मशहूर हो लो। अब मान जाओ, अच्छे बच्चे ज़िद नहीं करते।"

शोहरत और मुहब्बत ये दो चीज़ें ऐसी हैं जिनके लिए मैं कुछ भी कर सकता हूँ। "पेश लफ्ज़" लिखना कौन-सा मुश्किल काम है। सो मज़बूरी में ही सही मैंने अली बाक़र की कहानियों की चलती आँधी के आगे अपने इस 'पेश लफ्ज़' का छोटा-सा दिया जलाने का दुःसाहस किया है जो कि यक़ीनन पहली ही कहानी के झोंके में बुझ जायेगा। उसके बाद मैं अंधेरे में रह जाऊँगा और आप अली बाक़र की कहानियों की रोशनी में बहुत दूर तक चले जाएंगे। और मैं चाहता भी यही हूँ।

मैं अली बाक़र को इस पहले कहानी संग्रह के प्रकाशन पर बधाई देता हूँ कि ज़िन्दगी में ऐसे "खुशी के मौसम" बारा-बार आते रहें और वह हमें उन मौसमों की आहट से ख़बरदार करता रहे।

मुज्तबा हुसैन
पहली जून, 1978
नयी दिल्ली

क्रिसमस की एक शाम

उस शाम धुंध बढ़नी शुरू हो गई थी। गहरे सुर्मई रंग के बादल छाए हुए थे और हल्की रोशनी फैलाने वाला सूरज उन बादलों के पीछे कहीं छिप गया था। मैं अपने कॉलेज के पास सड़क के किनारे खड़ा बस का इन्तज़ार कर रहा था और सभी पेड़ों की तरह बस स्टाप के पास वाला पेड़ अभी तक पत्तों से ढका हुआ था, फाख्तई, बादामी, चाकलेटी, पीले, सफ़ेद और सुनहरे रंगों से दमकते हुए पत्ते। मुझे इंग्लैंड में पतझड़ का मौसम बहुत प्यारा लगता है। यहाँ का वसंत भी बहुत आकर्षक होता है मग़र पतझड़ के रंगों में एक अज़ीब ठहरा-ठहरा सा जादुई सौन्दर्य होता है, कुछ उदास-उदास फिर भी अद्भुत आकर्षण लिए हुए।

एक छोटी-सी कार मेरे पास आकर रुकी-"घर जा रहे हो क्या?" कार की खिड़की का शीशा नीचे उतारते हुए एक महिला ने मुझसे पूछा। "जी हाँ! इसीलिए बस का इंतज़ार कर रहा हूँ।" मैंने उन्हें फौरन पहचान लिया। वह मेरे घर के पास ही रहती थीं। कई बार उनको और काले रंग की उस चमकती हुई छोटी कार को मुहल्ले में देखता था। लेकिन हम लोगों का कभी परिचय नहीं हुआ था।

"मेरा नाम मिश्रा है- कृष्ण मिश्रा" मैंने कार में बैठते हुए उससे कहा। मैं यहाँ-यूनिवर्सिटी में पढ़ता हूँ।"

"मैं जानती हूँ।" कार धुंध को आहिस्ता-आहिस्ता हटाते हुए चल पड़ी थी। "मैं अक्सर तुम्हें किताबें संभाले, कॉलेज का रंगीन स्कार्फ गले में डाले यूनिवर्सिटी आते-जाते देखती हूँ। मैं मिसेज़ ब्राउन हूँ और हमारे घर में जो एक लड़की है उसका नाम एडना है। वह मेरी बेटी है।"

मुझे ख्याल आया कि एडना तो लगभग रोज़ ही मुझे दिखाई देती है। कभी अपने स्कूल की गहरी हरी यूनीफार्म पहने, हरा हैट लगाए, चमड़े का भारी बस्ता उठाए नज़र आती तो कभी पुरानी नीली ज़ीन्स और ढीला-ढाला स्वेटर पहने दूसरे बच्चों की तरह फुटपाथ पर साइकिल चलाती मिलती। वह शायद तेरह-चौदह साल की होगी। एक दिन मैं सिर झुकाए कुछ सोचता हुआ घर आ रहा था कि उसकी साइकिल से टक्कर होते-होते बची। वह माफी मांगने लगी, मैं मुस्कराने लगा। दिल्ली में अपने बचपन

में साइकिल चलाना सीखते हुए मैंने भी न जाने कितने लोगों को टक्कर मारी थी। इस घटना के बाद जब भी एडना पास से गुज़रती तब धीरे से "हलो" कह देती, जैसे कोई अपने आप में गुनगुनाता हो। कभी दूर होती तो हाथ हिला देती।

"अगर आप यह न बतातीं कि एडना आपकी बेटी है तो मैं यही समझता कि आप दोनों बहनें हैं।" मैंने मिसेज़ ब्राउन से कहा और मन ही मन सोचा कि बेचारी मिसेज़ ब्राउन को प्रौढ़ा समझकर मैंने उनकी तरफ ध्यान ही नहीं दिया था।

"खुशामदी कहीं के।" मिसेज़ ब्राउन मेरी बात सुनकर मुस्कराने लगीं। कार हमारी गली में मुड़ चुकी थी। अपने घर के सामने कार पार्क करते हुए उन्होंने कहा, "आओ आज हमारे साथ चाय पी लो और एडना से भी मिल लो।"

उस शाम मुझे पहली बार एहसास हुआ कि एडना तेरह साल की नहीं, सत्रह-अठारह साल की थी। वह अगले साल यूनिवर्सिटी जाने के सपने देख रही थी। मेरी तरह वह भी अर्थशास्त्र पढ़ना चाहती थी, उसी शाम मुझे यह भी एहसास हुआ कि मिसेज़ ब्राउन भी ज़्यादा अधेड़ नहीं थीं बल्कि पैंतीस-छत्तीस साल की बहुत सुन्दर महिला थीं। उन दोनों के बाल भूरे थे। दोनों के होंठ बहुत मिलते-जुलते थे। आँखें एक जैसी थीं। नीलापन एक जैसा था। एडना का कद अपनी माँ से ज़रा कम था। इसलिए जब वह मुझे देखती तब उसकी आँखें ज़्यादा खुली-खुली नज़र आतीं, घनी पलकें दूर ऊपर उठी हुईं, पपोटों को छूती हुईं।

उस शाम के बाद से मैं उनके घर आने-जाने लगा। शुरू में कभी-कभार जाता, फिर जैसे नियम-सा बन गया। एडना परीक्षा को लेकर चिंतित थी और मैं प्रायः पढ़ाई में उसकी मदद कर दिया करता। भारत के बारे में एडना को बहुत जानकारी थी। किपलिंग की कहानियों से लेकर पंडित नेहरू की किताबों तक उसने सब कुछ पढ़ रखा था। हम दोनों अक्सर भारत के बारे में बातें करते। मिसेज़ ब्राउन किसी दफ़्तर में काम करती थीं। अक्सर कॉलेज से आते हुए जब मैं बस के इंतजार में खड़ा होता तब उनकी कार आकर रुकती और मैं उनके साथ घर वापस आता।

जब तेज़ हवा चलती और पतझड़ से पीले पत्ते तेज़ी से डालियों से टूटकर गिरते और ठंडी-ठंडी फुहार पड़ती तब मैं उस छोटी-सी कार का खासतौर पर इंतज़ार करता।

एक सुबह मैं कॉलेज जाने के लिए घर से निकला ही था कि एडना ने अपने कमरे की खिड़की से आवाज़ देकर बुलाया।

"तुम स्कूल नहीं गयीं अभी तक?" मैंने ड्राइंग रूप में प्रवेश करने के बाद एडना से पूछा।

"नहीं, आज मम्मी से सिर के दर्द का बहाना करके रुक गई।" एडना की नीली आँखों में दो सितारे चमक रहे थे, जैसे बनारस के घाट पर उगते हुए सूरज की रोशनी में मंदिर के कलश चमक रहे हों।

"तुम्हें बहाना बनाने की क्या ज़रूरत थी? मुझे वह चमकती हुई हुई निश्छल आँखें बहुत अच्छी लगीं।"

"कृष्ण, तुम तो बस उस समय हमारे घर आते हो जब मम्मी यहाँ होती है। सच बताओ, क्या मैं तुम्हें अच्छी नहीं लगती।" मैंने देखा कि वह लाल रंग की स्कर्ट और बिना बाहों का सफेद ब्लाउज़ पहने हुए थी।

"एडना–अच्छी तो मुझे तुम भी लगती हो और तुम्हारी मम्मी भी। तुम दोनों ही बहुत अच्छी हो। पिछले तीन–चार महीने में तुम दोनों की वज़ह से मैं इस परदेस में भी काफी खुश हूँ।"

"तुम्हारा जी नहीं चाहता कृष्ण?" वह जैसे अपने आप में गुनगुना रही थी, मग़र क्योंकि वह मेरे बहुत निकट खड़ी थी इसलिए मैं एक–एक शब्द सुन सकता था। "तुम्हारा जी नहीं चाहता कि मुझे छुओ, मुझे प्यार करो, गले से लगाओ।" एडना की सांसों की रफ्तार तेज़ थी, उसकी आँखों की चमक बढ़ गई थी।

"तुम मुझसे सात–आठ साल छोटी हो एडना।" न जाने क्यों मैंने उसके चेहरे से नज़रें हटा लीं और खिड़की से बाहर देखने लगा।

"और मम्मी तो तुमसे सात–आठ साल बड़ी हैं। तुम उनमें क्यों दिलचस्पी लेते हो? उनके साथ कार में क्यों घूमते हो? रात को देर तक उनसे बातें क्यों करते हो?"

"यह तुम अपनी मम्मी का ज़िक्र कहां से ले बैठीं? और, फिर तुम अभी स्कूल में पढ़ती हो, बिल्कुल बच्ची हो। स्कूल में पढ़ने वाले सभी बच्चे नहीं होते। हमारे स्कूल में एक चौदह साल की लड़की है, बच्चा पैदा हुआ है उसके।" यह कहते हुए एडना ने अपनी बाहें मेरी गरदन में डाल दीं और अपने नर्म, भीगे–भीगे से होंठ मेरे होंठों से मिला दिए। उसके प्यार करने के अन्दाज़ में बहुत प्यारा बचपना था। "क्या तुम विश्वास करोगे कृष्ण कि ज़िन्दगी में आज पहली बार मैंने किसी लड़के को प्यार किया है?" वह कुछ शर्माई–शर्माई सी लग रही थी। उसने अपना मुलायम गाल मेरे गाल से सटा रखा था।

कभी न कभी शुरूआत होनी ही थी। उसका गुदाज़ ज़िस्म अपने से दूर हटाने में शायद जानबूझ कर मैंने खासी देर की।

जब मैं घर से बाहर निकल रहा था तब एडना ने मुझसे पूछा–"कहीं तुम मुझसे नाराज़ तो नहीं हो गए, कृष्ण?" मैंने कुछ जवाब नहीं दिया। मेरे मन में एक उलझन–सी थी, पर मैं नाराज़ हरगिज नहीं था।

उस शाम जब मैं मिसेज़ ब्राउन के साथ उनकी कार में घर वापिस आ रहा था तब मैंने पूछा–"क्या आप इसी रास्ते से अपने दफ्तर आती–जाती हैं?"

"नहीं, यह रास्ता तो बहुत लम्बा है। इधर तो सिर्फ़ तुम्हारे लिए आती हूँ कि शायद तुम बस के इंतजार में बारिश में भीगते, सर्दी खाते न खड़े हुए हो।"

"सिर्फ़ मेरे लिए?" मुझे कुछ आश्चर्य हुआ।

"हाँ, सिर्फ़ तुम्हारे लिए... क्या मेरी उम्र की महिला को यह अधिकार नहीं कि वह एक पढ़े-लिखे नवयुवक से मिले, संसार के अलग-अलग विषयों पर उसके विचार सुने, उससे बातें करे। क्या मैं तुम्हें अच्छी नहीं लगती कृष्ण?" धीरे-धीरे चलती हुई कार के अंधेरे में मुझे मिसेज़ ब्राउन के स्वर की मधुरता बड़ी प्यारी लगी, मग़र यही सवाल एडना इसी सुबह मुझसे कर चुकी थी। मिसेज़ ब्राउन ने अब कार उस सुनसान सड़क पर खड़ी कर दी थी, जहाँ एक तरफ किसी बाग की ऊँची दीवार थी और दूसरी तरफ दूर तक फैला हुआ हरा मैदान।

"आप मुझे अच्छी लगती हैं और एडना भी। पिछले तीन-चार महीने में आप दोनों..." मेरी बात पूरी न हो सकी। हमारे होंठ मिल चुके थे। कार की आगे वाली सीट पर दो शरीरों के अचानक आलिंगनबद्ध होने में ज़रा असुविधा होती है। मिसेज़ ब्राउन के प्यार करने के अंदाज़ में एडना जैसा भोलापन नहीं था। उन्हें अपने ऊपर भरोसा था। वे एक नवयुवक की कमज़ोरी से भली-भांति परिचित थीं।

"एडना की बात तुम छोड़ो कृष्ण। ज़्यादातर लड़कियां इस उम्र में किसी न किसी को टूटकर चाहती हैं।" वे मुझे प्यार करती जा रही थीं। "कम उम्र की लड़कियां यूं ही प्रेम कर बैठती हैं– कभी फिल्म स्टार से, कभी अपने किसी टीचर से या किसी कज़िन से। संयोग से एडना की नज़र में तुम आ गये हो।" मिसेज़ ब्राउन की उंगलियां धीरे-धीरे मेरे बालों में घूम रही थी।

"मग़र आपको कैसे मालूम हुआ कि एडना मुझे चाहती है?" मैं तेज़ी से बदलती हुई परिस्थितियों से परेशान था। कल तक मां-बेटी का मुझसे ऐसा आत्मीय संबंध नहीं था।

"कृष्ण, मैं तो उम्र के उस मोड़ से गुज़र चुकी हूँ मगर एडना के पहले प्यार के बारे में मुझे तब पता चला जब उसने भारत के बारे में इतनी सारी किताबें पढ़नी शुरू कीं और अपनी साइकिल पर तुम्हारे घर के सामने से बार-बार गुज़रने लगी। इसलिए मैं तुम्हें अपने साथ घर लाई थी कि एडना तुमसे मिल ले और इस तरह शायद उसकी मन:स्थिति में अन्तर आये। प्रेमी दूर से अधिक आकर्षित करता है–अच्छा अब इस बात को छोड़ दो। अपने बाल ठीक करो और चेरहे पर से लिपिस्टिक पोंछ लो। अब घर चलते हैं, नहीं तो एडना को शक हो जायेगा। हर शाम को वह तुम्हारे कॉलेज से वापिस आने का इन्तजार करती है।"

मग़र उस शाम मैं उनके घर नहीं गया। अपने कमरे में बैठा उन दोनों के बारे में सोचता रहा। मुझे लगा जैसे मां-बेटी दोनों ने मेरे बारे में आपस में चुपचाप कोई समझौता कर रखा है जिसका मुझे पता नहीं है। दोनों से एक समय में ऐसी दोस्ती मुझे ज़रा लज्ज़ाजनक लगी। इस तरह की बातें तो सड़क पर चलते हुए शराबी करते हैं। मग़र फिर एडना के हुस्न की ताज़गी और मिसेज़ ब्राउन के आगोश की गर्मी मेरे फैसले पर छा गई। मैं कई हफ्तों तक उन दोनों से मिलता रहा उनकी आँखें एक जैसी थीं मग़र मिसेज़ ब्राउन की आँखें सजग थीं। उनमें दुनियादारी थी, वे आँखें माहौल

के प्रति सचेत रहतीं। मिसेज़ ब्राउन हर बात, हर हरकत को आँखों ही आँखों में परख लेतीं। एडना की आँखें मासूम थीं। उनमें झिझक थी, सवाल थे, मुहब्बत थी, जज़्बात थे। मिसेज़ ब्राउन के प्यार करने में अनुभव था, अभ्यास था, संतुलन था, दृढ़ता थी, हुकूमत थी, बेबाकी थी। एडना के प्यार में इल्तिज़ा थी, सादगी थी, घबराहट थी, खुलूस था, नयापन था, सपने थे, बचपना था, रस था। कुछ दिन मुझे ऐसा लगा कि मैं एडना के ज़्यादा करीब होता जा रहा हूँ। मैंने अब बस स्टैंड पर खड़ा होना छोड़ दिया। मिसेज़ ब्राउन से मैं एडना की मौजूदगी में ही मिलता।

क्रिसमस की शाम को जब मैं उनके घर पहुँचा तो ड्राइंग रूम बहुत सज़ा हुआ था। फायर प्लेस में आग जल रही थी। मिसेज़ ब्राउन एक सुन्दर हल्का नारंगी लिबास पहने थीं। उनके बाल आकर्षक ढंग से संवरे हुए थे।

"क्रिसमस मुबारक हो।" मैंने उन्हें उपहार का पैकेट देते हुए कहा।

"तुम्हें भी मुबारक हो कृष्ण।" उन्होंने सोफे पर मुझे अपने बहुत पास बिठा लिया।

"एडना कहां है?" मुझे डर हुआ कि कहीं एडना हम दोनों को इतना पास बैठा देखकर सब कुछ समझ न जाये। मैं एडना को नाराज़ नहीं करना चाहता था।

"वह अपने पिता से मिलने गई है। एडना छः-सात साल की थी जब हमारा तलाक हो गया था। वह कभी-कभी रोज़र और अपनी सौतेली मां से मिलने चली जाती है" मिसेज़ ब्राउन मेरे और निकट आ गईं। उनके कपड़ों से मंहगे फ्रेंच सेंट की भीनी खुशबू आ रही थी।

"इस क्रिसमस की शाम मैं और तुम अकेले हैं। यह शाम तुम हमेशा याद रखोगे। उनका आवेग बढ़ता जा रहा था। उनका आग़ोश कुछ ज़्यादा ही गर्म था।"

पता नहीं कब कमरे का दरवाज़ा खुला और मुझे एडना की आवाज़ सुनाई दी। "मम्मी-डैडी क्रिसमस बिताने के लिए कल पेरिस चले गये।"

मैं चौंक पड़ा। एडना मुझे एक घायल पक्षी की तरह लगी। मैंने मिसेज़ ब्राउन की तरफ देखा। वह मुस्करा रही थीं-एक विजय से भरी मुस्कराहट। एडना कुछ क्षण तक हम दोनों को देखती रही। उसकी बड़ी-बड़ी आंखों में आंसू उमड़ आये थे। रुंधे हुए गले से उसने बड़ी मुश्किल से कहा-"ओह कृष्ण। और एकदम ड्राइंग रूम का दरवाज़ा बन्द करके बड़ी तेज़ी से सीढ़ियां चढ़ती हुई शायद अपने कमरे में चली गई। मैंने ज़ोर से दरवाज़ा बन्द करने की आवाज़ सुनी।"

"एडना का पहला प्यार आज शाम खत्म हो गया। वह चन्द दिन उदास रहेगी, रोयेगी और फिर संभल जायेगी। मैं नहीं चाहती कि वह भी मेरी तरह कम उम्र में प्यार और शादी-ब्याह के झंझट में पड़े।" मिसेज़ ब्राउन सोफे से उठकर फायर प्लेस के पास जाकर खड़ी हो गयी।

"क्या आपको मालूम था कि मिस्टर ब्राउन कल पेरिस चले गये थे।" मैंने उनसे पूछा।

"हां-रोज़र ने परसों मुझसे कहा था कि इस साल वह क्रिसमस पेरिस में मनायेगा।"

मैंने रंगीन फूलदार कागज़ में लिपटा हुआ वह पैकेट मेज पर से उठा लिया जो मैं एडना को क्रिसमस के मौके पर देने के लिए लाया था। उपहार के साथ एक छोटे से कार्ड पर मैंने लिखा था कि मैं एडना को बहुत ज़्यादा पसंद करता हूँ। एडना शायद अब कभी मेरी तरफ, मेरे दिये हुए उपहार की तरफ देखेगी तक नहीं।

मैं जब उसके घर से बाहर ठंडी हवा में निकला तो सोच रहा था कि मिसेज़ ब्राउन ने सच कहा था कि क्रिसमस की वह शाम मैं कभी नहीं भूल सकूँगा। शायद एडना भी नहीं भूल सकेगी।

अंधेरा

बहुत देर से वे दोनों भाई आतिशदान के पास बैठे अपने एक साथ बिताए हुए दिनों को याद कर रहे थे। उन्होंने अपनी आराम कुर्सियों को आग के पास खिसका लिया था। बाहर दोपहर से बर्फ़ गिर रही थी। बर्फ़, जो उन दोनों के बालों की तरह सफेद थी।

"राजा भैया आज रात तुम यहीं ठहर जाओ।" रशिद ने आग पर कुछ और कोयले डालते हुए अपने बड़े भाई से कहा। आज बर्फ़ भी काफी पड़ रही है और बहुत दिनों बाद आज हम इस तरह मिलकर बैठे हैं। हमारी बातें अब ऐसे रास्तों और गलियों की तरफ मुड़ गई हैं जहां सिर्फ़ मैं और तुम ही जा सकते हैं। बहुत-सी ऐसी बातें याद आ रही हैं जिनका ताल्लुक सिर्फ़ हम दोनों से है। सिर्फ़ हम दोनों मिलकर उन बीती हुई घड़ियों की तरफ लौट सकते हैं।

"तुम ज़ोर देते हो तो ठहर जाता हूँ, राशिद", राजा ने एक सिगरेट और सुलगाई। लगातार सिगरेट पीते रहना उसकी पुरानी आदत थी। होठों के आसपास उसकी सफेद दाढ़ी और मूंछें धुंए के असर से पीली-सी होकर और खूबसूरत लगने लगी थीं। "मेरे बीवी बच्चे जानते हैं कि मैं तुम्हारे घर में हूं और यह भी कि तुम्हें मुझसे इतनी मुहब्बत ज़रूर है कि ऐसे मौसम में बाहर नहीं निकलने दोगे।"

राशिद अपने भाई की बात सुनकर मुस्कुराने लगा। एक बूढ़े आदमी की मुस्कुराहट में बच्चों जैसा भोलापन आ जाता है। "मुहब्बत... तुम अच्छी तरह जानते हो कि मुझे तुमसे हमेशा मुहब्बत रही है। तुम मेरे बचपन के साथी, जवानी के हमराज़ और बुढ़ापे के दोस्त हो।"

"राजा ने एक गहरा कश लिया।" आतिशदान से आने वाली गर्म, सुर्ख रौशनी में वह बहुत अच्छा लग रहा था। "राशिद भैया तुमने जवानी के किसी राज़ में मुझे शामिल नहीं किया। मैंने अक्सर इस बारे में सोचा है। सच बताओ, तुम्हारी जवानी का ऐसा कोई राज़ है जिसकी मुझे खबर नहीं। क्या तुमने कभी किसी से मुहब्बत की है राशिद?"

"बहुत मुश्किल सवाल है, राजा भैया। जब से मैंने कॉलेज छोड़ा है, उस वक़्त से इस सवाल का जवाब ढूंढ रहा हूँ। असल में मुहब्बत को पहचानने में मुझे तकलीफ हुई है...।" इसकी वज़ह भी तुम ही हो, राजा भैया। तुम हमेशा से मेरे हीरो रहे हो और तुमने हमेशा मुहब्बत का, मुहब्बत करने वालों का मज़ाक उड़ाया। मैंने ज़िन्दगी भर यही जाना कि मुहब्बत करना कुछ खराब-सी बात होगी। इसीलिए अपना पूरा ध्यान, दूसरी तरफ लगा दिया। पढ़ता रहा, काम करता रहा और विकास के पथ पर आगे बढ़ता रहा।"

"राशिद, यूं तो मेरी और तुम्हारी उम्र में सिर्फ़ डेढ़-दो साल का फर्क़ था, मगर मुझे छुटपन में भी इस बात का अंदाज़ा था कि तुम मेरी कद-काठी से अपने ज़िस्म का मुकाबला करते थे और अपने को कुछ कम मानते थे। मुझे यह भी पता था कि तुम होनहार हो और मैं नहीं चाहता था कि तुम किसी से मुहब्बत कर बैठो और अगर नाकाम रहो तो सारी ज़िन्दगी उसका दु:ख मनाते रहो। इसीलिए मैं जानबूझकर मुहब्बत का मज़ाक उड़ाता था।" – "राशिद की आँखें धुंधला-सी गईं जैसे राजा ज़वान होकर उसके सामने खड़ा था। किसी सरकश कबायली के कबीले के भाले की तरह तुम्हारा लम्बा कद–तुम्हें अम्मी-अब्बा ने कुछ सोचकर ही राजा का नाम दिया था। तुमसे न जाने कितनी लड़कियों ने मुहब्बत की होगी, लेकिन क्या तुमने खुद भी किसी से मुहब्बत की है?"

"राशिद यह भी अजीब बात है। हम दोनों ने आज तक इस विषय पर बात नहीं की। अच्छा हुआ ये बातें निकल आईं, वरना रंज ही रहता कि सगे भाई होते हुए भी हम एक-दूसरे को पूरी तरह से नहीं जानते थे। वह फिर एक सिगरेट सुलगाने के लिए रुका और राशिद को अचानक याद आ गया जब उसने पहली बार राजा को छत पर सिगरेट पीते देखा था। ("अब्बा से न कहना राशिद और राशिद ने यह बात कभी किसी से नहीं कही थी–अपने बड़े भाई की वह हर बात मानता था") मैंने मुहब्बत की है राशिद बहुत चाहा है एक लड़की को वह भी मेरी इबादत करती थी। लेकिन तुम पहले अपने बारे में बताओ।"

"राजा भैया, यह बात बहुत पुरानी है। यह मुझे पता नहीं था कि उन दिनों जो भावना मेरे दिल में उस लड़की के लिए जागी थी उसे मुहब्बत कहते हैं। राशिद की आवाज़ सपनीली हो गयी थी। बीते हुए दिनों की नब्ज़ पर जैसे उसकी उंगलियां थीं और वह उनकी धड़कन गिन रहा था।" यह हक़ीकत कि मुझे उससे मुहब्बत थी बहुत देर बार मुझ पर ज़ाहिर हुई, लेकिन तब देर हो चुकी थी और अब बरसों से यह ख़्याल मुझे खुशी देता है कि मैंने कभी किसी को चाहा था और उसने भी मेरी मुहब्बत का जवाब उसी गहराई से दिया था। मुहब्बत की याद भी मुहब्बत जैसी हो जाती है। राजा भैया, तुम सुबह देर तक सोया करते थे, लेकिन सुबह-सवेरे जब लोग ख़ुदा को याद करते हैं तब मैं उससे मिला करता। मुझे उन दिनों यह जानने का

जुनून-सा था कि मुझे कौन-कौन चाहता है और मैं उससे पूछता कि "सच बताओ तुम मुझे चाहती हो।" और वह मेरे गले में बाहें डालकर और पास आ जाती और कहती तुम तो निरे पागल हो, राशिद। अग़र मैं तुम्हें न चाहती तो तुमसे इस तरह छिप-छिपकर मिलती? तुम्हें प्यार करने देती? लेकिन ऐसी बातों से मेरी तसल्ली न होती, मैं चाहता था कि वह खुलकर अपनी मुहब्बत के बारे में बताए। चोरी-छिपे मिलने की बजाय सारी दुनिया में ढोल पीटे कि उसे मुझसे मुहब्बत है। मैं अब सोचता हूँ राजा भैया कि उसने जो कुछ भी मेरे लिए किया वह सिवाय मुहब्बत के कुछ नहीं था। अब ख्याल आता है कि वह समाज के नियमों की पाबंद थी। "राशिद मौन होकर अपनी आसिमा को याद करने लगा। उसके मुलायम गालों की छुअन को याद करने लगा। आसिमा के सुर्ख होठों की नमी को याद करने लगा। उसके भूरे बालों की महक को याद करने लगा। यादों को कभी-कभी छुआ भी जा सकता है। उनकी ख़ुशबू को महसूस किया जा सकता है। उनके रंगों को देखा जा सकता है। आसिमा से बिछड़े करीब चालीस साल हो गये थे लेकिन राशिद को आज भी उन बोसों (चुम्बनों) की गर्मी याद थी।"

"अरे राशिद भैया, तुम भी खूब हो। यह तो मुहब्बत का खुल्लम-खुल्ला ऐलान था। तुमने बात आगे क्यों नहीं बढ़ाई?" राजा ने आतिशदान में कुछ और कोयले डाले।

राजा भैया, तुम्हें याद होगा कि जब तुम और मैं कॉलेज पढ़ते थे तब तुम मुहब्बत करने वालों का कैसा-कैसा मज़ाक उड़ाया करते थे कि यह सब पागलपन है, दीवानगी है। उन दिनों मैं तुम्हारा भक्त था। मैं एक तरफ मुहब्बत की इस घुटन से छटपटा रहा था तो दूसरी तरफ मुझे सयाना बनने की इच्छा थी। इसलिए मन पर काबू पा लिया और पूरा ध्यान पढ़ाई पर लगाने लगा। लेकिन अब रह-रहकर अफसोस होता है। समझदार बनकर मैंने क्या पाया? काश! पागल ही रहा होता। जिस दिन उसकी शादी हो रही थी उस दिन मैं बहुत उदास था, राजा भैया। मैंने सुना था कि वह विदाई से पहले मुझसे मिलना चाह रही थी। लेकिन मैं वहां नहीं गया। तुम्हारे इस वाक्य को बार-बार दोहराकर अपने आपको तसल्ली देता रहा कि खुसनसीब होते हैं वे लोग जिनकी महबूबा की शादी हो जाये... किसी और से। और मैंने उस दिन और कई साल बाद तक खुश रहने की कोशिश की-नामाक कोशिश।" वे दोनों बहुत देर तक चुपचाप बैठे रहे।

बाहर अंधेरा फैलता रहा। आग दबने लगी, लेकिन वे अपने-अपने ख़्यालों में खोये हुए थे। राशिद सोच रहा था कि वह अभी जवान है—सुबह होने को है और आसिमा उसके गले में लगी खड़ी है और अपनी बड़ी-बड़ी आँखों से उसे देख रही है। प्रेम की याद प्रेमिका की तरह सुन्दर और मनमोहक होती है।

"मेरी दोस्ती कई लड़कियों से हुई, राशिद।" राजा की आवाज़ सुनकर मैं चौंक पड़ा और अपने सामने बैठे हुए बूढ़े व्यक्ति को देखकर सोचने लगा कि यह कौन बूढ़ा

आदमी है जो मेरा नाम लेकर मुझसे बात कर रहा है और फिर फ़ौरन ही उसे लगा कि वह खुद भी तो नौजवान नहीं है। यह सुबह का वक़्त नहीं है बल्कि अंधेरा है और उसके पास आसिमा नहीं, उसका अपना भाई राजा है। यादों में बड़ी ताक़त होती है। वह पलक झपकते हमें अपने अज़ीज़ों से मिला देती है। बीते हुए समय को लौटा देती है। राजा कह रहा था, "लेकिन सब लड़कियों में मुझे एक से बेहद प्यार रहा है। वह जब खिलखिलाकर हंसती तब एक खिले हुए फूल-सी दिखाई देती थी। उसकी आंखें चंचल और कमसिन थीं। इतने मुलायम गाल मैंने फिर नहीं देखे। उसके बाल भूरे थे। लेकिन राशिद तुम अपनी महबूबा से सुबह सवेरे मिला करते थे और मैं अपनी महबूबा से रात के अंधेरे में मिला करता था। पढ़ाई के बहाने देर तक जागता फिर अपनी छत पर चला जाता। तुम क्या उस वक़्त सारा मुहल्ला सोया रहता था। सिर्फ़ हम जागते थे और हज़ारों-लाखों तारे। उन दिनों हमें चांदनी रात से नफ़रत सी हो गई थी। वह हमारे पड़ोस में रहती थी... डाक्टर साहब की बड़ी लड़की आसिमा... तुम्हें तो याद होगी, मैं उसे अशु कहकर पुकारता था। अंधेरी रातों को तारों से महकते आसमान के नीचे वह मेरे गले से लगी बैठी रहती। कितना प्यार करती थी वह मुझसे। मैं उन दिनों बी.ए. में पढ़ता था और उससे शादी का सवाल नहीं था... दूसरे मुझे यह भी ख्याल था कि आसिमा जैसी खूबसूरत और भी बहुत-सी लड़कियां हैं... लेकिन इतनी सुन्दर और इतना प्रेम करने वाली लड़की मुझे फिर कभी नहीं मिली...।"

राशिद देख रहा था कि राजा भैया के होंठ हिल रहे थे। लेकिन वो क्या कह रहे थे राशिद की कुछ समझ में नहीं आ रहा था। बरसों से जिस लड़की के प्यार को उसने सीने से लगाये रखा था उसकी लड़की ने उन्हीं दिनों उसके भाई से भी "मुहब्बत" की थी। ज़िन्दगी की उदास घड़ियों में राशिद को आसिमा के प्यार ने सहारा दिया था और आज अचानक यह प्यार एक धोखा और छलावा बन गया था। ज़िन्दगी की एक ऐसी याद जिसका नशा उसे हमेशा बांधे रखता, अचानक नागिन बनकर फुंकारने लगी थी। राशिद अब तक यह समझता आया था कि अतीत का महल मज़बूत होता है। उसे कभी गिराया नहीं जा सकता। लेकिन आज अचानक उसके बीते हुए दिनों की धज्जियां उड़ गयी थीं। राशिद सोच रहा था कि अच्छा हुआ उसने राजा भैया को अपनी महबूबा का नाम नहीं बताया, वरना उनको भी उतनी ही घोर आत्मिक पीड़ा होती। राजा भैया को वह हमेशा से चाहता आया है। उन्हें वह तकलीफ नहीं देगा।

और रात गये तक वो दोनों आतिशदान के पास बैठे रहे अपने-अपने ख़्यालों में खोये हुए। आग बुझ गयी थी और बाहर बढ़ते हुए अंधेरे में बर्फ़ गिरती रही।

हठधर्मी

इंग्लैण्ड में कोई खाने पर बुलाये तो उपहार लेकर ज़रूर जाते हैं। आमतौर पर, लोग फूल देना ही पसन्द करते हैं क्योंकि सभी अंग्रेज़ फूलों के शौक़ीन होते हैं। उनके अपने छोटे-छोटे बगीचे होते हैं जहां वे अलग-अलग रंग के सुन्दर फूल लगाया करते हैं। उस शाम जब मैं पीले रंग के डेफोडिल के नाजुक फूलों का गुच्छा लेकर कर्नल हार्डी की कोठी के लॉन में पहुँचा तब वहां मुझे हर तरफ डेफोडिल के अनगिनत पौधे नज़र आये जो शाम की हल्की रोशनी में बहुत सुन्दर लग रहे थे। अच्छा होता अगर मैं कोई और फूल चुनता, मगर अब तो देर हो चुकी थी। कर्नल साहब बड़े तपाक से मिले। मैंने उनकी पत्नी को फूल दिये। दोनों बहुत अच्छे लगते थे। कुछ जोड़े बूढ़े होकर बहुत अच्छे हो जाते हैं। यौवन में सौन्दर्य सहज ही मिल जाता है, मगर बुढ़ापे में सौन्दर्य बड़ी मुश्किल से मिलता है। कर्नल साहब का ड्राइंग रूम अनगिनत हिन्दुस्तानी चीज़ों से सज़ा हुआ था, तरह-तरह के खंजर और तलवारें थीं। मुग़ल और राजपूत काल की तस्वीरें थीं। महात्मा बुद्ध की सुन्दर मूर्ति थी जिसके मुख पर चिर-शान्ति छाई हुई थी। एक कोने में हिन्दुस्तान पर लिखी गई किताबें रखी थीं। इतनी अधिक, इतनी बढ़िया हिन्दुस्तानी चीज़ें तो शायद हिन्दुस्तान में भी किसी एक ड्राइंग रूम में नहीं देखी थीं।

हम लोग बातें करने लगे! उन्न दोनों से बाते करना मुझे अच्छा लगा। उनका और मेरा अतीत एक ही था। अन्तर केवल इतना था कि वे शासक रह चुके थे और मेरा संबंध शासित वर्ग से था। मैं उनसे उनके अनुभव कुरेद-कुरेद कर पूछता रहा। और कर्नल हार्डी और उनकी सफेद बालों वाली सुन्दर पत्नी बड़े विस्तार से अपने अतीत को याद करते रहे। दोनों के परिवार के लोग कई पीढ़ियों से हिन्दुस्तान में अंग्रेज़ी फौज के बड़े पदों पर चुके थे। उन दोनों को शिक्षा के लिए इंग्लैण्ड भेजा गया था, मग़र उनकी पहली भेंट श्रीनगर में हुई थी। दोनों चश्मेशाही देखने गये हुए थे। कश्मीर के मनोरम वातावरण में उनके प्यार की पींगें बढ़ी थीं। नई दिल्ली के गिरजाघर में उनकी शादी हुई, शिमला में उन्होंने हनीमून मनाया और हैदराबाद में उनके लड़का पैदा हुआ- डेविड, जिसे वे लोग अभी तक "जंगी लाट साहब" के नाम से बुलाते

थे। मेरे कहने पर मिसेज़ हार्डी अपना एलबम ले आईं और मैं तीस-चालीस साल पहले के हिन्दुस्तान को उस समय के शासकों की दृष्टि से देखने लगा। वही जाने-पहचाने लोग, वही उनकी परिचित वेशभूषा, वही हमारे मंदिर और मस्जिदें, वही हमारे किले और महल। शासक बदल गये थे, मग़र देश वही था, लोग वही थे। उन तस्वीरों को देखते हुए मैं सोच रहा था कि कुछ भी तो नहीं बदला और फिर भी कितना कुछ बदल गया है।

इसी बीच कमरे में तीस-बत्तीस साल के एक युवक ने प्रवेश किया। उसकी दाढ़ी बढ़ी हुई थी और बाल लम्बे-लम्बे थे। मुझे उनसे मिलाया गया। वह उनका लड़का डेविड था।

"जंगी लाट साहब"? मैंने मुस्कराते हुए डेविड से पूछा।

"ओह क्या फिर ये लोग अपने अतीत को लेकर बैठ गये हैं?" डेविड ने कुछ झेंपते हुए कहा। "माफ कीजिये, मेरे मम्मी-डैडी शायद यह कभी भूल नहीं सकते कि हिन्दुस्तान में उनकी ज़िन्दगी कितनी अच्छी तरह बीती थी। आपके देश में रहकर ये लोग भी हिन्दुस्तानियों की तरह भावुक हो गये हैं।"

"क्यों लाट साहब, क्या आपको हिन्दुस्तान याद नहीं आता?" मैंने डेविड से पूछा।

मैं बहुत छोटा था जब हम लोग लंदन वापिस आ गये थे। बचपन की कुछ धुंधली-धुंधली यादें मेरे मन में बसी हुई हैं। मगर मम्मी और डैडी से हिन्दुस्तान के बारे में इतनी बार सुना है कि ऐसा लगता है कि वहाँ की शान-शौकत में मेरा भी अपना हिस्सा था। वैसे भी ज़्यादातर अंग्रेज़ केवल सुनी-सुनाई बातों के आधार पर हिन्दुस्तान को अपनी जागीर समझते हैं। डेविड के स्वर से ऐसा लगा जैसे उसे उस तरह सोचने वाले अंग्रेज़ों से शिकायत थी।

"आप डेविड की बातों पर बिल्कुल ध्यान न दें" कर्नल हार्डी ने मुझसे कहा, "आजकल के नौजवान तो हर बात पर एतराज़ करते हैं।"

"आप हिन्दुस्तानी इस देश में नए-नए आये हैं। आप यह समझते हैं कि यहाँ रहने-बसने में केवल आप लोगों को ही मुश्किल होती है," डेविन ने अपने पिता की बात की उपेक्षा करते हुए अपनी बातचीत ज़ारी रखी।

"सच पूछिए तो असली मुश्किल मेरे मम्मी-डैडी जैसे लोगों के सामने है जो हिन्दुस्तान के ठाठ-बाट को नहीं भूल सकते और बदलते हुए इंग्लैंड की परिस्थितियों से समझौता नहीं कर सकते। आज नहीं तो कल आप अपने देश वापिस चले जायेंगे, मगर ये लोग यहीं रहेंगे और अपने नौकरों और आयाओं को याद करते रहेंगे। वह ऐशोआराम इन लोगों को कभी न मिल पायेगा।" डेविड के स्वर में बहुत कड़वाहट थी। फिर उसने अपनी मां से कहा-"मम्मी मुझे मालूम नहीं था कि आज शाम आपके मेहमान आये हुए हैं, मुझे तो बाहर जाना है।"

वह मुझसे हाथ मिलाकर बाहर चला गया। काफी देर तक हम तीनों खामोश बैठे

रहे... अपने ख्यालों में डूबे हुए।

"क्या जंगी लाट साहब आपके इकलौते बेटे हैं?" मैंने कर्नल साहब से पूछा।

"हमारी एक बेटी भी है, मरियम–वह डेविड से तीन साल छोटी है।" मिसेज़ हार्डी ने जवाब दिया। मरियम पेरिस में बहुत सफल मॉडल है। मैं अभी उसकी तस्वीरें लाती हूँ। वह धीरे-धीरे चलती हुई कमरे से बाहर निकल गई।

"डेविड सच ही कहता है। हमारी ज़िन्दगी का सबसे अच्छा हिस्सा हिन्दुस्तान में बीता।" कर्नल हार्डी मुझसे कह रहे थे हिन्दुस्तान ब्रतानवी काल में एक बड़े से जगमगाते हीरे की तरह था। पास रखी हुई मेज़ की एक दराज़ से कर्नल साहब ने लाल मखमल से मढ़ा हुआ एक केस निकाला और उसे खोलकर मुझे सोने का कड़ा दिखाने लगे। मैंने कड़ा अपने हाथ में लिया। कोई आठ-दस तोले का होगा। उस पर बहुत बढ़िया काम किया हुआ था। कर्नल साहब ने मुझे उस कड़े का इतिहास बताया तो मेरा मन भारी हो गया। आखिरी मुग़ल बादशाह बहादुशाह ज़फ़र को गिरफ्तार करने के बाद मुग़ल शहजादियों को हुमायूँ के मकबरे में बन्द किया गया था। यह कड़ा कर्नल साहब के किसी दोस्त ने किसी मज़बूर और मुसीबत की मारी शहज़ादी के हाथ से उतार लिया था।

इतने में मिसेज़ हार्डी अपनी बेटी मरियम की तस्वीरें लिये हुए कमरे में वापिस आ गईं। मैंने कड़ा लाल केस में वापिस रख दिया और मरियम की बड़ी-बड़ी रंगीन तस्वीरें देखने लगा। उसकी सूरत प्यारी थी। बाल काले थे और आँखें जैसे शहद की बड़ी-बड़ी बूंदें थी, सूरज की किरणों से जगमगाती हुई–अज़ीब-सी मिठास लिए हुए। मरियम की कद-काठी से एक दबदबे का इज़हार होता था। जैसे किसी बड़े देश की शहज़ादी ताजपोशी के लिए तैयार हो। मेरे दिल में किसी ने चुपके से कहा कि अगर मरियम लन्दन में रहती तो कितना अच्छा होता।

"क्या यह सोने का कड़ा मरियम की कलाई में ज़्यादा सुन्दर नहीं लगेगा?" मैंने कर्नल हार्डी से कहा।

"नहीं, बिल्कुल नहीं" कर्नल हार्डी ने फौरन जवाब दिया। "हम पहले ही एक ऐसा कड़ा खो चुके हैं–श्रीनगर में हमारे एक नौकर ने उसे चुरा लिया था।" कर्नल साहब जैसे उस दुर्घटना को पूरे विस्तार से सुनाने की भूमिका बांध रहे थे।

"अब जाने भी दो उस बात को", मिसेज़ हार्डी ने उनसे विनती की, मगर वे बहुत गुस्से में थे।

"कश्मीर में हमारा एक नौकर था–वहीद खान, उसने हमारा कड़ा चुरा लिया था। जब हमें उस चोरी का पता चला तब तक वहीद खान भाग गया। पुलिस ने उसे एक पास के गाँव में जा पकड़ा और उसे खूब मारा-पीटा। मग़र वह कड़ा न मिला। मुझे आज अट्ठाईस साल बीत जाने के बाद भी उस कड़े के खोने का बहुत दु:ख है। आपके देश में नौकरों पर भरोसा नहीं किया जा सकता, वे बहुत बेईमान होते हैं–चोर, लुटेरे, ठग।"

कर्नल साहब का चेहरा आवेश में लाल हो गया था। मैं मन ही मन सोचने लगा कि उस मुसीबत की मारी मुग़ल शहज़ादी ने कर्नल साहब के उस दोस्त के बारे में क्या सोचा होगा जिसने उस बेचारी के हाथ से कड़े उतरवाये होंगे।

हम तीनों ने खाना बिल्कुल मौन रहकर खाया। मेरा मन बुझ गया था। चलते समय मैंने कर्नल हार्डी से कहा कि हर देश में चोर होते हैं। इंग्लैंड की जेलों में जो इतने कैदी भरे पड़े हैं वे फरिश्ते तो नहीं हैं। फिर मैंने मिसेज़ हाडर्ली से कहा–"काश! किसी दिन आप लोग यह ईमानदारी भरा फैसला करें कि यह कड़ा हिन्दुस्तान की सरकार को लौटा दें क्योंकि वास्तव में यह हिन्दुस्तानी सरकार की ही सम्पत्ति है या फिर काश! किसी दिन मैं इस योग्य हो जाऊँ कि आपको आठ-दस तोले का एक कड़ा दे सकूँ, ताकि आप वहीद खान की चोरी की वजह से उन हिन्दुस्तानियों के बारे में गलत धारणा न बनायें जो अपनी रोज़ी कमाने के लिये नौकरी करते हैं।"

उस रात जब मैं अपने घर लौट रहा था तब बाहर अंधेरे में डेफोडिल के फूलों का पीला रंग छिप चुका था। अंधेरा सारे सौन्दर्य को डस लेता है।

दूसरे दिन सवेरे-सवेरे मिसेज़ हार्डी ने फोन पर मुझसे कहा कि मैं उसी दिन उनसे मिलूँ। वे बोलीं–मेरे पति कहीं गये हुए हैं। तुम ज़रूर आना। बहुत ज़रूरी बातें करनी हैं।

दोपहर को मैं मिसेज़ हार्डी से मिला।

मुझे देखते ही उन्होंने कहा, "कल रात जब तुम गये थे तब तुम बहुत उदास थे। इसलिए रातभर मुझे नींद नहीं आई। मैं तुम्हें एक ऐसी बात सुनाना चाहती हूँ जो आज तक मैंने किसी से नहीं कही–डेविड और मरियम से भी नहीं वह दूसरा कड़ा वहीद खान ने नहीं चुराया था, हालांकि उस बेचारे पर आरोप यही लगाया गया था।"

"मग़र यह तो सरासर अन्याय हुआ न" मैंने मिसेज़ हार्डी से कहा।

"हाँ अन्याय तो हुआ मग़र कभी-कभी हम सब लोग अन्याय करते हैं। मैं यह नहीं कह रही हूँ कि यह कोई अच्छी बात है। हुआ यह था कि जब हम लोग हैदराबाद से फिर कश्मीर गये तब डेविड छोटा-सा था। हमारा मकान झील के किनारे था। हम अंग्रेज़ अफसर बस आपस में ही मिलते-जुलते थे। हर वक्त वही पोलो और ब्रिज, जिन और टानिक, ह्विस्की और सोडा, डिनर जैकिट और इवनिंग ड्रेस-हिन्दुस्तान में राजनैतिक परिस्थितियां तेजी से बदल रही थीं, मग़र हम लोग अपनी अलग दुनिया बसाए हुए थे–नकली, ऊपरी, बनावटी, झूठी। मुझे उन बातों से बहुत उलझन होती थी। एक अजीब-सी घुटन महसूस होती थी। मैं रोज़ देर तक घुड़सवारी करती, झील में तैरती मगर शांति न मिलती। एक दिन मैं घोड़े से उतर रही थी तो वहीद खान ने मुझे सहारा दिया। वहीद खान हमारे घर कई साल से नौकर था। बहुत लम्बा-चौड़ा और खूबसूरत जवान था। मग़र उस दिन घोड़े से उतारते हुए, इतने सालों में पहली

बार मैं वहीद खान के इतने पास आई थी। उसके हाथ ताकतवर और मज़बूत थे। उसके शरीर में पसीने की गंध आ रही थी। उस सुबह वह हमारी फायर प्लेस के लिए कुल्हाड़ी से लकड़ियाँ फाड़ रहा था। शायद ज़िन्दगी में पहली बार मैंने एक मेहनती इन्सान के पसीने की महक को महसूस किया था और फिर वह महक मेरा पीछा करती रही—घर के अकेलेपन में, काकटेल पार्टियों की भीड़ में, हर जगह, हर वक्त। धीरे-धीरे मैं वहीद खान के करीब आती गई। उसकी छाती चौड़ी और बाल काले चमकदार थे। उसकी आँखें शहद के रंग की थीं।" मिसेज़ हार्डी की आंखें धुंधला गई थीं। उनके स्वर में कश्मीर की झील के किनारे खड़े हुए लम्बे पेड़ों में शाम के समय बहती हुई हवा की सरसराहट थी।

"मरियम की आँखों में भी शायद वैसी ही शहद की मिठास बसी हुई है?" मैंने मिसेज़ हार्डी से कहा।

"हाँ—मरियम वहीद खान की बेटी है। उसके रूप में पठान और अंग्रेज़ के खून का मेल है। दो प्यार करने वाले दिलों की धड़कन की गूंज है। इसीलिए मरियम हमेशा घर से दूर रही। एक दिन कर्नल साहब को अचानक वहीद खान और मेरी दोस्ती का पता चल गया। वे गुस्से से बिफ़रे हुए पिस्तौल लेकर वहीद खान के पीछे दौड़े। वहीद खान पास के एक गाँव में छिप गया। कर्नल साहब ने दूसरे दिन पुलिस को वहीद खान के पीछे लगा दिया और उसे चोरी के इल्ज़ाम में पकड़वा दिया। वे अपनी बदनामी नहीं चाहते थे—वे नहीं चाहते थे कि एक अंग्रेज़ अफसर की पत्नी और एक हिन्दुस्तानी नौकर के प्रेम की चर्चा हो।"

"मग़र फिर दूसरे कड़े का क्या हुआ?" मैंने पूछा।

"दूसरा कड़ा कभी था ही नहीं। कर्नल साहब के परिवार के हाथ सिर्फ़ एक ही कड़ा आया था।" और इतने सालों से आप लोग अपने दोस्तों के सामने हिन्दुस्तानी नौकरों को बेईमान और चोर कहते रहे हैं—शायद डेविड और मरियम भी यही समझते होंगे? "हाँ"— मिसेज़ हार्डी के स्वर में बहुत उदासी थी। "मुझे हमेशा उस बात का दुःख रहा है, मग़र कभी हिम्मत नहीं हुई कि सच बात किसी से कह सकूं। इसलिए आज तुम्हें खासतौर पर बुलाया है कि कह सकूं कि हम अंग्रेज़ों में भी इन्सानी कमज़ोरियां होती हैं। द्वेष की आग हमें भी जलाती है। हम भी कभी-कभी जानबूझकर झूठ बोलते हैं। हार मानने की जगह हम कभी-कभी हठधर्मी कर बैठते हैं और सबसे बड़ी बात यह है कि जब हम किसी हिन्दुस्तानी से प्यार कर बैठते हैं तब उसकी कोई सीमा नहीं रहती। चाहे कभी-कभी मज़बूरियाँ हमें उसे खुलकर स्वीकार करने से रोक लेती हैं। हम अपने प्रेमी से बिछड़ने के अट्ठाईस बरस बाद भी उसके पसीने की महक को नहीं भूल पाते।" मिसेज़ हार्डी की नीली आँखों में आंसू कंपकंपा रहे थे, "काश! मैं यह सब वहीद खान से कह सकती।"

मैं जब कर्नल हार्डी की कोठी से बाहर निकला तब डेफोडिल के पीले फूल हवा

में धीरे-धीरे झूम रहे थे और मैं सोच रहा था कि अगर हिन्दुस्तान में कभी मैं वहीद खान से मिला भी तो शायद यह तो कह सकूं कि लन्दन में एक अंग्रेज़ महिला जो कभी बहुत सुन्दर होगी, आज इतने साल बीत जाने के बाद भी उसे याद रखती है, उन पलों को याद रखती है जो कश्मीर की हरी-भरी घाटियों में उन्होंने एक साथ बिताए थे। मग़र शायद वहीद खान से यह नहीं कह सकूंगा कि उनकी खूबसूरत बेटी पेरिस में मॉडल है और नित नए ढंग से अपने शरीर का प्रदर्शन करती है। यह बात सुनकर बूढ़े वहीद खान को शायद बहुत दुःख पहुँचे।

हुस्ने इंतकाम (खूबसूरत बदला)

इंग्लैण्ड जाने से पहले जातिगत कट्टरता के बारे में मैंने बहुत कुछ पढ़ा-सुना था। अमरीका में लिटिल रॉक और लंदन में नोटिंग हिल गेट में काले लोगों के साथ जो दुर्व्यवहार किया गया था, मुझे उसके बारे में भी मालूम है। मग़र मुझे यह पता नहीं था कि मेरा खिला हुआ गेहुँआ रंग भी काला कहा जायेगा। घर की खोज में जब मैं कोहरे में लिपटे हुए लंदन की रहस्यमयी और अंधेरी गली-कूचों में किसी दरवाज़े पर दस्तक देता तो दिल एक आसरा मिलने की आशा में रुक-रुक जाता।

"सुना है आपके पास एक कमरा खाली है" मैं लैंड लेडी को दरवाज़े की झिरी से झांकते हुए देखकर पूछता।

"वह कमरा तो कल रात ही किराये पर उठ गया।" दरवाज़ा बन्द हो जाता। उम्मीदों पर ओस के ठंडे छींटे पड़ जाते। भारत के भी बड़े शहरों में मकान की खोज करना कोई आसान काम नहीं है। मैं शायद लंदन में इतनी जल्दी निराश न होता, मुझे अगर बार-बार यह एक वाक्य सुनना न पड़ता कि "वह कमरा तो कल रात ही किराये पर उठ गया।" यह बात अपने आप ही मेरे सामने साफ हो गई थी कि इस जवाब में सच्चाई नहीं थी।

यह उन दिनों की बात है जब मुझे पता चला कि मैं काला हूँ। हर बाल जब कोई लैंड लेडी मेरे सामने दरवाज़ा बंद करती तो मुझे लगता जैसे मैं किसी छोटी-सी क्लास का विद्यार्थी हूँ और टीचर ने किसी शरारती लड़के के धोखे में मुझे एक ज़ोरदार तमाचा मार दिया है। धीरे-धीरे मुझे ऐसा लगने लगा कि उन कुछ लैंड लेडियों की वज़ह से मैं सब गोरों से दूर हो गया हूँ। उस दुर्व्यवहार ने मुझे दुनिया भर के काले लोगों के क़रीब कर दिया था। मुझे वैस्ट इंडीज और अफ्रीका के रहने वाले अच्छे लगने लगे। उनके स्वस्थ चेहरों पर हर समय खेलती हुई मुस्कुराहट अच्छी लगने लगी। कुछ दिनों में मैं उन लम्बे कद के खुशमिज़ाज़ लोगों के एक जैसे चेहरों में अंतर करने लगा। उनके अलग-अलग चेहरों को पहचानने लगा। सड़क पर, बस में, अंडर ग्राउंड रेलगाड़ी में अग़र कभी घुंघराले बालों और काले शीशम से तराशे हुए किसी इन्सान से मेरी मुठभेड़ हो जाती थी तो थोड़ी देर के लिए मेरी दृष्टि उन

गहरी काली आंखों की तरफ उठ जाती जिनकी चमक निश्छल मैत्री का विश्वास दिलाती। एक दबी-दबी सी मुस्कराहट हमारे होठों पर खिल जाती। जैसे हम एक-दूसरे से कहना चाह रहे हों कि– "देश और निकट संबंधियों से दूर ऐ दोस्त तुम अकेले नहीं हो।"

मेरे घर के पास ही पुरानी मोटरों को ठीक करने का एक कारखाना था जिसके सामने का फुटपाथ काले तेल से चमकता रहता। जब भी सावधानी से कदम रखता हुआ मैं वहां से गुज़रता तो जॉनी को किसी मशहूर अंग्रेज़ी गाने की धुन में सीटी बज़ाते हुए काम करते पाता। धुली हुई सफेद टी-शर्ट में से उसकी पुष्ट बाहें नज़र आतीं। अपनी उन मछलियों पर उसे गर्व था। जब भी मौसम अनुकूल होता जॉनी उनकी नुमाइश कर देता। जिस दिन सर्दी ज़्यादा होती वह भड़कीले रंगों का एक ढीला-ढाला पुलोवर पहने होता।"

"गुड मार्निंग ज़ॉनी" मैं रोज़ अपनी तरफ से अभिवादन करता और थोड़ी देर के लिए उसका ध्यान काले पुर्ज़ों से हटा देता।

"मार्निंग माइक" वह सीटी रोकर मुझे देखता। मोटे-मोटे काले होंठ एक चमकदार मुस्कराहट में फैल जाते। मुझे ज़ॉनी की मुस्कराहट बहुत पसन्द थी।

एक दिन संयोग से सिनेमा की लम्बी लाइन में ज़ॉनी मेरे सामने एक खूबसूरत सूट पहने खड़ा था।

"हाय माइक" वह मुझे देखते ही अमरीकी अंदाज़ से बोला।

"हाय जॉनी" मैंने उसके अभिवादन का उत्तर देते हुए कहा। मग़र ज़ॉनी मेरा नाम माइक नहीं अली है।

हम तो सभी को माइक पुकारता है। मगर खैर तुम अली सही। "अली बाबा।" वह हंसा और क़ॉनी के बज़ाय मेरे सामने एक मुस्कराहट खड़ी थी। किसी शरारत भरे ख्याल से उसकी आँखें चमक उठीं।

"अच्छा तो अली बाबा–तुम्हारे चालीस चोर कहां हैं?"

"क्यों मेरे पीछे जो खड़े हैं", मैंने उन अंग्रेज़ों पर एक उड़ती हुई नज़र डाली जो अनुशासन की आदर्श प्रतिमूर्ति बने मेरे पीछे लाइन लगाकर खड़े थे। फिलहाल हमें कड़वी बातें करना भी सीखना है।

"नॉटी-नॉटी ब्वाय" कहकर ज़ॉनी जोर से हंस पड़ा। अंग्रेज़ों पर यह अल्फ़ लैल्वी चोट शायद दिनभर के थके मांदे ज़ॉनी को बहुत अच्छी लगी। उसने ज़िद करके मेरा भी टिकट खरीदा। इंगलैण्ड में उसका यह पूर्व के लोगों जैसा अंदाज़ मुझे बहुत भला लगा। वहां तो सब इस कदर अपने-अपने दायरों में बंद हैं कि बस में बाप अपने किराये के छः पेन्स अलग देता है और बेटा अपना टिकट अलग खरीदता है।

दूसरी शाम, मैं नाइट कॉलेज से क्लास खत्म करके लौट रहा था कि अचानक बारिश हो जाने से भीग गया। मेरे पास न तो कोई छतरी या बरसाती थी और न ही

बारिश से बचने की कोई जगह ही पास थी। घर पहुँचते ही कपड़े बदलकर गर्म-गर्म काफी की दो प्यालियां भी पीं, मग़र सर्दी लगती ही रही। मेरी लैंड लेडी के जहां और कई सख्त उसूल थे वहां यह भी था कि सोने के कमरे में हीटर नहीं लगाना चाहिए। वैसे बड़ी-बी खुद अपने कमरे में हीटर लगाये रहती थी। अगर रात को सर्दी ज़्यादा होती और मुझे पढ़ना होता तो ड्राइंग रूम में हीटर जलाकर पढ़ने की इजाज़त थी। मग़र बिजली का खर्च ज़रूर देना पड़ता और आम भाव से कुछ ज्यादा ही।

रात ज़्यादा हो गई थी और लैंड लेडी सोने के लिए कमरे में जा चुकी थी जो मेरे बिल्कुल सामने था। वह रात को आमतौर पर जासूसी उपन्यास पढ़ा करती थी, मगर उस रात ज़रा जल्दी सो गई होगी क्योंकि बेड लैम्प की रोशनी दरवाज़ों के शीशों से बाहर नहीं आ रही थी। ड्राइंग रूम से मैं यह सोचकर हीटर अपने कमरे में ले आया कि सुबह उसे बिज़ली खर्च के पैसे दे दूंगा मगर सुबह होने की जरूरत नहीं पड़ी। वह जासूसी उपन्यास पढ़-पढ़कर खुद भी शर्लाकहोम्स हो गई थी। थोड़ी देर में दरवाज़े पर दस्तक हुई और लैंड लेडी फूलदार नाइट गाउन पहने सफेद बालों में क्लिप लगाये दनदनाती कमरे में घुसी। उस रात मैंने पहली और आखिरी बार उसे बिना (ऊपरी) नकली दांतों के देखा।

"तुमको यह हीटर यहां लाने की हिम्मत कैसे हुई?" वह अपने पोपले मुँह से दहाड़ी।

"मैं भीग गया था, मुझे कंपकंपी आ रही है।" मैंने कम्बलों में दुबके-दुबके जवाब दिया।

"मैं कुछ नहीं जानती।"

"तुम्हें यह कमरा एक हफ्ते के अंदर खाली कर देना होगा।" अगर उसके मुँह में दांत लगे होते तो वह उन्हें ज़रूर किटकिटा कर पीसती। बुखार की-सी हालत में ये शब्द बहुत बुरे लगे। इम्तिहान के दिन इतने पास थे, मैं कहां घर ढूंढ़ता फिरूँगा। देश से दूर होने का अनुभव आंखों में गर्म-गर्म आंसू बनकर फैलने लगा। "मेरे खुदा यह आज तूने बज़ाए रहमत के ज़हमत की बारिश कर डाली।" अकेले होने पर मुसीबत का साथ हो तो खुदा का न याद आना असंभव है।" उन लैंड लेडियों ने न जाने कितनों को धार्मिक और आस्तिक बना दिया होगा। कोई आश्चर्य की बात नहीं कि इंग्लैण्ड में रहने वाले काले लोग कितने नियमित रूप से गिरजा, मस्ज़िद और गुरुद्वारे जाते हैं।

रात मुश्किल से सोया होऊंगा। सुबह नाश्ता किये बिना घर से निकल गया। दिल सौ-सौ मन का हो गया था। चट्टान से ज़्यादा भारी और बुलबुले से ज़्यादा नाज़ुक। मोटर के कारखाने के सामने से यों ही चुपचाप निकल गया। अंग्रेज़ी गाने की धुन में बज़ती हुई सीटी रुक गई।

"क्या आज गुड मार्निंग नहीं कहोगे अली बाबा?"

मैंने कुछ ज़वाब नहीं दिया। ज़ॉनी की मुस्कराहट देखते-देखते गायब हो गई।

"क्यों क्या बात है?" उसका स्वर सहानुभूति से भरा था। "क्या घर से कोई चिट्ठी आई है?"

"नहीं, ज़ॉनी, यह बात तो नहीं है, पर आज अपनी बुढ़िया ने नोटिस दे दिया है। तुम्हीं बताओ कितनी मुश्किल से घर मिलता है हम काले लोगों को और फिर इस पर इम्तिहान सिर पर हैं। मैं तो सचमुच बहुत परेशान हूं।"

"तुम जाकर सामान बांध लो, अली बाबा। आज शाम को काम खत्म करके मैं दोस्त की कार मांगकर तुम्हें और तुम्हारे सामान को अपने घर ले जाऊँगा।"

शाम को हालांकि सर्दी कुछ ज्यादा ही थी मग़र ज़ॉनी सिर्फ टी-शर्ट पहने था। मेरी लैंड लेडी के सामने वह अपने कसरती शरीर का प्रदर्शन करना चाहता था। हाल में रखे हुए आदम कद शीशे में ज़ॉनी की परछाईं उसके स्वागत को बढ़ी।

ज़ॉनी ने मुझसे फुस-फुसाकर कहा– अली बाबा इस तरह मुँह न लटकाओ, मुस्कराते रहो। जो लोग मीठे से मर सकते हैं उन्हें ज़हर देने की क्या ज़रूरत है। उसने तुम्हें तकलीफ दी, तुम हंस दो, मुस्करा दो और यह बुढ़िया खूसट तुम्हें खुश देखकर रो पड़ेगी। यह भी एक तरह का प्रतिशोध है। मैंने ज़ॉनी की तरफ देखा। वह मुस्करा रहा था। ऐसे लगा जैसे बत्तीस नहीं कई हज़ार दांत मुस्करा रहे थे। स्नेह और दोस्ती की रोशनी फैला रहे थे।

मैं भी मुस्करा दिया। प्रतिशोध लेने के लिए नहीं बल्कि ज़ॉनी के प्रतिशोध लेने की भोली मग़र असरदार कोशिश पर खुश होकर।

उस दिन के बाद लंदन में किसी बस में बैठे हुए, अंडर ग्राउंड रेल में सफ़र करते हुए सड़क पार करते हुए, किसी रेस्तरां में खाते हुए मैं जब भी किसी ज़ॉनी को हंसते हुए देखता हूं तब मैं भी मुस्कराने लगता हूँ।

शराब और शहद

अप्रैल की सुबह कोई ऐसी ख़ास सुबह तो नहीं थी। यूं ही धीमी और फीकी-फीकी सी रोशनी कमरे के पुराने कालीन के एक हिस्से के बेल बूटों को उभार रही थी। इंग्लैण्ड आने के बाद ऐसी न जाने कितनी सुबह देखने का संयोग हुआ था। हर रात सोने से पहले मैं पूरब की तरफ खुलने वाली खिड़की के लाल पर्दे हटा देता। किसी दिन संयोग से चमकीला चमकता सूरज निकल आता तो मैं दूर क्षितिज पर निगाहें ज़माए सोचता कि ऊपर उठते हुए इस चमकीले सूरज से ज़रा नीचे यहां से कुछ हज़ार मील दूर मेरा घर है। मेरे माँ-बाप और भाई-बहन हैं। "दीवार पर कितनी धूप चढ़ आई और अभी नाश्ता ख़त्म नहीं हुआ।" हमारी अम्मी अक्सर यह बात कहा करती थी। अग़र हममें से कोई देर से उठता और धूप अंगूर की बेल को छू रही होती तो यक़ीन हो जाता था कि आज अम्मी की डांट नाश्ते के साथ मिलेगी।

मग़र अप्रैल की इस सुबह को मुझे अपने घर के चबूतरे पर फैली अंगूर की बेल का ध्यान नहीं आया था। बल्कि मैं एक विशेष व्यक्ति के बारे में सोच रहा था जो उस दिन पैदा हुआ था। मुझे लोगों की सालगिरह ख्वामख्वाह याद रह जाती है। थोड़ा-सा परिचय होने पर भी मैं जन्मदिन की बधाई का कार्ड भेज देता हूँ। "पैसे की बरबादी," अम्मी सुनती तो कहतीं। मगर कितना अच्छा लगता है कि एक सुबह उठें तो डाक से बहुत से कार्ड आए हों। कितना प्यारा ख़याल है कि कोई हमें याद रखता है। कोई पचहत्तर साल पहले अप्रैल की 20 तारीख को आस्ट्रिया के एक ग़रीब घराने में एक बहुत दुबला-सा लड़का पैदा.हुआ था। उसके तीन बहन-भाई उससे पहले ही मर चुके थे। सदमे उठाए हुए माँ-बाप बहुत डरे हुए थे कि जाने इसका क्या हस्र होगा। इतना कमज़ोर-सा जो लगता था। मगर जब वह लड़का बड़ा हुआ तब सारी दुनिया उससे परेशान थी-अडोल्फ हिटलर यह नाम आते हुए आज़ भी लोगों के लहज़े में नफ़रत पहचानना मुश्किल नहीं। ऐसी नफ़रत जो डर से उपज़ती है। मुझे वह गाइड याद आ गया जो लन्दन के वह स्थान बताते हुए, जहाँ दूसरे महायुद्ध में बमबारी हुई थी। "अडोल्फ हिटलर" का नाम बड़बड़ाते हुए घृणा से भरकर चुप हो गया था।

उस दिन मुझे अपने एक दोस्त ब्राएन की शादी में जाना था। ब्राएन बहुत मज़ेदार आदमी है। किताबों से निकला एक अच्छा-खासा पात्र। उसे सभी लोग चाहते हैं और उसके स्नेही स्वभाव से प्रभावित हुए बिना कोई नहीं रह सकता। लम्बे-लम्बे बालों और मोटे-मोटे शीशों के ऐनक वाले ब्राएन की शादी में न जाने कितने लोग आए। मैंने सोचा इंग्लैण्ड में शादी में जाना एक अच्छा खासा हंगामा है। मर्द अपने बढ़िया से बढ़िया सूट पहनकर कोट के कालर में फूल लगाते हैं और औरत घंटों बाल बनाकर, सुन्दर से सुन्दर कपड़े पहनकर नई-नई तरह के हैट पहने चर्च आती हैं। इस देश में हर आदमी व्यस्त है। मग़र दूल्हा-दुल्हन को चर्च से बाहर निकलता देखकर अक्सर राहगीर रुक जाते हैं। अग़र दूल्हा अच्छा हो तो भीड़ में खड़ी लड़कियाँ दुल्हन में खराबी ढूंढने की कोशिश करती हैं जैसे कहना चाहती हों कि काश! हम इसकी जगह होतीं?

मैं चर्च के करीब ही था कि मुझे बलबीर और अशोक मिल गए। दोनों काले सूट पहने बहुत सज़ रहे थे। चर्च के सामने ब्राएन दोस्तों के साथ खड़ा एक फोटोग्राफर के लिए पोज़ दे रहा था। हमें देखते ही उसने अपने पास बुला लिया। हम तीनों लपककर ग्रुप में शामिल हो गए। मुझे ब्राएन ने अपने पास खड़ा किया। "नेहरू सूट में तुम अकेले ही आए हो।" काली शेरवानी और चूड़ीदार पाजामा" मैंने यही बात सुनने के लिए पहने थे। फोटोग्राफर के कहने पर हम सब मुस्कराने लगे।

ब्राएन और एडना सारी ज़िन्दगी साथ रहने की कसमें खाते रहे। एक धीमे-धीमे संगीत से चर्च गूंज उठा और दूल्हा-दुल्हन हाथ में हाथ थामे मेहमानों की मुस्कराहटें कबूल करते बाहर आ गए। न जाने कितनी कारों की लम्बी क़तार मेहमानों को एक खुशनुमा बंगले तक ले आई जहाँ खाने-पीने का इंतजाम था।

हॉल मेहमानों से खचाखच भर गया था और अभी लोग आ रहे थे। मैं लम्बे-तगड़े खूबसूरत नार्वेजियन लड़के आइवर और उसकी कज़िन (मार्त) की तरफ बढ़ा "बुर्द आन हार देओदे" मैंने उनकी भाषा में उनकी खैरियत के बारे में पूछा। "बारबरा थाव" मार्त कह रही थी मग़र आइवर की निगाहें मेरे पीछे किसी हिलती चीज़ पर जमी थीं। मैंने ज़रा मुड़कर देखा। सुनहरे बाल बड़ी नफासत से जमे हुए मेरे बराबर से गुज़र गये और भीनी-भीनी खुशबू से वातावरण चन्द क्षणों के लिए महक उठा। वह लड़की एक भड़कीले रंग की नीली पोशाक पहने थी, "वाक्का पीका" आइवर ने बतलाया। यह रस्म हम दोस्तों में एक इतालवी लड़के अल्ब्रोतों ने शुरू की थी। वह जब भी "बेलारगालसा" का नारा लगाता हम सब समझ जाते कि कोई खूबसूरत लड़की पास ही है। सीलोन के क्रिकेट खिलाड़ी मालसरी ने "होन्दाग्यानी" को मशहूर कर दिया था और पूर्वी अफ्रीका में सारी ज़िन्दगी गुजारने वाला पंजाबी बलवीर हर खूबसूरत लड़की को "मौसी जी" कहा करता। आइवर झुककर बड़े राजदाराना तौर पर कह रहा था, "मैं यकीन के साथ कह सकता हूं कि इतनी सुन्दर

लड़की पूरे भूमंडल पर नहीं है।" उसे मोटे और भारी भरकम शब्द प्रयोग करने का बड़ा शौक था।

मैं दोस्तों से मिलता, खैरियत पूछता हुआ कमरे के दूसरे हिस्से की तरफ बढ़ रहा था। भड़कीले नीले रंग की पोशाक पहनने वाली लड़की के पास खड़े हुए व्यक्ति ने मुझसे कहा, "तुम इस लिबास में एक हिन्दुस्तानी महाराजा लगते हो।" शुक्रिया अदा करते हुए मैंने कहा, "आज से पहले मैं आपसे कभी मिला नहीं" बहुत प्यारे लहजे में सुनहरे बालों वोली लड़की ने मुझसे कहा, मैं और एडोल्फ शादी में शामिल होने के लिए आज ही जर्मनी से आये हैं। फिर बहुत ही सादगी से उसने हाथ बढ़ाते हुए कहा, "मैं एडोल्फ की पत्नी हूँ" एडोल्फ नाम पर मैं यों ही चौंक-सा गया। अज़ीब बात थी। इसी सुबह मैं एक जर्मन एडोल्फ के बारे में सोच रहा था और दूसरे से मुलाकात हो गयी। अक्सर जर्मन लोगों से हिटलर का जिक्र करना मुनासिब नहीं होता और उसका वक्त भी कहां था। एक खूबसूरत हाथ मेरी तरफ बढ़ चुका था। मैंने उस नर्म हाथ को अपने हाथ में लेते हुए कहा, "मग़र आप तो मुझे जर्मन नहीं लगतीं।" वह खिलखिलाकर हँस पड़ी, "मैं फ्रेंच हूँ।" आप सोचेंगे कि मेरी एक जर्मन से कैसे शादी हो गयी? तो फ्रांस और जर्मनी की लड़ाई तो एक दुर्घटना थी। हमारी असली लड़ाई तो इंग्लैण्ड से रही है। मैंने मुस्कराते हुए कहा, "जहाँ भी दो गैर-अंग्रेज़ एक जगह इकट्ठे हुए इंग्लैण्ड पर टीका-टिप्पणी शुरू हो जाती है।" इतनी देर में संगीत शुरू हो चुका था और फर्श पर कई जोड़े नाच रहे थे। जो नाच नहीं रहे थे उन्होंने हटकर जगह बना दी थी। वह बिना किसी संकोच के कह रही थी, "तुम्हारा लिबास मुझे बहुत पसंद आया है। मैंने आज तक किसी को ये लिबास पहने नहीं देखा। तुम्हारे साथ नाचने में बहुत आनन्द आयेगा।"

मैंने आँखों ही आँखों में एडोल्फ से उसकी पत्नी के साथ नाचने की इज़ाजत चाही। यूरोप आये मुझे कितना अर्सा हो गया था कभी डांस पर किसी लड़की ने पहल नहीं की थी। दो लड़कियां एक-दूसरे के साथ नाच लेंगी, मग़र किसी लड़के को नाचने के लिए नहीं कहेंगी। यह बात ही कुछ और थी। मैं फूला नहीं समा रहा था। मैंने उड़ती हुई निगाह हॉल पर डाली। बलबीर और अशोक भी नाच रहे थे। मग़र उनके साथ जो लड़कियाँ नाच रही थीं वे ऐसी न थीं। आइवर यूं तो मार्त के साथ नाच रहा था मगर उसकी निगाह हम पर जमी थीं।

"तुम्हारे हुस्न को किस नाम से पुकारा जाये?" मैंने उसकी चमकदार नीली आँखों में झांकते हुए पूछा।

"मिसिज़ इश्नाई दर, मगर तुम मुझे सिर्फ फ्रांसवास कहो।" वह यूं ही हंस पड़ी। मैंने ध्यान दिया कि उसकी मुस्कराहट बड़ी मनमोहक थी। यह हर बात पर हंस देने की अदा उसे कितना और सुन्दर बना देती है। "तुम यहां कितने दिन और ठहरोगी?"

"बस कल सुबह हम चले जाएंगे।" जैसे उस ख्याल से वह उदास हो गयी हो।

"नहीं कल तुम कैसे जा सकती हो। अभी तो सब लोगों ने तुम्हें दिल भरकर देखा तक नहीं है।"

"तुमने सबकी तरफ से बोलने का फर्ज़ अपने जिम्मे क्यों लिया है?" उसने छेड़ते हुए कहा, रूप प्रशंसा चाहता है।

"अग़र मैं तुम्हारी खूबसूरती से प्रभावित न होता, फ्रांसवास, तो क्या मैं तुम्हारे साथ डांस करता होता जबकि मेरी दोस्त इसी कोने में खड़ी मुझे और तुम्हें घूर रही है।"

"और मेरा पति– वह बेचारा भी तो अकेला खड़ा है। वह फिर हंस पड़ी। संगीत ज़रा देर रुका तो वह कहने लगी, "चलो कुछ पियें। मुझे शराब बहुत पसंद है और वह भी फ्रांसीसी शराब। मैं कुछ पीकर ज्यादा अच्छा नाच पाती हूँ।" हम बार की तरफ आ गये। "मुझे ड्युबोने खाने से पहले पसंद है और पोजोले खाने के साथ। मग़र अब-अब तो मैं ड्राई मार्टिनी पिऊंगी, और तुम? क्या तुम नहीं पिओगे।"

"ड्राई मार्टिनी" मैंने बारमैन से कहा। "मैं तो नहीं पिऊंगा। आज तो तुम्हें सिर्फ देख लेना ही काफी होगा। मैंने पहले कभी फ्रांसीसी शराब को नीले लिबास में नाचते नहीं देखा है।" फ्रांसवास हंस पड़ी। फिर यकायक संजीदा होकर कहने लगी, "तुम इतनी अच्छी बातें न करो, नहीं तो मुझे जर्मनी वापस लौटते दुःख होगा।"

उसने गिलास मेरी तरफ उठाकर लाल शराब चखी। हमारी-तुम्हारी मुलाकात की याद में। वह चुस्कियां लेती रही। हम दोनों खामोश खड़े रहे, जैसे कुछ कहने में पहल करने का किसी का इरादा न हो। थोड़ी देर में संगीत फिर शुरू हुआ। मैंने गिलास उसके हाथ से लेकर मेज पर रख दिया। अभी आधा गिलास भी खाली नहीं हुआ था। नाचने के बहाने तुम्हारा महकता शरीर मेरे करीब तो आ सकता है, मुझे यह खुशबू पसंद है।"

"तुम औरत का दिल खुश करने का गुर जानते हो। यह मेरी मनपसंद खुशबू है, मागरिफ।"

"तुम्हें न तो खुशबू लगाने की ज़रूरत है और न शराब पीने की। बस लोगों को तुम्हें देख लेने दो और वे मोहित हो जायेंगे-मग़र-तुम यहां कुछ दिन और ठहर जाओ।"

"तुम यह मेरे पति से कहो। शायद वह तुम्हारी बात मान जाये।"

हम नाचते हुए कमरे के उस तरफ आ गये जहां एडोल्फ खड़ा मेज से उठाकर कुछ खा रहा था।

"एडोल्फ तुम्हारी पत्नी बहुत अच्छा नाचती है। मग़र वह कहती है कि तुम कल सुबह वापस जा रहे हो। कुछ और रुक क्यों नहीं जाते। इंग्लैण्ड में आज ही तो बहार आई है, आज ही तो फूल खिले हैं।" मैंने फ्रांसवास के गुलाबी चेहरे पर फैलती हुई मुस्कराहट की तरफ देखते हुए कहा।

"हमारा बच्चा बहुत छोटा है। उसे हम अपने संबंधियों के पास छोड़ आये हैं।"

फिर वह अपनी पत्नी से बोला, "क्या मैं आपके साथ नाचने का सौभाग्य प्राप्त कर सकता हूं?" मैं हट गया और वे दोनों नाचते हुए कमरे के बीचों-बीच चले गये। कभी-कभी दो फ्रांसीसी आंखों की नीलिमा मेरी तरफ केन्द्रित हो जाती। बलबीर पास आ गया। एक नयी-सी लड़की उसके साथ थी। उसने परिचय कराया, "यह अनाबेला है। लंदन से आयी है—शादी में शामिल होने।" अनाबेला ने बताया कि दुल्हन एडना उसकी बहुत अच्छी दोस्त है। वह मुझसे कह रही थी, "तुम्हारा लिबास देखकर मुझे वह फिल्म याद आती है जो गांधीजी की ज़िन्दगी के बारे में बनायी गयी थी। तुम्हारी इसके बारे में क्या राय है?" यह सवाल मुझसे पचास बार पूछा जा चुका है। न मुझे सवाल में दिलचस्पी थी और न पूछने वाली में। मेरी निगाहें तो फ्रांसवास को ढूंढ रही थीं। "अच्छी-खासी फिल्म थी बेहतर भी बनायी जा सकती थी।" मैंने नपा तुला वाक्य कह दिया।

ब्राएन, एडना और फोटोग्राफर को लेकर आ गया। शराब काम कर चुकी थी और वे दोनों बहुत नशे में थे। "आओ, तुम यहाँ आकर तस्वीर खिंचवाओ। एडना तुम बीच में खड़ी हो जाओ और अब कहो चीज़"। हम सबने एक साथ "चीज़" कहा और फ्लैश की रोशनी एक क्षण के लिए माहौल को चुंदिया गयी। "चीज़" कहने से हर एक के चेहरे पर एक अज़ीब-सी मुस्कराहट ऊंघ जाती है। इंग्लैण्ड में हर व्यक्ति तस्वीर खींचते वक्त फरमाइश करता है कि आप "चीज़" कहें चाहे आपको पनीर पसंद हो या न हो, बिल्कुल उसी तरह जैसे दुनिया में हर जगह माइक टेस्ट करते वक्त कहते है।, "हलो, एक, दो, तीन..."

ब्राएन और एडना अब किसी और के साथ खड़े "चीज़" कह रहे थे। मैं कमरे के उस हिस्से की तरफ बढ़ आया जहां खाने की चीज़ें रखी थीं। मिसेज़ आदम ने मुझे हाथ के इशारे से बुलाया, "तुम यहां बैठकर बातें करो। मैं बहुत देर से तुम्हारी हरकतों को घूर रही हूँ"। उनके बूढ़े चेहरे पर जैसे प्यार भरी मुस्कराहट थी। जवानी में वह बहुत शरीर रही होंगी, तभी तो हज़रत आदम इनके चक्कर में आ गये। मैंने फ्रांसवास को खाने की मेज़ की तरफ बढ़ते देखा। मिसेज़ आदम, मैं आपके लिए काजू उठाकर लाता हूँ।"

"जल्दी लाना कहीं देर न हो जाये।" मिसेज़ आदम ने दुनिया देखी थी। फौरन मामले की राह तक पहुँच गयीं।

"अच्छा हुआ तुम मिल गये", फ्रांसवास मेरे पास आकर रुकी। "मैं तुम्हें कब से ढूंढ रही थी।"

"न जाने कितनी सदियों से मैं यहां खड़ा तुम्हारी राह देख रहा हूँ", मैंने शिकायत की।

"आओ कुछ खायें", उसके लहज़े से आवेग और अनुरोध दोनों बड़े मज़बूर कर देने वाले अंदाज़ में मिले-जुले थे। मैंने पलट कर देखा। मिसेज़ आदम मुस्करा रही

थीं, जैसे कह रही हों–तुम तो काजू लेने गये थे।

"वादा करो तुम जर्मनी ज़रूर आओगे।"

"मग़र इतनी बड़ी जर्मनी में तुम्हें ढूंढगा कैसे?"

"मैं तुम्हें अपना पता लिख देती हूँ।" अभी इसी वक़्त यहीं, ज़रा अपना कलम तो दो।

फ्रांसवास झुकंकर मेज़ पर लिखने लगी और मैं उसकी गर्दन पर सुनहरे रोओं की चमक देखने लगा। पता पढ़तें-पढ़ते मैं उसके करीब आ गया। माग्रिफ की खुशबू ने जैसे लपेट लिया हो। एक छोटी-सी रेशमी दस्ती पर बड़ी एहतियात से उसने अपना पति लिखा था।

"तो तुम हाइडल बर्ग में रहती हो?"

"क्यों, क्या तुम हाइडल बर्ग हो आये हो?"

"नहीं, मेरे अंकल वहाँ पढ़ते थे। सोचा था एक बार वहाँ जाऊँगा, मग़र अब तो वहाँ आना ज़रूरी हो गया है।"

"शरारत से वह हंसी 'नहीं आना चाहते तो न आओ। मैंने कोई मज़बूर तो नहीं किया।' उसकी आँखें भी हंस रही थीं। 'तुम जानती हो फ्रांसवास, और बड़ी अच्छी तरह जानती हो कि मैं आये बिना नहीं रह सकता। बहुत देर से हम खड़े हैं, चलो डांस करें। तुम्हारा पति क्या सोचेगा।' हम नाचते-नाचते दूसरे जोड़ों के बीच में आ गए। वह भीनी-भीनी खुशबू और करीब आती गयी।"

"एडोल्फ जलने वाले मर्दों में से नहीं है।"

"तुम मर्द की फितरत से परिचित नहीं हो। उसके अभिमान को ठेस लग जाये यह उसका कभी गवारा नहीं होता।"

मैं तो बहुत जल्द जल उठती हूँ। "अगर तुम किसी और लड़की के साथ नाचोगे तो मैं नाराज़ हो जाऊँगी।"

"तुमसे मिलने से पहले इसी हॉल में कितनी लडकियां थीं। मग़र अब तो सिर्फ़ तुम ही तुम हो। जैसे चांद निकल आने से सितारे मंद पड़ जाते हैं।" मुझे उर्दू शायरी की खूबियां जबानी याद थीं। पूरब की इस लनतरानी से वह भी खुश दिखाई देती थी।

आओ चलो बाहर लॉन पर डांस करें, खुली हवा में। "लोगों की निगाहों की परवाह किये अगैर मैंने शीशे का दरवाज़ा खोला और फ्रांसवास को बाहर ले आया। शाम ढल चुकी थी और आसपास के घरों में रोशनियां जगमगा उठी थीं। क्यारियों में नये खिले फूल फ्रांसवास की तरह सुन्दर नज़र आ रहे थे। संगीत की ऊँची धुनें भारी पर्दों को हटाती खुले दरवाज़े से बाहर निकलते-निकलते धीमी हो गयी थीं।"

फ्रांसवास ने दोनों बाहें मेरी गर्दन में डाल दी और अपना सिर मेरे कंधे पर टिकाये हल्के-हल्के डांस करती रही, जैसे शांत नदी में एक किश्ती डोल रही हो।

पर्दा हटाकर कोई निकल आया मैंने दूर से पहचान लिया। वह एडोल्फ था,

फ्रांसवास के कान में मैंने आहिस्ता से कहा कि तुम्हारा पति तुम्हें ढूंढता लॉन तक पहुँच गया है। मग़र वह कहीं सपनों की दुनिया में थी, वैसे ही सिर रखे वह आहिस्ता-आहिस्ता झूलती रही, एडोल्फ बिल्कुल पास आ गया।

"तो आप लोग यहाँ हैं।" उसके लहज़े में बनावटी शिष्टता भरी थी। आंखें अंधेरे में यूं चमक रही थीं जैसे फौलाद से ढली हों।

"आप हाइडल बर्ग ज़रूर आइयेगा," जेब से बटुआ निकालकर कार्ड मेरी तरफ बढ़ाते हुए उसने कहा, "और यह रहा मेरा पता।"

"तुम्हें देर हो गयी एडोल्फ डियर। मैं इन्हें अपना पता दे चुकी हूँ।"

"फ्रांसवास की आवाज़ में न व्यंग्य था न खेद, न खौफ था न खुशी। एक अज़ीब तकलीफदेह खामोशी छा गयी। खामोशी जिसमें संगीत क़ी धुनें डूब गयीं, हॉल में भरे हुए मेहमानों का शोरगुल डूब गया।"

"अग़र आपकी पत्नी आपका पता किसी अज़नबी को इस तरह दे दे तो आप क्या करेंगे?" एडोल्फ का सवाल उसके लहज़े का दुःख न छिपा सका।"

मैं जवाब सोचने लगा। आसमान पर इक्के-दुक्के तारे बिखरे हुए थे। आसपास के घरों की रोशनियां कहीं दूर दिखाई दे रही थीं, क्यारियों में फूलों का सौन्दर्य सपनीला-सा था, फ्रांसवास उसी हाल में थी, उस माहौल से बहुत दूर। सुनहरे बालों की महक में वही खिंचाव था। मेरी घबराहट पर शायद उसको मज़ा आ रहा होगा। तभी कनखियों से मेरी तरफ देखते हुए वह मुस्करा रही थी। उस स्थिति में भी उसने सोचा कि कितनी सुन्दर है यह फ्रांसवास, कितनी निडर और कितनी निर्दय; मेरी बेबसी पर खुश हो रही है।

"मैं-मैं तो शायद खामोश ही रहूँ। खामोशी हज़ार मुश्किलों को हल कर देती है", मैंने यह जानलेवा चुप्पी तोड़ी।

"आप सच कहते हैं", एडोल्फ की फौलादी आँखों से अचानक एक भीगी उदासी उतर आयी। वह आहिस्ता-आहिस्ता कदम उठाता हुआ हाल की तरफ लौट आया।

"फ्रांसवास", मैंने उसका चेहरा अपनी तरफ उठाते हुए कहा, "मेरी एक बात पर यकीन करोगी?" उसने स्वीकृति में सिर हिलाया। तेज़ी से चलने वाली जबान खामोश थी। न जाने यह खामोशी तूफान के आगमन की सूचना थी या तूफान की समाप्ति की घोषणा।

"फ्रांसवास! तुमसे आज यूं अचानक मिलकर मुझे अब इस बात का दुःख नहीं रहा कि मैंने अब तक किसी से मुहब्बत नहीं की। और बहुत से लोगों ने तुम्हारी सुन्दरता की तारीफ की होगी। तुम बहुत सुन्दर हो। बहुत ही ज़्यादा और तुम्हारे सौन्दर्य का सबसे बड़ा आकर्षण यह है कि उसने मुझसे कुछ कहा है। मैं बहुत खुश हूं। किस्मत ने कभी मुझे इस कदर झूमकर नहीं देखा... मग़र..." मैं ठीक शब्द ढूंढ़ने के

लिए रुका और जेब में फ्रांसवास की दी हुई रेशमी दस्ती टटोलने लगा। अज़ीब बात थी। उस दिन से पहले मेरे लिए कोई भी फैसला करना मुश्किल होता था। हर छोटी-सी बात पर घंटों गौर करता था, मग़र उस रोज़ सिर्फ़ कुछ ही क्षणों में मैंने ज़िन्दगी की सबसे मुश्किल गुत्थी को सुलझा दिया था। प्रेम मनुष्य के व्यक्तित्व के लिए कई रूप निखार देता है।

"मग़र यही कि मैं हाइडल बर्ग नहीं जाऊँगा।" मैंने वह रेशमी दस्ती फ्रांसवास के हाथ में दे दी जिस पर दो ढाई घंटे पहले उसने अपना पता लिखा था। दो बेज़ान से हाथ मेरे हाथों में भीनी महक वाली हल्के रंग की दस्ती थामे थे।

क्या यह ज़रूरी है, फ्रांसवास! मुझसे अपनी ही आवाज़ न पहचानी गयी। ऐसे लगा जैसे कोई और बोल रहा हो कि हम और तुम फिर एक बार मिलें? क्या आज की शाम एक पूरी शाम नहीं है? तुम्हारे रूप का आलोक मेरी तरफ भी हुआ, यह देखकर मैं कितना खुश हूँ। क्या सिर्फ़ यह ख़्याल, बल्कि यह यकीन कि मैंने तुम्हें टूटकर चाहा था, काफी नहीं? क्या ये घड़ियाँ जो मैंने तुम्हारे साथ इतने पास रहकर गुज़ारी हैं हमेशा के लिए मेरी यादों में खुशबू नहीं भर देंगी? क्या साथ बिताये हुए इन क्षणों में वह मिठास और मस्ती नहीं जो सिर्फ तुमसे जुड़ी हुई है।

फ्रांसवास की चमकती हुई आंखों की नीलीमा एक दम धुंधला गयीं। ऐसे लगा जैसे वह रो पड़ेगी। "आओ हम एक बार फिर नाचें", वह मेरे पास आ गयी। माग्रिफ की भीनी-भीनी खुशबू ने याद दिलाया कि हॉल में अभी तक संगीत गूंज रहा था।

"रहस्यमय अज़नबी तुमने मुझे अपना नाम भी नहीं बताया।" उसके उदास स्वर में बड़ी मासूम-सी शिकायत थी।

"नाम जानकर करोगी भी क्या? मुझे तुम किसी नाम से भी पुकार लो जो तुम्हें पसंद हो।"

"मशअल, मैं तुम्हें मशअल कहकर पुकारूँगी, यह बिल्कुल फ्रांसीसी नाम है। इंग्लैण्ड में इसे माइकल कहते हैं। समझे मशअल।" उसकी चंचलता लौट रही थी।

"हमारे देश में मशाल रोशन कर देने से अंधेरा छट जाता है, बिल्कुल ऐसे जैसे तुमसे मिलकर मुहब्बत की कमी का एहसास मेरी ज़िन्दगी से जाता रहा।"

"मशअल", दो अंगारे जैसे लाल होठों ने मेरे बहुत पास होकर कहा। हम देर तक गाल से गाल मिलाकर नाचते रहे एक मरमरी जिस्म मेरी बाहों में झूलता रहा।

"फ्रांसवास! अब जब संगीत रुकेगा, मैं तुम्हें हॉल में वापस ले जाऊँगा। मेहमानों की भीड़ में तुम मुझे न ढूंढ पाओगी। मैं तुम्हें अलविदा भी नहीं कहूँगा। बस मैं चला जाऊँगा। तुम इस बात पर दुःख न करना कि हमने भविष्य के मनसूबे नहीं बनाये, आइन्दा मिलने के वादे नहीं किये, एक-दूसरे पर जान देने की कसमें नहीं खाईं। बल्कि इस बात पर खुश होना कि हम तुम मिले थे-चाहे थोड़े समय के लिए सही मगर गहरे स्नेह के साथ।"

रात यकीनन ढल चुकी होगी, तभी तो हवाओं में ठंडक बढ़ गयी थी। सितारे भी ज़्यादा चमकने लगे थे। मैं फ्रांसवास को बाजू से सहारा दिये हॉल में वापस ले आया। एडोल्फ बार के पास अकेला खड़ा पी रहा था। "ड्राइ मार्टिनी प्लीज़–मादाम के लिए" मैंने बारमैन को आर्डर दिया और एडोल्फ या फ्रांसवास की तरफ़ देखे बगैर बाहर निकल आया।

कार मोड़ते वक्त हैड लैम्प्स की रोशनी मे सिर्फ एक क्षण के लिए मैंने देखा कि हॉल की खुली खिड़की में नीला लिबास पहने हुए कोई मुझे अलविदा, अलविदा– नहीं, नहीं– अलविदा नहीं, बल्कि सिर्फ शुभरात्रि कह रहा था। मैं मुस्कराने लगा जैसे ज़िन्दगी में किसी ने शहद घोल दिया हो।

कसक

मुझे लंच खाने के लिए रोज़ निश्चित समय पर लंदन की पीले कोहरे में लिपटी हुई पिकाडली तक जाना पड़ता था और लगभग रोज़ ही आते-जाते मुझे बस में एक लड़की मिलती थी। वह चॉकलेटी रंग के मोटे ओवरकोट में छिपी हुई, सीट के एक छोटे से हिस्से पर दुबकी बैठी रहती। एक दिन खाने से लौटते हुए मुझे उसके बराबर ही जगह मिल गयी।

"तुम्हें बहुत ज्यादा सर्दी लगती है क्या?" मैंने उससे पूछा। उसने अपने दोनों हाथ ओवरकोट की आस्तीनों में छिपा रखे थे और उसकी पतली सुतवां नाक सर्दी में सुर्ख हो गयी थी।

"बहुत ज़्यादा... मुझसे तो ज़रा-सी सर्दी भी बर्दाश्त नहीं होती और तुम्हें? तुम तो किसी गर्म देश के रहने वाले दिखाई देते हो और फिर भी इतनी ठंड में बगैर ओवरकोट के घूमते हो! मैं रोज़ तुम्हें इसी तरह सर्दी से बेपरवाह देखती हूँ।" उसके बोलने के ढंग से लगता था कि वह स्कॉटलैण्ड की रहने वाली थी, "सर्दी महसूस करना और न करना सब सोचने के ढंग पर निर्भर करता है", मैंने अपनी लाचारी को फलसफे के लहज़े में छिपाना चाहा। मैं उन्हीं दिनों लंदन पहुंचा था और अभी इतना पैसा जमा नहीं हुआ था कि ओवरकोट खरीद सकता।

"सोचने के ढंग पर?" उसकी गहरी नीली आँखें मेरे चेहरे पर जम गयीं, जैसे उसे यक़ीन न आया हो।

"हाँ", मैंने उससे नज़रें मिलाते हुए कहा, "सर्दी प्यार की तरह होती है—जितना ज़्यादा महसूस करना चाहो उतनी ही ज़्यादा लगेगी।"

वह माथे से अपने बाल हटाते हुए हंस पड़ी, "अरे मेरा बस स्टॉप आ गया। अच्छा फिर मिलेंगे," बस से ठंडी हवा में उतरकर उसने ओवरकोट और अच्छी तरह से लपेट लिया। कालर ऊँचे किये, हाथ हिलाया और चल दी।

बस में वह और मैं अक्सर मिलते। सर्दियों के साथ हमारी दोस्ती भी बढ़ने लगी। कभी-कभी ऐसा भी होता कि मैं और वह साथ ही लंच लेते। उसका नाम नैन्सी था। एक दिन नैन्सी ने बताया कि उसकी मंगनी एक अमरीकी फौज़ी अफसर से तय हो

गयी है। उस दिन वह बड़ी सहमी-सहमी खोई-खोई सी थी।

नैन्सी तुम उदास क्यों हो? मंगनी हो जाने पर तो तुम्हें खुश होना चाहिए, "मैंने सिगरेट सुलगाते हुए उससे पूछा।"

"दूसरे महायुद्ध के दौरान हमारे देश में बहुत-से अमरीकी फौज़ी आते थे। उन्हीं में से एक के साथ मेरी मां की मंगनी हुई थी, मग़र फिर वापस आने का वादा करके वह अचानक चला गया। वह फिर कभी वापस नहीं आया। न ही उसकी कोई ख़बर मिली। शायद लड़ाई में काम आ गया हो। मगर मेरी मां यह सब नहीं सोचती। वह कहती है कि सब अमरीकी फौजी मेरे पिता की तरह होते हैं... बेवफ़ा। हो सकता था कि अपनी मां की तरह सोचने लगती, लेकिन तुमने मेरे सोचने का ढंग बदल दिया।"

"मैंने"? मुझे नैन्सी की यह बात सुनकर बहुत आश्चर्य हुआ।

"हाँ तुमने। मैं पहले सोचा करती थी कि इन बर्फ़ीली हवाओं में हर आदमी को खूब सर्दी लगनी चाहिए, चाहे वह कितने ही कपड़े क्यों न लादे हुए हो। और फिर मैंने तुम्हें देखा। तुम इतनी सर्दी में भी बेफिक्र और लापरवाह दिखाई दिये। तुमने मुझे समझाया कि सब सोचने के ढंग पर निर्भर करता है। जब टॉम ने मुझसे शादी का प्रस्ताव किया तब मैं बड़ी उलझन में थी। टॉम को मैं चाहती हूँ लेकिन मैंने अपनी सारी ज़िन्दगी बिना पिता के गुज़ार दी है और उसके लिए एक ऐसा व्यक्ति दोषी था जो टॉम का देशवासी थी। वह भी टॉम जैसी यूनिफार्म पहनता था।" उसका चेहरा बहुत संज़ीदा नज़र आ रहा था।

"और इतना कुछ झेलने के बाद भी तुमने शादी के लिए हां कर दी?" मैंने धीरे से सवाल पूछा और अपनी आँखें नैन्सी के चेहरे से हटा लीं।

"मैंने हां उसी शाम कह दी थी, जिस रोज़ मेरी और तुम्हारी, पहली बार बातचीत हुई थी। तुमने उस दिन मुझे सिखाया था कि वे सब बातें जिन्हें हम हमेशा से ठोस और अटल मानते आये हैं, शायद ठोस और अटल नहीं होतीं। क्या तुमने इस बात पर ध्यान नहीं दिया कि मुझे अब पहले जितनी ठंड नहीं लगती, हालांकि अब बर्फ़ गिरने के दिन आ गये हैं।"

"किसी भी खूबसूरत लड़की को इतना समझदार नहीं होना चाहिए।" मैंने मुस्कराते हुए कहा।

"खुशामद करने से अब तुम्हें क्या मिलेगा? मैंने टॉम से हां कह दी है।" नैन्सी की आँखों में नीलिमा से ज़्यादा शरारत की चमक थी। और फिर मुझे यह भी ध्यान आया कि एक फौज़ी जब लड़ाई के दौरान किसी दूसरे देश में एक लड़की से मिलता है तब शायद उसका निश्चय क्षणिक होता है। लेकिन जब वह अमन के दिनों में मिलता है तो उसके दिल में घर बसाने के रंगीन सपने होते हैं।

एक बार लगातार दो-तीन दिन तक नैन्सी से बस में मुलाकात नहीं हुई। मैं उसके घर पहुँचा तो लैंड लेडी ने बताया कि उसे बुखार है और वह ऊपर अपने कमरे में

है। फायर प्लेस के पास आराम कुर्सी से टेक लगाये वह कोई मोटी किताब पढ़ रही थी।

"मुझे मालूम था कि तुम ज़रूर आओगे।" आग की लाल रोशनी में वह काफी सुन्दर लग रही थी। मैं नैन्सी के पास ही कालीन पर बैठ गया, "मैं जब भी बीमार होती हूँ, जी चाहता है कि कोई मुझे कहानियाँ सुनाये।"

"आप-बीती सुनोगी या जग-बीती?" मैंने पूछा।

"पहले तुम मुझे अपने बारे में बताओ। मैं तुम्हें कितना कम जानती हूँ। क्या तुम्हारी कोई प्रेमिका है? क्या वह सुन्दर है?"

"हर प्रेमिका सुन्दर होती है। दरअसल, हर लड़की प्रेमिका बनने के बाद सुन्दर हो जाती है। मैंने भी कई सालों तक एक लड़की को यह सुन्दरता दी थी। उसको बहुत चाहता था। दर्जनों ख़त लिख डाले थे जिनके एक-एक शब्द में मेरे उद्गार भरे हुए थे। लेकिन उसने कभी मेरे किसी ख़त का जवाब नहीं दिया। मेरे हिन्दुस्तान छोड़ने के एक महीने बाद उसने शादी कर ली।"

"और तुम उसकी याद को सीने से लगाये इस सर्दी का मुकाबला करते हो?" नैन्सी ने किताब आरामकुर्सी पर रख दी और घुटनों पर ठोड़ी लगाये मुझे देखती रही। नीली आँखों में आग के शोलों की छाया कुछ अज़ीब कशिश पैदा कर रही थी।

"नहीं नैन्नी ऐसा तो नहीं है। मैं शायद उसे बेवफ़ा समझकर सब्र कर लेता। लेकिन शादी के बाद से अपने पति से छिप-छिपकर मुझे लगातार ख़त लिखती है। शायद उस मानिनी को यह गवारा नहीं कि मैं उसे भूला दूँ।"

तुम और वह मिलते तो होंगे। साथ घूमने-फिरने जाते होंगे। तुमने उसको गले लगाया होगा। .प्यार किया होगा। "नैन्सी मेरी सोई हुई यादों को झकझोर कर जगाना चाहती थी। पुरानी यादों को दोहराने से भी काफी हद तक तसल्ली हो जाती है।"

"नहीं, कभी नहीं। मेरी इच्छा तो मन ही मन में रह गई कि कभी उसके नर्म हाथों को अपने हाथों में ले सकता। उसके खिले हुए चेहरे को सीने से लगा सकता। उसके सुर्ख होठों की गर्मी महसूस कर सकता...।"

नैन्सी ने मेरा वाक्य पूरा न होने दिया। उसको शायद डर हुआ कि मैं कहीं निराशा की गहराइयों में न गिरता जाऊँ। वह बोली, "तुम मुझे अब जग-बीती सुनाओ। कोई ऐसी घटना जिसने तुम पर बहुत प्रभाव डाला हो।" नैन्सी सचमुच कहानियाँ सुनने के मूड में थी। मैं बहुत देर खामोश रहा और आग की हिलती हुई लपटों को देखता रहा।

बहुत साल पहले शायद यह कहानी मैंने कहीं सुनी थी। ठीक-ठीक तो याद नहीं, मग़र उसका असर अब तक बाकी है। दिल्ली के एक बड़े नवाब के घर में एक पठान सालों से नौकर था। वह बहुत बूढ़ा हो गया था। चेहरे पर हज़ारों झुर्रियाँ और मैली-सी घनी दाढ़ी। वह सारी ज़िन्दगी इस उम्मीद में नवाब साहब के यहाँ नौकरी करता रहा कि कुछ पूंजी जमा करके वापस पेशावर जायेगा और अपना घर बसायेगा। एक दोपहर

अचानक उसकी तबीयत ख़राब हो गई। मालिकों में से उस वक़्त कोई घर पर नहीं था सिवाह छोटी बहू के, जिनकी शादी को अभी सिर्फ कुछ हफ्ते ही हुए थे। बूढ़े पठान ने किसी तरह ज़नानखाने में यह ख़बर पहुँचाई कि वह आख़िरी सांस गिन रहा है। छुई-मुई की तरह शर्मीली छोटी बहू पठान की कोठरी पर पहुँची और उसकी अल्हड़ आँखे भी पहचान गई कि पठान का आखिरी वक़्त आ पहुँचा है। उसकी सांस उखड़ रही थी। छोटी बहू ने पूछा, "तुम्हारी कोई आख़िरी ख्वाहिश है?" पठान ने अपनी उखड़ी हुई आवाज़ में रुक-रुककर बताया, "बेगम साहिबा सारी ज़िन्दगी मैंने इसलिए मेहनत की कि दुल्हन ब्याह कर लाऊँ, लेकिन यह ख्वाहिश मन में ही रह गई। मैंने आज तक कभी किसी औरत को प्यार नहीं किया।" छोटी बहू ने एक पल कुछ सोचा और अपने होंठ मरते हुए बूढ़े नौकर के होठों पर रख दिये।

नैन्सी बड़े ध्यान से कहानी सुन रही थी। मैं उठ खड़ा हुआ, "अब मैं चलूँगा। देर हो रही है।" वह अपनी सोच में डूबी वैसे ही कालीन पर बैठी रही और उस वक़्त चौंकी जब कमरे का दरवाज़ा खोलकर मैं बाहर जाने वाला था।

"सुनो", उसने कहा और वह धीरे-धीरे चलती हुई मेरे पास आ गयी। उसने अपनी बाहें मेरे गले में डाल दीं और अपने होंठ मेरे होंठों से मिला दिये। बहुत प्यार से चूमने के बाद उसने कहा, "अब मैं लंच के वक़्त नहीं दिखाई दूंगी। मैं नौकरी छोड़ चुकी हूँ। टॉम को शादी की जल्दी है। संयोग से वह आज यहां नहीं आया, नहीं तो वह तुम्हारे यहाँ आने का बुरा मानता। पुरुष का अहं बहुत हस्सास होता है। वह तुम्हारी और मेरी दोस्ती को नहीं समझेगा। तुम्हारी प्रेमिका ने कभी तुम्हें प्यार नहीं किया–उसमें कोई मज़बूरी होगी। छोटी बहू ने बूढ़े पठान को प्यार किया। उसमें दया थी, इन्सानियत थी। मेरे प्यार को तुम मज़बूरी या दया मत समझना। यह टॉम से बेवफाई भी नहीं है। बहुत थोड़े समय में तुम मेरे बहुत निकट आ गये। मुझे नहीं मालूम कि मैं तुम पर और किस तरह से यह प्रकट करूँ कि मैं तुम्हें बहुत पसंद करती हूँ।"

मैंने झुककर उसके गर्म गालों पर चुम्बन देते हुए अलविदा कहा– "गुडबाई नैन्सी, तुम बहुत प्यारी लड़की हो-बहुत ही प्यारी। मैं तुम्हें हमेशा याद रखूंगा।"

जलपरी

मीना बहुत देर से कोपन हेगन के ट्यूली गार्डन में बैठी थी। आस-पास के माहौल से बेख़बर वह अपने ही ख्यालों में खोई हुई थी। वह अपने को दिलासा दे रही थी कि कोपन हेगन आकर उसकी मन की उलझन ख़त्म हो गई। एक-दो दिन में राजेश की शादी किसी और लड़की से हो जाएगी। ("उसकी सूरत बिल्कुल मामूली है। मीना और रंग भी तुम्हारी तरह गोरा नहीं है", राजेश ने उसे बताया था।) काश! राजेश अपनी पत्नी के साथ खुश रह सके। ऐसी भोली कामना करते हुए मीना यह भी सोचती कि राजेश ने किसी और से शादी का फैसला करके जज़बाती तौर पर आज़ाद कर दिया था। अब जब वह दिल्ली लौटेगी तब डिफेन्स कॉलोनी के मकान में टेलीफोन को इस उत्सुकता से न देखेगी कि इसकी घंटी बज उठे और राजेश उससे कनाट प्लेस या इंडिया गेट पर मिलने के लिए कहे। अब मीना कभी किसी पुरुष को यूं टूट कर न चाहेगी।

ऊँचे खुले हुए स्टेज पर काला सूट और सफेद कमीज़ पोशाक वाले बैंड ने संगीत छेड़ दिया था। इतने मिले-जुले साज़ों की आवाज़ ने मीना को अपने ख्यालों से चौंका दिया! उसने देखा कि स्टेज के सामने रखी हुई कुर्सियों पर लोग बैठ चुके थे और उससे कुछ दूर एक नवयुवक काला चश्मा लगाए जैसे उसे टकटकी बांधे देख रहा है। मीना ने देखा कि शाम हो चुकी है और हरी घास के लॉन पर पेड़ों की परछाइयां कुछ और गहरा गई हैं। डेनमार्क को सुनहरी रोशनी से नहला देने वाला सूरज शहर की इमारतों के पीछे शहर से कुछ दूर समुद्र में छिपने की तैयारी कर रहा था। बैंड किसी वाल्ज़ की धुन बजा रहा था और सुनने वाले अपने बीते हुए सुखद क्षणों को याद करके झूमने लगे थे। किसी ऐसे साथी की याद में जिसे बाहों में लेकर नाचते हुए उसकी सांसों की गर्म खुशबू को कभी उन्होंने महसूस किया था। मीना को याद आया कि अलीपुर रोड पर उसके एक दोस्त के मकान में इसी तरह वाल्ज़ बज रहा था जब वह पहली बार राजेश से मिली थी। मगर अब तो मीना राजेश को बिल्कुल भुला देना चाहती थी। वह इस तरह अचानक खड़ी हुई कि उसके पास बैठी हुई एक बूढ़ी महिला कुछ डर-सी गई।

ट्यूली गार्डन की छोटी-छोटी दुकानों पर बिजली के बल्व जल उठे थे और घूमने-फिरने वालों की गिनती भी काफी बढ़ गई थी। मीना ने अपनी सिल्क की नीली फूलदार साड़ी का पल्ला ठीक करते हुए सोचा कि उसे वापिस होटल चले जाना चाहिए, नहीं तो सर्दी बढ़ जाएगी। इसके अलावा वह उस नवयुवक से परेशान थी जो उसे लगातार देखे जा रहा था। अब वह भी अपनी सीट छोड़कर उससे कुछ दूरी रखते हुए चल रहा था। उस लम्बे नवयुवक के सुनहरी बाल कंधों तक झूल रहे थे। उसने गहरे सुर्मई रंग का सूट पहन रखा था। उसका चेहरा बता रहा था कि वह चाह रहा है कि मीना किसी तरह ज़ाहिर कर दे कि वह उसे नापसंद नहीं करती। मीना ऐसी नज़रों को ख़ूब समझती थी। उसको बहुत ताज्जुब हुआ कि उसने देश, अपने घर और अपने परिवार से इतनी दूर कोपन हेगन में उसे अकेलापन महसूस नहीं हो रहा था, वह अपने अकेलेपन से घबरा नहीं रही थी। दिल्ली में रहती तो उसका मन ज़रूर चाहता कि कहीं से राजेश आ जाए। मीना ने राजेश को दिल की गहराई से प्यार किया था। उसके पास होने का ख्याल ही मीना के दिल में शहनाइयां-सी बजा देता। मग़र अब मीना राजेश की मुहब्बत से आज़ाद थी। शायद इसीलिए उसकी मम्मी ने दो हफ्ते के लिए उसे कोपन हेगन भेजा था। प्रायः मां अपने बच्चों के मन की उलझन को आसानी से समझ लेती है। मीना ने एक दुकान के सामने रुकते हुए सोचा कि उसके डैडी को तो पता भी नहीं होगा कि वह इन दिनों कितनी उदास थी और क्यों? उसने सोचा कि कहीं उसकी मम्मी ने भी तो इसी उम्र में किसी लड़के को इसी तरह नहीं चाहा था। वह दिल्ली वापस जाएगी तो किसी दिन मम्मी से जरूर पूछेगी।

"क्या मैं आपको काफी पीने की दावत दे सकता हूँ? मीना इस प्रश्न पर चौंक पड़ी। उसने देखा कि वह नवयुवक उसके पास खड़ा उसी से यह सवाल कर रहा था। उसने अपना काला चश्मा उतार लिया था। उसकी बड़ी-बड़ी आँखें नीले उजले समुद्र की याद दिलाती थी और उसके सुनहरे बालों से घिरे हुए उसके चेहरे को देखकर मीना को उगते हुए सूरज का ख्याल आ गया।"

"जी? जी नहीं, शुक्रिया। अब सर्दी बढ़ चली है। मैं अपने होटल वापिस जा रही हूँ।" मीना ने दो टूक उत्तर दिया।

"तो आप अपने होटल से एक कार्डिगन या कोट ले लीजिए और फिर मैं आपको अपने शहर की सैर कराऊँगा। हम बन्दरगाह के चारों तरफ नाव में घूमेंगे और दुनिया के सारे बच्चों के लिए प्यारी-प्यारी कहानियाँ लिखने वाले (हाल्सन) हैंस क्रिस्चियन एडरसन की मूर्ति के पास किसी रेस्तरां के सामने, सडक के किनारे बैठकर गुज़रते हुए लोगों को देखेंगे। मैं आपके लिए स्कैन्डेनिविया के मशहूर खुले हुए सेंडविंच का आर्डर दूंगा जिन पर छोटी-छोटी मछलियाँ शराब में भिगोकर सजाई जाती हैं और उबले हुए अंडों की जर्दी होती है और सिरके में डूबे हुए प्याज़ के नन्हे-नन्हे टुकड़े

भी। उस नवयुवक ने खाने का इतना लम्बा ब्यौरा दिया कि मीना को सचमुच भूख लगने लगी। उसका लहज़ा इतना सभ्य था और फिर उसकी बातों से साफ ज़ाहिर हो रहा था कि उसे अपने देश से, अपने शहर से और यहाँ के खाने से बहुत लगाव है। कुछ सोचकर मीना ने हामी भर दी।"

मीना जिस होटल में ठहरी हुई थी वह ट्यूली गार्डन के पास ही था। वे दोनों पैदल ही चलने लगे। रास्ते में मीना को पता चला कि उस नवयुवक का नाम यान फ्रेडरिकसन था। उसकी उम्र अट्ठाईस साल थी और वह कोपन हेगन के एक कॉलेज में अंग्रेज़ी पढ़ाता था। कुछ देर बाद वे दोनों एक छोटे से रेस्तरां के सामने एक बड़ी-सी रंगीन छतरी के नीचे मेज़ के पास बैठे रास्ते चलते लोगों की दौड़ती, रुकती और भागती कारों, शहर की इमारतों और दुकानों पर जलती हुई बिजलियों का देख रहे थे।

"आप बहुत उदास हैं" यान ने कुछ इस तरह से कहा जैसे शिकायत कर रहा हो।

"नहीं... नहीं तो।" मीना ने मुस्कराने की कोशिश की।

"नहीं... तो फिर आपकी ये बड़ी-बड़ी आँखें किसी ग़म से और ज़्यादा काली हो गई हैं।"

"सूरज डूब जाता है तब सबकी आँखें और अधिक गहरे रंग की हो जाती हैं", मीना ने कहा।

"आपकी भी आँखें इस समय उतनी साफ नीली नहीं लग रही हैं। मैं एक बात और कहूँ, मुझे ऐसा लगता है कि आपकी शादी हो चुकी है और कोपन हेगन के बाहर आपका एक सुन्दर मकान है, जहां आप अपनी पत्नी और छोटे-छोटे बच्चों के साथ रहते हैं।"

यान एकदम हंस पड़ा। "नहीं, अभी मेरी शादी नहीं हुई है– अभी तक मेरा मतलब है आज तक। आज तक मुझे ऐसी कोई लड़की नहीं मिली थी जिससे मैं प्यार कर सकता।"

मीना को वे खुले हुए सैंडविच अच्छे लगे और शराब में डूबी हुई मछलियाँ और सिरके में भीगे हुए प्याज़ भी, यान से बातें करना भी उसे भला लग रहा था। उसने सोचा कि यान से उसकी मुलाकात एक इत्तिफाक़ ही थी। उन दोनों का रिश्ता बिल्कुल मासूम था। चार-छः दिन बाद जब वह दिल्ली लौट जाएगी तब फिर यान से कभी नहीं मिलेगी। ऐसे अज़नबी से क्या पर्दा? इसलिए जब वे दोनों खुली हुई नाव में कोपन हेगन बन्दरगाह के आस-पास घूम रहे थे और समुद्र के पानी के ठंडे-ठंडे छींटे मीना के चेहरे पर पड़ रहे थे तब उसने यान को राजेश के बारे में सब कुछ बता दिया। बाद में उसको आश्चर्य भी हुआ कि वह उस अज़नबी से इतनी जल्दी कैसे घुल-मिल गई थी। वह कह रही थी–"हमारे हिन्दुस्तान में पुरुष साहसी प्रेमी भी बनना चाहते हैं और आज्ञाकारी बेटा भी। इसलिए मां-बाप का दिल टूटता

है और कभी उन लड़कियों का जो प्यार की बातों को सच मान लेती हैं।" यह कहते हुए मीना की आँखों में आँसू भर आए थे और राजेश की बेवफाई को याद करके उसकी आवाज़ भर्रा-सी गई थी। यान खामोश रहा।

थोड़ी देर बाद जब वे समुद्र के किनारे एक छोटी-सी चट्टान पर बनी हुई कोपन हेगन की मशहूर जलपरी की मूर्ति को देख रहे थे तब मीना को पहली बार अनुभव हुआ कि यान ने उसका हाथ पकड़ रखा है। मीना ने देखा कि यान की हथेलियाँ चौड़ी और लम्बी-लम्बी ऊँगलियां काफी संवेदनशील थीं। मीना ने सोचा कि अपना हाथ यान के हाथ से छुड़ा ले, मगर उसने ऐसा नहीं किया। वह राजेश को बिल्कुल भुला देना चाहती थी। राजेश और यान के हाथों में, उनकी गर्मी में बहुत अन्तर था। मग़र अब राजेश के हाथों के पास एक घने पेड़ की छाँव में यान ने बहुत प्यार से उसकी ठोड़ी उठाकर उसके होठों को चूमा तो उसने महसूस किया कि चूमते हुए यान के होंठ कुछ कह रहे थे। अपने होंठों पर यान के हिलते हुए होठ उसे बार-बार याद आए।

कोपन हेगन में बाकी दिन मीना के लिए बेहुत तेज़ रफ्तार से बीते। यान हर मुलाकात के बाद उसे कुछ ज़्यादा ही अच्छा लगता। मीना को अपने पर हैरानी होती कि राजेश को इतनी गहराई से प्यार करने के बाद वह एक बिल्कुल अज़नबी पुरुष को कैसे पसन्द करने लगी है। क्या यान का मासूम प्यार उसके टूटे हुए दिल का मरहम बन गया है? एक शाम जब यान मीना को अपने मां-बाप से मिलाने ले गया तब उसकी मां ने कहा-"मैंने अपने बेटे को आज तक इतना खुश नहीं देखा। तुमने अच्छा किया कि हिन्दुस्तान से कोपन हेगन आ गईं। उम्मीद है कि तुम्हें हमारा शहर पसन्द आया होगा और तुम फिर आओगी।"

चलते समय एअरपोर्ट यान ने उससे कहा-"मीना मुझे ऐसा लगता है जैसे मैंने अपने पिछले हर जन्म में तुमसे प्यार किया है।"

"तुम जन्म-जन्म का हाल क्या जानो", मीना हंस पड़ी। भारतीय दर्शन को समझने के लिए भारतीय होना जरूरी तो नहीं और फिर कहने लगा, "अगर दिल्ली में तुम कभी राजेश से मिलो तो मेरी तरफ से उसका शुक्रिया अदा करना कि उसने किसी और लड़की से शादी कर ली। वर्ना मैं तो तुम से शायद अगले जन्म में ही मिल पाता।"

मीना की फ्लाइट की अंतिम घोषणा हो चुकी थी। मगर यान उससे बराबर बातें किये जा रहा था। "मीना तुम यह बात याद रखना कि हमारे मां-बाप यह चाहते हैं कि उनकी सन्तान खुद अपनी पसन्द की शादी करे और मेरी मां को तुम बहुत ही ज़्यादा पसंद हो।" यह कहते-कहते यान की बाहों का घेरा तंग हो गया और मीना को महसूस हुआ कि चूमते हुए यान फिर कुछ कह रहा था। मग़र इस बार उन चूमते हुए होठों की बात मीना ने साफ सुन ली थी।

यान मीना से शादी का आग्रह कर रहा था।

दूसरे दिन सुबह पालम एअरपोर्ट से डिफेंस कॉलोनी जाते हुए मीना की मां ने उसके चेहरे पर दबी-सी खुशी को साफ भांप लिया और सोचा कि चलो अच्छा हुआ। डेनमार्क के सफ़र ने मीना का ग़म भुला दिया है।

"मम्मी क्या यह हो सकता है कि मैंने पिछले जन्म में डेनमार्क में जन्म लिया हो?" मीना ने बड़ी गम्भीरता से पूछा। कार चलाते-चलाते उसके डैडी यह सवाल सुनकर हंस पड़े और उसकी मम्मी ने बहुत प्यार से उसके चेहरे को थपथपाया। और मीना सोचने लगी कि जब वह अपनी मम्मी से इस नये और अनोखे प्यार का ज़िक्र करेगी तो वह क्या कहेंगी।

फिर अपने मकान में बैठे हुए मीना का मन हर पल यही चाहता कि कोपन हेगन से यान का फोन या तार या फिर ख़त आ जाए कि वह भारत उससे मिलने, उससे शादी करने आ रहा है। और ऐसे क्षणों में उसे अपने होठों के ऊपर बातें करते यान के गर्म होंठ याद आ जाते। साथ ही कोपन हेगन के बन्दरगाह के किनारे बैठी हुई वह जलपरी जो आज भी इस इंतज़ार में है कि एक दिन उसका राजकुमार उससे मिलने आएगा। मीठी यादों की बेलें इसी तरह उम्मीद के दरख़्तों पर फैलती चली जाती हैं। जन्म-जन्म से यही होता आया है।

कोहरा

हर तरफ गहरा कोहरा छाया हुआ है और दुनिया की सारी संभावनाएं खिंचकर मेरे दफ्तर की खिड़की के शीशों से आकर लिपट गयी हैं और एक दूधिया उजाला बिखरा पड़ा है। अभी टेलीफोन की घंटी बज़ेगी और तुम मुझसे बात करोगी। अपना नाम तुम्हारी आवाज़ में सुनकर कितना भला लगता है। तुम जब मुझसे बात करोगी तो यह ठंडा कोहरा आंखों के सामने से हट जायेगा और मैं तुम्हारा भोला-भाला चेहरा देख सकूंगा। तुम्हारी काली आंखों में दर्द की एक ऐसी चमक देख सकूंगा जो मेरे दिल में एक कसक-सी छोड़ देती है। मैं तुमसे कहूंगा 'सुनील आ जाओ-हम तुम हाइड पार्क में घूमेंगे, घने पेड़ों के बीच नम घास पर।' इस गहरे कोहरे में हम दोनों झील के इधर-उधर चक्कर लगायेंगे, मैं तुम्हारे हाथों को अपने हाथों में लेकर गर्म रखूंगा, तुम अपनी उदास-सी आवाज़ में बातें करोगी-यूं ही इधर-उधर की – हम दोनों सारी दुनिया से बेखबर एक-दूसरे के साथ रहेंगे। हाइड पार्क के बाहर लंदन ट्रैफिक की चहल-पहल होगी। लेकिन हम दोनों उससे बेपरवाह होंगे। मैं तुमसे कहूंगा कि समय का केवल एक रूप होता है-अतीत। हर बात, हर घटना, हर क्षण अतीत में बदल जाता है। हर इंसान, हर चेहरा, हर निगाह, हर आवाज़, हर खुशबू, हर रिश्ता एक याद बन जाता है। कुछ यादें मुरझा कर सूखे पत्तों और सूखी टहनियों की तरह हो जाती हैं जो पतझड़ के मौसम में सुस्त अन्दाज में बहती हुई नदी के किनारे पड़ी रहती हैं, मगर कुछ यादें ताज़ा खिले हुए फूलों की तरह हरी-भरी होती हैं। तुम किसी पेड़ के नीचे मेरे करीब आ जाओगी। मैं तुम्हारे बालों की महक अपने करीब महसूस करूँगा। हाइड पार्क में बिताये हुए ये क्षण सुन्दर यादों में बदल जायेंगे-यादें जो हम दोनों के मन में बसी रहेंगी। कई वर्ष बीत जाने पर भी हम आज की सुबह को याद रख सकेंगे। हम यह सोचकर खुश होंगे की कोहरे में छिपे हुए लंदन में एक सुबह हम और तुम साथ थे। इस ठंडी सुबह को, इस गरमाहट को हम कभी न भूलेंगे जो तुम्हारे सुन्दर हाथों को मेरे हाथों से मिलेगी, जो मेरे गालों को तुम्हारे चेहरे की छुअन से मिलेगी।

"कल रात 'प्ले ब्याय क्लब' में खाना खाते हुए तुम कितनी भावुक-सी हो रही

थीं। कितना तेज संगीत बज रहा था--जैसे अफ्रीका की आज़ाद ज़िन्दगी की आवाज़ के सहारे लंदन के क्लब में दाखिल हो गयी थी–फर्श पर कितने जोड़े नाच रहे थे। तरह-तरह के रंगों वाली रोशनियां वातावरण को रहस्यमयी बना रही थीं। तुम चाह रही थीं कि चमकदार फ़र्श पर मेरे साथ नाचने लगो। मैं चाहता था कि तुमसे बातें करूँ, उन तेज़ रंग-बिरंगी रोशनियों और शोर भरे संगीत से दूर तुम्हें साथ लेकर जा बैठूँ जहाँ कुछ अंधेरा था।"

"देखिए लोग नाचते-नाचते एक-दूसरे के कितने पास आ जाते हैं", तुमने जैसे धीमे से मुझसे कहा था।

लेकिन सुनीला, शरीर के पास आ जाने से स्वभाव तो नहीं मिल जाते, दिल तो नहीं मिल जाते, सोचने का ढंग तो एक जैसा नहीं हो जाता। मैंने तुम्हें समझाने की कोशिश की थी।

लेकिन कल रात क्लब में मैंने यह नहीं सोचा था कि आज सुबह इतना गहरा कोहरा छा जायेगा और ठंडे कोहरे में खुद मैं भी सोचूंगा कि देह का सम्बन्ध भी एक तरह का संग होता है।

तुम चार साल से लंदन में हो और मुझसे अब तक नहीं मिलीं और अब मिली हो जब तुम भारत जाने वाली हो। समय और दूरी की सीमायें हम दोनों को दूर करने वाली हैं। हमारी ज़िन्दगी में खुशी किसी एक घटना से जुड़ी होती है। हो सकता था कि हम और तुम कभी न मिलते। हो सकता था कि तुम खुशी-खुशी अपने देश वापस लौट जातीं। लेकिन कल रात तुम्हें लंदन छोड़ने का दुःख था। सुनीला, अब जब हम और तुम मिल गये हैं तो फिर वक्त बरबाद न करो। पास आ जाओ, इन तेजी से भागते हुए क्षणों को सुन्दर बना दो। वह सौन्दर्य जो तुम्हारे स्वभाव की गंभीरता में है, तुम्हारे बालों की रेशमी लटों में हे, जो तुम्हारी काली आँखों में छिपे हुए दर्द में है। आओ मेरे साथ हाइड पार्क में सैर करो। फूलों को कोहरे में से झांकता हुआ देखो। झील की ठंडी सतह से धुंधले आसमान तक कोहरे के सफेद झीने आंचल को देखो...

अभी जब टेलीफोन की घंटी बजेगी तब तुम्हारी आवाज़ मुझ तक पहुंचेगी। मैं चाहूंगा लेकिन यह न कह सकूंगा कि सुनीला चलो हाइड पार्क में घूमें। तुम भी मुझसे मिलने के लिए न कहोगी। हम दोनों औपचारिक बातें करेंगे–यूं ही इधर-उधर की बातें। तुम मुझे बताओगी कि तुम्हारा सारा सामान पैक हो गया है और तुम्हारा पति एअरपोर्ट ले जाने के लिए कार का प्रबंध करने गया है। तुम मुझसे अपने बच्चे के बारे में बातें करोगी जो बम्बई में तुम्हारी प्रतीक्षा कर रहा है। तुम दिल की बात होठों तक नहीं लाओगी। इस डर से कि कहीं मैं तुम्हें गलत न समझ लूं। तुम जो एक विवाहिता हो; एक बच्चे की मां। और फिर तुम्हें और मुझे यह भय होगा कि कहीं मेरी पत्नी को पता न चल जाये। तुम मेरी पत्नी की भी मित्र हो न, जैसे मैं तुम्हारे पति का दोस्त हूं। तुम यह नहीं चाहती कि मेरी पत्नी को तुम्हारी किसी बात से दुःख पहुंचे। वह इतनी अच्छी है कि

उसको तकलीफ देना भी पाप है। मैं भी नहीं चाहता कि तुम्हारे पति को किसी संदेह का मौका दूं। वह बड़ा अच्छा इन्सान है। तुम्हें बहुत चाहता है और फिर तुम्हारा अपना जीवन है, अपने कर्त्तव्य हैं। मैं बहुत चाहता हूं लेकिन तुम्हें नहीं कह सकता कि हाइड पार्क आ जाओ। तुम बहुत चाहती थीं, लेकिन कल रात हम क्लब में साथ नहीं नाचे–तुम अभी फोन पर यह बताओगी कि तुम्हारा जहाज़ पांच या छः या सा सात बजे शाम रवाना होता है और मैं तुमसे कहूंगा कि मैं और मेरी पत्नी तुम्हें अलविदा कहने एअरपोर्ट ज़रूर आएंगे–और हम आयेंगे भी। तुम हम दोनों से विदा होकर कस्टम से निकल कर अपने जहाज़ की तरफ चली जाओगी। अपने पति से बातें करती हुई। मैं अपनी पत्नी के साथ तुम दोनों की बातें करता अपने फ्लैट में लौट आऊँगा। शायद हम लोग फिर मिलेंगे–लेकिन तब तक कितना परिवर्तन आ चुका होगा हम दोनों में। फिर यह हाइड पार्क न होगा और न कोहरे में डूबी हुई सुबह और न लंदन की यह व्यस्त ज़िन्दगी, जो आंतरिक शांति के लिए नित नये बहाने ढूंढती है। हम दोनों जो बिना कुछ कहे एक-दूसरे के इतने करीब आ गये थे, फिर दूर हट जायेंगे। फिर खुशियों की यह आंख-मिचौली न रहेगी। ये बीतते हुए क्षण सूखे हुए होंगे और मुरझाये फूलों में बदल जायेंगे।

अब साढ़े दस बजने को हैं। तुम्हारा फोन अब आता ही होगा। मेरे कमरे की खिड़कियों से सफेद कोहरा झांक रहा है, यह मेरा भेद जानता है। इसे तुम्हारे और मेरे बारे में सब कुछ मालूम है। मैं अब कमरे में नहीं बैठ सकता। मैं हाइड पार्क जा रहा हूं सुनीला। हो सकता है तुम भी वहीं आकर मिल जाओ– झील के किनारे घने पेड़ों की शीतल छाया में, फूलों की क्यारियों के पास, जहां अभी पतझड़ का मौसम नहीं आया है।

गूंगे चेहरे

जैसे ही मैं उस छोटे से रेस्तरां में दाखिल हुआ, मेरी नज़र सैली और माइकल पर पड़ गई। वे दरवाज़े के सामने ही बैठे थे और चुपके-चुपके हंस रहे थे। उनकी आंखों में एक चमक थी जो मिलकर की गई किसी शरारत की कामयाबी के बाद आंखों में नाचती है। वैसे रेस्तरां में उस वक्त ज़्यादा लोग नहीं थे, मग़र जितने थे सबके सब उन दोनों को देख रहे थे।

"क्या मैं आपकी मेज़ पर बैठ सकता हूं?" मैंने उनके करीब जाकर आहिस्ता से पूछा। वे दोनों चौंक पड़े, मग़र सैली ने फौरन ही कहा, "जी हां, ज़रूर।" वह मुझे गौर से देखने लगी। वही लम्बी पलकों की चंचल छाया में मुस्कराती हुई आंखें। मुझे संतोष हुआ कि सैली ने पहचान लिया है। बहुत से अंग्रेज़ों को सब हिन्दुस्तानी एक जैसे ही नज़र आते हैं। यूं तो सैली और माइकल के साथ मैं सफर में ही साथ रहा था, मग़र कुछ लोगों से सरसरी मुलाकात भी बरसों याद रह जाती है। कुर्सी पर बैठते हुए मुझे कुछ ऐसा लगा कि माइकल मेरी मौज़ूदगी से खुश नहीं था। वैसे खूबसूरत लड़कियों से शौहर या दोस्तों के चेहरे पर किसी भी भाव को देखकर हम मर्द अक्सर यही समझते हैं कि वे लोग ईर्ष्या की आग में सुलग रहे हैं। कभी-कभी रक़ीब को जलाने की खुशी महबूब के मिलन से ज़्यादा प्रिय बन जाती है।

जब काला लिबास पहने हुए वेट्रेस मेरे खाने का आर्डर लेकर चली गई तब मैंने उन दोनों से कहा, "आप दोनों की मुलाकाम का समा मुझे अच्छी तरह याद है और शायद बरसों याद रहेगा। उस दिन पहली बार मैंने क्यूपिड की तरन्दाज़ी की कला देखी थी।" मेरी बात सुनकर दोनों हैरान से रह गये जैसे उनकी मुहब्बत की पहली यादों की दौलत में अपना हिस्सा मांगकर मैंने उन्हें कंगाल करने की धमकी दे डाली हो। वेट्रेस इतनी देर में मेरा खाना ले आई थी और बहुत करीने से मेरे सामने मेज़ पर सज़ा रही थी। मुझे पाँच महीने पहले की वह सुबह याद आने लगी जब मैंने उन दोनों को पहली बार देखा था।

वह जून का महीना था। लन्दन में कई दिन से लगातार धूप निकल रही थी। सुबह के चार बजे से रात के दस बजे तक सूरज निकला रहता। पेड़-पौधों पर वे नई-नई

कोपलें जो नन्हीं तितलियों के तरह चिपकी रहतीं, खिलकर हरी पत्तियां बन गयी थीं। हर बाग में फूलों की रंगीनी धूप के रेशम के साथ फैली हुई थी। ऊँचे दरख़्तों के तने अपने हरे साये नर्म घास पर फैलाने लगे थे। फूलों की क्यारियों के करीब से लड़कियां बड़ी सुस्त रफ्तार से गुज़रने लगी थीं और खुले हुए आसमान के नीले फैलाव के नीचे हवा यूं धीमे-धीमे चलने लगी थी जैसे खुशबुओं की डोली उठाये हो। ऐसे मौसम में दिल ख्वाहमख्वाह खुश रहता। ऐसे ही एक दिन मुझे लगा कि कार की बजाय अंडर ग्राउंड रेल से आफ़िस जाना चाहिए।

लन्दन में सुबह आठ बजे से दस बजे तक और शाम को पांच बजे से सात बजे तक सड़कों और रेलों में बहुत भीड़-भाड़ होती है। ऐसा लगता है कि इस बड़े शहर के तमाम मर्द और औरतें कहीं न कहीं काम पर जाने के लिए अपने-अपने घरों से निकल पड़े हैं। अंडर ग्राउंड रेलों में बहुत ज़्यादा भीड़ होती है। मग़र शायद यह सिर्फ लंदन में देखने को मिल सकता है कि इतने सारे लोग इतनी छोटी-छोटी जगहों पर जमा हों और फिर भी न भीड़-भाड़ का एहसास हो, न धक्कम-धक्का का। जिनको खुशकिस्मती से बैठने की जगह मिल जाती है वे अपने-अपने अखबार पढ़ने लगते हैं और जो खड़े होते हैं वे बस एक-दूसरे को घूरते रहते हैं—नीली-नीली आंखें, बूढ़ी और जवान आंखें, नम्र और बेरहम आंखें, सावधान और निडर आंखें, निःस्वार्थ और निस्पृह आंखें। और उन आंखों के साथ दीवानों की तरह गूंगे चेहरे। मैं आमतौर पर इतनी भीड़ में सफर करने से बचता हूं, मग़र जब भी इन लोगों से घिर जाता हूं, सोचता हूं कि क्या कयामत के दिन भी ऐसा ही हाल होगा—न किसी को किसी से मिलने की इच्छा, न किसी से बिछुड़ने का ग़म, न किसी के होठों पर खेलती हंसी, न कानों में गूंजी हुई धीमी आवाज़, न शब्दों की कन्दीलें और न भावनाओं की लचकती हुई धुनक। लेकिन जून की उस सुबह मेरे बहुत ही करीब यह लड़की खड़ी थी। उस वक़्त मुझे मालूम नहीं था कि उसका नाम सैली है। ज़्यादा धूप सेकने से उसका गोरा रंग सांवला हो गया था और उसके चमकदार सुनहरे बाल उसके कानों पर बिखरे हुए थे। मैंने उसके दायें हाथ की पूरी लम्बाई को बहुत गौर से देखा था। पिघले हुए तांबे की सी रंगत के गुदाज और सुडौल बाजू पर बहुत महीन-महीन-सा सुनहरे रंग का रोआं था। उसका हाथ बार-बार मेरे कोट की आस्तीन से छू जाता। मैंने उस सुबह कई बार सोचा कि काश! मैं कोट की बजाय आधी आस्तीन की बुशर्ट पहनकर आया होता। ज़िस्मानी छुअन का एहसास यादों को और मजबूत बना देता है। यह सब सोचते हुए मैंने डिब्बे में खड़े हुए और मुसाफिरों की तरफ देखा कि कहीं किसी ने मेरे दिल में छिपी हुई ख्वाहिश को तो नहीं भांप लिया है। मगर वहां तो बस दूर हटती हुई आंखें थीं और उनकी नीलाहट। मैंने फिर सैली की आंखों को देखा था। मेरे चेहरे से कितनी क़रीब थी वे बड़ी-बड़ी आंखें। लम्बी घनी पलकों के बीच मचलती हुई। उनकी सफेदी में पलकों के साये तैर रहे थे और गोल नीली पुतलियों

के बीच में काले रंग के तारे थे और मैंने सोचा था कि अगर यह लड़की अपनी निगाह नीची कर लेगी तो उसकी नज़र खुद उसके गालों के मखमल से फिसली हुई अपने को सुर्ख होठों पर जाकर रुकेगी। उफ उसके होंठ किस कदर खूबसूरत थे। मैंने फिर डिब्बे में चारों तरफ नज़र दौड़ाई थी। मग़र वहां सिर्फ गूंगे चेहरे थे, तस्वीरों की तरह दीवार पर लटके हुए।

उस दौरान रेल कई स्टेशनों पर रुकी, और हर बार कुछ और लोग हमारे डिब्बे में किसी न किसी तरह दाखिल हो गये। अब सैली मेरे और करीब आ गई थी। जिस तरह उसका दांया हाथ मेरे कोट की आस्तीन से चिपका हुआ था उसी तरह उसका बांया हाथ उस लड़के के करीब था जो उस वक़्त इस रेस्तरों में मेरे सामने सैली के पास बैठा था। उस वक़्त मुझे यह नहीं मालूम था कि उसका नाम माइकल है। उस वक़्त तो बस मैं ये दुआएं मांग रहा था कि अगले स्टेशन पर मुसाफिरों का एक ऐसा रेला आये कि उस लड़की के और मेरे ज़िस्म के बीच में कोई फासला बाक़ी न रह जाए। और जब मैं ये दुआएं मांग रहा था तब मैंने माइकल को सैली से ऊँची आवाज़ में यह कहते हुए सुना, "अगर आप थोड़ा-सा मेरी तरफ और घूम जायें तो हम दोनों का यह सफर अच्छी तरह गुज़र सकता है।"

तेज़ रफ्तार से लंदन की सुरंगों में से भागती हुई, शोर मचाती हुई ट्रेन के उस डिब्बे में माइकल की यह बात मेरे अलावा और मुसाफिरों ने भी सुनी। मैंने उनकी तरफ देखा। उन चेहरों से ज़ाहिर होता था कि उन्हें इस नौजवान की गुस्ताखी अच्छी नहीं लगी थी। भीड़ में दो इन्सार एक-दूसरे से गुथकर खड़े हो जायें तो अलग बात है मग़र किसी लड़की को इस तरह की दावत देना बड़ी गलत बात है। मुझे यकीन था उस बात का यह लड़की बहुत बुरा मानेगी और अपना बायां हाथ उस लड़के के कोट की आस्तीन से हटाकर मेरी तरफ घूम जायेगी। लेकिन सैनी ने उस लड़के को अपना चेहरा घुमाकर देखा। हंसी और सिर हिलाकर अपने सुनहरे बालों को झटका दिया और यह कहते हुए कि "अग़र आपकी खुशी इसी में है तो यही सही", माइकल की तरफ मुड़ गई।

मुझे सैली की यह हरकत बिल्कुल अच्छी नहीं लगी। मैंने और लोगों की तरफ देखा। उनकी आंखों के नीलेपन में भी नापसन्दगी की फौलादी चमक आ गयी थी। फिर थोड़ी-देर तक ये दोनों एक-दूसरे को देखते रहे, मुस्कराते रहे और उसके बाद माइकल ने झुक कर सैली के बालों पर कान के पास प्यार किया और फिर यह क्रम बढ़ता गया। मैं हर चुम्बन की आवाज़ सुन रहा था। थोड़ी देर बाद वे दोनों एक-दूसरे में इस तरह गुम हो गये कि शायद उन्हें इस बात का ख्याल भी न रहा कि वह रेल का डिब्बा मुसाफिरों से खचाखच भरा हुआ था। मैंने देखा था कि सैली ने अपने संवलाये हुए खूबसूरत बाजू माइकल की गर्दन में डाल दिये थे और माइकल ने भी बड़ी गरमजोशी से सैली को लिपटा रखा था। मुझे खुद पर ताज्जुब हो रहा था कि

पन्द्रह-बीस मिनट पहले मैं दिल ही दिल में उस लड़की के बारे में यही सब कुछ सोच रहा था और जब तब उस लड़के ने दिलेरी दिखाई और अपने इरादों में कामयाब हो गया तब मैं नैतिकता की आड़ लेकर अफसोस कर रहा था। अब ज़्यादातर मुसाफिरों ने अपनी निगाहें उस जोड़े से हटा ली थीं। सिर्फ एक बूढ़ी औरत नयी पीढ़ी की बेहयाई का ज़िक्र आप ही आप करके बड़बड़ाने लगी थी।

ऑक्सफोर्ड सर्कस पहुंचते-पहुंचते डिब्बा काफी खाली हो गया था, मग़र वे दोनों एक-दूसरे से लिपटे रहे, बातें करते रहे; उनकी बातों से ही मुझे पता चला कि लड़के का नाम माइकल था और लड़की का नाम सैली। ग्रीन पार्क पर ट्रेन रुकी तो वे दोनों एक-दूसरे की कमर में हाथ डाले डिब्बे से निकल गये थे।

जून की उस सुबह के आज पहली बार दोनों मुझे फिर एक साथ नज़र आये थे। उनको देखते ही मैं समझ चुका था कि उन पांच महीनों में उन दोनों की दोस्ती और भी बढ़ती रही होगी, और भी नज़दीकी होती गयी होगी।

"आप कह रहे थे कि आप को मेरी और सैली की पहली मुलाकात का समा हमेशा याद रहेगा–कौन-सी मुलाकात का समा?" माइकल ने मुझे ख्यालों में खोया हुआ देखकर मुझसे सवाल किया।

"कोई पांच महीने पहले एक सुबह जब मैं ऑफिस जा रहा था तब डिब्बे में आप दोनों मेरे साथ थे। जब आप दोनों एक-दूसरे को अपना नाम बता रहे थे तब मैं करीब ही खड़ा सुन रहा था।" फिर मैंने सैली की तरफ देखते हुए कहा, "पसंद तो मैंने भी उस दिन आपको बहुत ज़्यादा किया था मगर माइकल की तरह मैं निडर नहीं हूं। उसके बाद कई बार सोचा कि किसी दिन हिम्मत करके किसी खूबसूरत लड़की से कुछ कह ही दूं कि मेरी तरफ घूम जायें ताकि हम दोनों का सफर अच्छी तरह गुज़रे, मगर कह नहीं पाता।"

"आप किसी लड़की से ऐसा कहियेगा भी नहीं, वरना मुसीबत में फंस जायेंगे", सैली ने मुस्कराते हुए मुझे समझाया और फिर अपने दोस्त की तरफ देखा, "क्यों, मैं ठीक रही हूं न, माइकल?"

माइकल ने इस तरह सिर हिलाया जैसे वह सैली की राय से पूरी तरह सहमत हो।

"मग़र इसमें हर्ज़ ही क्या है? देखिये उस सुबह आपकी और माइकल की दोस्ती हो गई या नहीं?" मैंने कहा।

"मेरी और सैली की शादी हुए तीन साल से भी ज़्यादा हो गये हैं" माइकल ने बताया।

"आप दोनों शादीशुदा हैं? मगर उस सुबह तो आप लोग इस तरह से मिले थे जैसे पहली बार मिले हों", मैंने कहा। वे दोनों मुझे हैरान देखकर हंसने लगे।

"हमें तो जब कभी मौक़ा मिलता है वही ड्रामा खेलते हैं। अभी इस रेस्तरों में

आपके आने से पहले वही सब कुछ हुआ है। इसीलिए तो यहां बैठे हुए सब लोग हमें घूर रहे हैं", माइकल ने कहा।

"मग़र आखिर क्यों?" मुझसे पूछे बिना न रहा गया।

"हम अंग्रेज़ लोग जो इतना बनते हैं न– इसलिये। एक डिब्बे में साथ खड़े होते हैं। एक-दूसरे को घूरते हैं, मग़र ज़ाहिर यही करते हैं कि देखा किसी को नहीं। मुझे और माइकल को ये बनावट अच्छी नहीं लगती। हमें उन सब लोगों को मौका देने में मज़ा आता है।" सैली ने सफाई पेश की।

मैं सिर झुका कर खाना खाने लगा। वे दोनों उठ खड़े हुए। माइकल कहने लगा, "अब हम लोग चलते हैं। मग़र एक बात ज़रूर है कि इस तरह हमारा सफर वाकई अच्छी तरह कट जाता है।"

"किसी निजी रिश्ते को सबके सामने प्रकट करना भी एक कला है" सैली ने जाते हुए कहा, "इन्सान का ईश्वर से रिश्ता बिल्कुल निजी सम्बन्ध है। मग़र उस सम्बन्ध की भी अभिव्यक्ति का एक माध्यम चाहिए था इसीलिए हम धर्म वालों ने इतने सुन्दर प्रार्थना-घर बनवाए हैं।"

मैं खामोश रहा – जून की उसी सुबह, डिब्बे में खचाखच भरे हुए अंग्रेज़ों की तरह गूंगा।

दो राहें

"रमेश"! किसी जानी-पहचानी आवाज़ ने मुझे पुकारा और मैं ट्रैफिक लाइट पर सड़क को पार करते-करते रुककर उस शानदान लम्बी-सी कार की तरफ देखने लगा, जिसके स्टीयरिंग व्हील पर बैठी हुई सुनहरे बालों वाली एक खूबसूरत लड़की मुझे देख रही थी। मुझे फरनांद को पहचानने में देर न लगी। मैं उसके करीब चला गया।

"तुम हिन्दुस्तान में टूरिस्ट तो नहीं हो सकती" मैंने कार की तरफ इशारा करते हुए कहा। "तुम अग़र दिल्ली ही में रहती हो तो कहां और कब से?"

इतनी देर में शायद ट्रैफिक की रोशनी लाल से हरी हो गयी थी। फरनांद की कार के पीछे खड़ी हुई मोटरों की कतार में से कई लोग हार्न बज़ा-बज़ाकर अपनी जल्दबाजी और अमीरी का दिखावा कर रहे थे।

"आओ, तुम अन्दर बैठ जाओ और फिर बातें करो।" फरनांद की कार आगे रेंगने लगी। मुझे मज़बूरन पीछे ही बैठना पड़ा।

"अजबी-सा लग रहा है, फरनांद-जब हम पेरिस में कार में घूमते थे तब हमेशा एक सीट पर बैठते और आज मेरे मुल्क में तुम आगे की सीट पर बैठी हो और मैं-मैं यहां पीछे तुमसे दूर।"

विन्डस्क्रीन के ऊपर लगे शीशे में हमारी निगाहें चार हुईं! "उफ्"! मैंने दिल ही दिल में सोचा-उसकी आंखें अब भी किस कदर नीली थीं, कितनी गहरी थीं-कश्मीर की झीलों की तरह सुन्दर।

"इसमें गलती मेरी तो नहीं, रमेश", उसने सावधानी से मोड़ काटते हुए मेरी बात का जवाब दिया। "मुझसे तो तुम ही दूर रहना चाहते थे।" "यही बहस हम कितनी बार कर चुके हैं, फरनांद और आज तक फैसला नहीं हुआ। पास होना या दूर होना, सब सोचने पर निर्भर करता है। मन से तो मैं आज भी तुमसे उतनी ही दूरी पर हूं जितना पेरिस में था।" पेरिस की बात करते ही मेरे मन में उस सुन्दर शहर के दृश्य घूमने लगे-वह नर्मी से बहती हुई नदी, उसके पानी पर झुके हुए वे फूलदार पेड़, किनारे पर खड़ी हुई वो शानदार इमारतें, वो खुशबूदार फूलों की रंगीन क्यारियां।

"तुम तो वहां भी हर बहस को कुछ इसी तरह खत्म करते थे कि पूरब, पूरब है और पश्चिम, पश्चिम – ये दोनों कभी नहीं मिल सकते–शादी के बहाने भी नहीं", फरनांद ने कनाट प्लेस के एक कैफे के सामने कार पार्क कर दी।

मैंने फरनांद के लिए कैफे का दरवाज़ा बहुत शिष्टता से खोलते हुए कहा, "सच मानो मेरी दोस्त, यह बात तो मैं आज भी कहने के लिए तैयार हूं।"

"और मैंने आज तुम्हें सड़क पर इसीलिए पुकार कर रोका है कि तुम्हें बता दूं कि पूरब और पश्चिम मिल सकते हैं, सिर्फ दिल में उसका अरमान होना चाहिए।"

हम दोनों कैफे के एक अंधेरे से कोने वाली मेज़ पर बैठकर कॉफ़ी का इन्तज़ार करने लगे। फरनांद खामोश थी मगर उस मद्धम रोशनी में भी यह पता चलना मुश्किल न था कि वह ठीक शब्द खोजने के लिए बेचैन थी। मैं सोच रहा था कि चाहे एक साल बीत गया है, मगर ऐसा लगता है जैसे कल शाम की बात हो। जब आइफल टावर के ऊपर रेस्तरां में हम दोनों बैठे हुए ज़िन्दगी की गुत्थियां सुलझा रहे थे। फरनांद बार-बार कहती कि उसके दिल में मेरे लिए बेपनाह मुहब्बत ही हम दोनों की शादी के लिए काफी थी और मैं उस दलील से सहमत नहीं हो रहा था। मैं कह रहा था कि कुछ जरूरी तो नहीं कि शादी से पहले ही मुहब्बत की जाये। कामयाब ज़िन्दगी तो उन लोगों की होती है जो शादी के बाद एक-दसूरे से मुहब्बत करते रहें...।

"रमेश, फरनांद की आवाज़ बोझिल हो गयी थी", जब तुम पेरिस से बग़ैर कोई वादा किये हिन्दुस्तान लौट आये तब मैं बहुत दुःखी थी। वह खामोश हो गयी बैरा हम लोगों के सामने खुशबूदार गर्म-गर्म कॉफी रखकर चला गया था। वह कॉफी को चम्मच से यूं ही हिलाती रही। मुझे याद था कि वह चीनी नहीं लेती थी।

"मैं बहुत उदास रहती थी। एक रोज़ इत्तिफाक से नैपोलियन के मकबरे के पास मेरी मुलाकात एक हिन्दुस्तानी इंजीनियर से हो गयी। वह भी तुम्हारी तरह था। तुम्हारी जैसी आंखें, तुम्हारे जैसा सांवला रंग, तुम्हारे जैसे बाल–वह भी पेरिस में पढ़ने आया था।" फरनांद फिर खुश हो गयी। उसने अपने काले रंग के हैंडबैग से सुनहरा सिगरेट केस निकालकर एक सिगरेट मुझे दिया, एक खुद अपने होठों में दबाकर कुछ सोचने लगी। फिर लाइटर की रोशनी में मुझे ऐसा महसूस हुआ जैसे फरनांद की नीली झील जैसी आंखें डबडबा आई थीं। लौ की रोशनी में उसकी दूधिया रंगत यूं दमक उठी थी जैसे शाम की लाली में संगमरमर से बना ताजमहल जगमगा उठता है।

"मग़र रमेश" फरनांद ने लाल होठों को गोल करके धुएं का एक छल्ला मेरी तरफ उझालते हुए कहा, "कपूर तुमसे अलग था। उसके सोचने का ढंग अलग था। तुम्हें याद है तुम पेरिस में हमेशा कहा करते थे कि शहर के किसी ऐसे हिस्से में चलो जहां से आइफल टावर नज़र न आता हो। हम शायद पहली और आखिरी बार आइफल टावर उस शाम गये थे जब तुमने रेस्तरां में मुझसे झगड़ा किया था, यह कहकर कि तुम सपनों के सहारे नहीं जीते और फिर उसके दूसरे दिन ही हिन्दुस्तान

लौट गये थे।"

"मुझे याद है फरनांद वह शाम। मैं अभी उन्हीं बातों के बारे में सोच रहा था।"

उस शाम के बारे में सोचते हुए मैंने बहुत-सी शामें तुम्हारी याद में गुज़ारी हैं। उन जगहों पर अकेली घूमी हूं जहां हम और तुम साथ-साथ जाते थे। रमेश! तुमने कभी यह नहीं सोचा होगा कि एक मुहब्बत करने वाले के लिए इससे बड़ी कोई और सज़ा नहीं हो सकती कि वह उन जगहों पर अकेला रह जाये जहां वह अपने महबूब के साथ घूम चुका हो। फरनांद ने जल्दी-जल्दी सिगरेट के दो-तीन कश लिए। धुएं की नीली चादर जब आहिस्ता-आहिस्ता हमारे बीच से उठकर कैफे की धीमी रोशनी में खो गयी तब मैंने देखा कि फरनांद का दुःखी चेहरा कॉफी की प्याली पर झुका हुआ था।

यह जानकर बेहद खुशी हुई फरनांद, कि पश्चिम की लड़कियां भी इतनी भावुक हो सकती हैं। मुझे उसे छेड़ने में मज़ा आता था। गुस्से से उसका चेहरा तमतमा उठा।

"हां भावुकता तो सिर्फ तुम लोगों के हिस्से में आ गयी है। मुझे न सताओ, रमेश, नहीं तो मैं रो पड़ूंगी।"

"मग़र फरनांद तुम यहां रोने के लिए नहीं आई हो। तुम तो मुझे यहां इसलिए लाई हो कि मैं यह समझ लूं कि पूरब और पश्चिम मिल सकते हैं।"

हाँ, हाँ, बताती हूं, "उसने एक और सिगरेट सुलगा ली। कपूर और मैं रोज़ ही मिलते। मैं तुम्हें भूल जाना चाहती थी। भूल जाना चाहती थी कि तुम हमेशा जमीन पर ही रहना चाहते थे। आसमान में उड़ना तुम्हें बेवकूफी लगती थी। कपूर को आइफल टावर बहुत पसंद था। हम दोनों वहां हर शाम घूमने जाते और जानते हो उसी रेस्तरां में जहां तुमने कहा था कि हम दोनों की राहें अलग-अलग हैं, एक रात खाने के बाद कपूर ने मुझसे शादी की बात की।"

"और इस तरह तुम दिल्ली आईं—क्यों मिसेज़"?

"हां, मैंने उसी रात हां कह दी और वह रात वाकई बहुत हसीन रात थी। इतना बड़ा चांद मैंने फ्रांस में पहले कभी नहीं देखा था और पेरिस उससे पहले कभी सपनों का शहर नहीं लगा।"

"शादी की मुबारकबाद कबूल करो।" मैं अपने लहजे से व्यंग्य को न छिपा सका। "मग़र फरनांद तुम्हें तो शायद मुझसे मुहब्बत थी।"

"हां थी—मग़र अब कपूर से है। मुझे नहीं मालूम था कि तुम दिल्ली में रहते हो और इसीलिए तुम्हें अचानक देखकर मैंने तुम्हें रोक लिया। हो सकता है कि कभी किसी न किसी दुकान में, किसी क्लब में तुम्हारा और मेरा और कपूर का आमना-सामना हो जाये। मेरी बस इतनी ख्वाहिश है कि तुम उसे यह मत जताना कि तुम मुझे जानते हो या कि हम और तुम दोस्त रह चुके हैं।" उसने सिगरेट केस और लाइटर उठाकर अपने हैंडबैग में रख लिए और जाने के लिए उठ खड़ी हुई।

"गुड बाई रमेश–मैं यहां से अकेले ही बाहर जाऊँगी। मैं नहीं चाहती कि कपूर को यह खबर मिले कि मैं यहां किसी दूसरे मर्द के साथ घूम रही थी।"

"गुड बाई, फरनांद–गुड बाई मिसेज़ कपूर", मैंने कुर्सी से उठते हुए कहा। वह चली गयी मग़र मैंने मुड़कर उसे जाते हुए भी नहीं देखा और एक सिगरेट सुलगाकर मैं ठंडी कॉफी के घूंट उतारने लगा।

बिल अदा करके मैं उठने को ही था कि फरनांद की आवाज़ ने मुझे चौंका दिया। "रमेश–मैं सिर्फ एक बात पूछने के लिए बहुत दूर से लौट कर आई हूं।"

"पूछो" मैंने बेमन से कहा।

"क्या तुम्हारी शादी हो गयी है, रमेश"? उसकी आंखों की नीली चमक से कुछ ऐसा लग रहा था जैसे वह कोई अच्छा जवाब सुनना चाह रही हो।

"हां हो गयी– मग़र इत्मीनान रखो किसी फ्रांसीसी लड़की से नहीं।"

फरनांद ने मेरा हाथ कुछ अजब गर्मजोशी से दबाया और तेज़ी से पलट कर चली गयी।

मैं दूर तक उसे जाते हुए देखता रहा।

सवाल

"मैं तुमसे मिलंना चाहती हूं, वकार।"

फोन पर मैंने मंजू की आवाज़ फौरन पहचान ली, हालांकि उसने कोई दो साल बाद मुझे फोन किया होगा। कुछ आवाज़ें आदमी के चेहरों की तरह होती हैं। उनको काफी समय के बाद भी पहचानना मुश्किल नहीं होता। मंजू की आवाज़ का उतार-चढ़ाव कुछ ऐसा प्यारा था कि दिल चाहता यूं ही उससे बातें करते रहें। मंजू और मैं कई साल पहले लंदन यूनिवर्सिटी में साथ पढ़ते थे। उन दिनों मैं उसे जानबूझकर खूब छेड़ता और वह सचमुच नाराज़ होकर देर तक बातें करती रहती।

"हां, हां ज़रूर मंजू", मैंने उसकी बात का जवाब देते हुए कहा, "कितने दिन हो गये हैं तुमसे मिले हुए। अच्छा हुआ तुमने फोन कर लिया। तुम और माइकल आज रात का खाना हमारे साथ ही खाओ।" मेरे दोस्तों को अक्सर ताज़्जुब होता कि मैं अपनी पत्नी से पूछे बिना किस तरह मेहमानों को खाने पर बुला लेता हूं। लंदन की भाग-दौड़ भरी ज़िन्दगी में ऐसा कम ही होता है। यहां तो हफ्तों पहले किसी के घर जाने का वक़्त तय करना पड़ता है। लेकिन जिस तरह कुछ लोगों को सिनेमा देखने का शौक होता है, कुछ को किताबें पढ़ने का शौक होता है उसी तरह रूबाब को खाना पकाने का शौक है। पूरब की परम्परा के अनुसार रूबाब भी मानती है कि मेहमान के आने से बड़ी बरकत होती है। इसलिए जब हमारे घर मेहमान आते हैं तब रूबाब बहुत खुश होती है। हमारी बेटी रूही भी थोड़ी देर की बनावटी शर्म के बाद मेहमानों से खूब घुल-मिल जाती है।

"नहीं वकार-मैं तुमसे कहीं अलग मिलना चाहती हूं।" मंजू ने ज़िद की। "तुम कोई घंटे भर बाद पार्क में आ जाना-वहीं गुलाब के फूलों के पास। मैं तुम्हारा इन्तज़ार करूंगी।"

फोन कट गया। मंजू को जैसे भरोसा था कि मैं इन्कार नहीं करूँगा। मुझे यह बात कुछ अजीब-सी लगी। जब से हम लोगों की शादियां हुई थीं, हम अकेले नहीं मिलते थे। मुझे और रूबाब को दरअसल मंजू का पति माइकल भी बहुत पसंद था। उसका कद बहुत लम्बा था। बाल सुनहरे थे और आंखें नीली झील जैसी। उन दोनों का जोड़ा

बहुत सुन्दर लगता था। बस माइकल बातचीत ज़रा कम किया करता था।

एक घंटे बाद जब मैं रीजेन्ट पार्क की तरफ बढ़ रहा था तब मैंने देखा कि लंदन की इमारतों पर झुके हुए बादल छँट गये हैं और बहुत ही मुलायम सी धूप फैलनी शुरू हो गई है। इंग्लैण्ड में कुछ अरसा रहने के बाद हम हिन्दुस्तानी भी अचानक धूप देखकर अंग्रेज़ों की तरह खुश होते हैं।

थोड़ी देर बाद मैं पार्क के उस हिस्से पर पहुंच गया जहां हर रंग के सुन्दर गुलाबों की क्यारियां थीं और जहां गर्मी के मौसम में अक्सर मैं और मंजू शेक्सपियर के नाटक देखने आते थे, जो खुले हुए लान पर खेले जाते थे। नाटक शुरू होने से पहले हम चॉकलेट या आइसक्रीम खाते हुए गुलाबों के बीच घूमते रहते। मंजू यूं ही इधर-उधर की बातें करती रहती और मैं सुनता रहता।

"तुम नहीं जानते वकार, तुम्हारी सबसे बड़ी खूबी क्या है।" वह चलते-चलते रुककर बहुत गम्भीर स्वर में कहती और मैं उसकी आंखों में झांकते हुए सोचता रहता कि उसकी काली आंखें कितना कुछ कह देती हैं। "तुम बड़े शौक़ से बातें सुनते हो। कितने लोग हैं इस दुनिया में जो दूसरों की बातों को इतने ध्यान से सुनते हैं?"

नाटक खत्म होने के बाद हम हाथ में हाथ डाले घूमते रहते। किसी शान्त से रेस्तरां में खाना खाते, और फिर मैं उसे ऑक्सफोर्ड सर्कस ट्यूब स्टेशन तक ले जाकर छोड़ देता। वह नदी की दूसरी और कहीं दूर रहा करती थी।

मन्जू मुझे बहुत अच्छी लगती थी। उसका कद अच्छा लम्बा था। आंखें बड़ी-बड़ी सी थीं। होंठ भरे-भरे से थे। बाल रूखे-रूखे से थे। मैं सिर्फ मंजू की हद से ज़्यादा बढ़ी हुई रोमानियत से डरता था। ज़िन्दगी के हर पहलू के बारे में वह बेहद रोमानी थी। वह कहा करती, "हमें एक ऐसी दुनिया बनानी चाहिए जिसमें न कोई अमीर हो न गरीब, न काला हो न गोरा, न मुसलमान हो न हिन्दू, न पूंजीवाद हो न कम्युनिज़्म।" मंजू के सपने बहुत प्यारे होते, लेकिन उसे कभी यह ख्याल न रहता कि ख्वाबों और हक़ीकत में दूरी भी होती है। और यह दूरी सिर्फ शब्दों से दूर नहीं होती। अभी तक किसी ने वह जादू तलाश नहीं किया जो देखते ही देखते दुनिया की सारी समस्याएं दूर कर दे और फिर पिछली उलझनों के हल भी तो नई गुत्थियां पैदा कर देते हैं। मंजू के सपने एक नाजुक तितली की तरह होते। समझ में नहीं आता था कि उस तितली को पकड़कर बंद कर लिया जाये या फिर खुशबूदार फूलों के बीच अपने रंगीन पंख फैलाये भटकने दिया जाये।

फिर हम दोनों की पढ़ाई पूरी हो गई। नतीजा निकल चुका था। हम हिन्दुस्तान लौटने के लिये तैयार थे। मुझे यूरोप में कई जगह रहते हुए वापस जाना था। मंजू सीधी दिल्ली जा रही थी। उस आखिरी शाम रीजेन्ट पार्क में कोई नाटक नहीं हो रहा था, लेकिन हम वहीं मिले। उन्हीं गुलाबों की क्यारियों के बीच।

"मैं वापस जाऊँगी न वक़ार, तो सोशल वर्क करूंगी", काफी देर चुपचाप

चहलकदमी करने के बाद मंजू ने कहा, "अग़र हमारे देश के लोग खुश रहेंगे तो हमारा देश आगे बढ़ेगा। गरीबी दूर हो जायेगी। किसी की आंख में आंसू न रहेंगे", मंजू रो रही थी। मैंने उसको अपने करीब खींच लिया। अपनी उंगलियों से उसके गालों पर बहते हुए आंसू आहिस्ता-आहिस्ता पोंछे। एक-दो बूंद बहकर उसके होंठो के ऊपर कांप रहे थे। मैंने झुककर उसके होठों को प्यार कर लिया।

"मंजू, मेरी दोस्त, तुम सिर्फ इन गुलाबों की नाज़ुक पंखुड़ियों को देखती हो, उनकी रंगीनी को देखती हो, उनकी महक सूंघती हो, उनकी सुन्दरता तुम्हारा ध्यान बांध लेती है। यह बहुत अच्छी बात है, लेकिन इन्हीं गुलाबों के पास ही कांटे हैं, हरी पत्तियां हैं, डंठल और जड़ें हैं, गुलाब की सुन्दरता में इन सबका भी बड़ा हिस्सा होता है।"

मंजू चुपचाप खड़ी रही, जैसे मेरी बाहों में खड़ी-खड़ी सो गई हो। भावनाओं का आवेग कभी-कभी आदमी को शब्दों के पार ले जाता है।

मंजू से मेरी अगली मुलाकात कोई साल भर बाद दिल्ली में हुई थी। वह मेरी शादी में शामिल होने आई थी। तोहफे का एक बड़ा-सा रंगीन पैकेट उसके हाथ में था।

"कैसी हो मंजू?" मैंने अपने सेहरे के फूल दोनों हाथों से हटाते हुए पूछा।

"लंदन में जब हम आखिरी बार मिले थे तब भी फूल हम दोनों के करीब थे और दिल्ली में भी फूल हमारे करीब हैं।" उसने सेहरे को छूते हुए कहा, "लेकिन आज ये फूल मेरे और तुम्हारे बीच आ गये हैं।" मंजू की आवाज़ सुनकर ऐसे लगा जैसे वह इसी एक साल में अपना अल्हड़पन भूल गयी हो। "वक़ार हर फूल के साथ कांटे नहीं होते। देखो तुम्हारे सेहरे में ये चमेली के सफ़ेद फूल कितने अच्छे लग रहे हैं। खैर में ज़्यादा देर नहीं ठहर सकती। अब चलती हूं। सिर्फ तुम्हें मुबारकबाद देने आ गयी थी। जल्दी ही मैं लंदन वापस जाने वाली हूं।" मैं और मेहमानों से घिर गया। मंजू से बातें न कर सका। उसकी आवाज़ की उदासी की वज़ह न जान सका। उसके होठों पर मुस्कराहट जैसे बिल्कुल औपचारिक थी।

चार साल हुए जब मैं और रूबाब लंदन आये तब किसी पार्टी में मंजू से हमारी मुलाकात हो गयी। उसने अपने पति माइकल से हमें मिलाया। मंजू ने बताया कि जब वह बम्बई से पानी के जहाज़ से लंदन लौट रही थी कि उसी जहाज़ पर माइकल से भेंट हुई। माइकल इंजीनियर था। तीन साल आस्ट्रेलिया में रहने के बाद अपने देश वापस जा रहा था। उनकी मुलाक़ात दोस्ती में और दोस्ती प्यार में बदल गयी। फिर प्यार शादी का बहाना बन गया। मंजू और माइकल कभी-कभी हमारे घर आ जाते तो कभी हम उनके फ्लैट में चले जाते, जो लंदन एयरपोर्ट के रास्ते में पड़ता था। मंजू को हमारी बेटी रूही बहुत अच्छी लगती। देर तक दोनों एक-दूसरे से खेलते रहते। मंजू कहती, "रूही बिल्कुल तुम्हारी तरह है वक़ार", रूही अपने नन्हें हाथ मंजू के

चेहरे पर फेरती तो मंजू रूही को लिपटा लेती। अग़र छोटे बच्चों की भाषा कोई समझ सकता तो पता चलता कि रूही किस तरह अपना प्यार मंजू पर प्रकट किया करती है।

मैं बीती बातें सोचता हुआ रीजेन्ट पार्क में गुलाब की क्यारियों के पास पहुंचा तो घास पर मंजू बैठी दिखाई दी। वह किसी गहरे सोच में डूबी हुई थी। उसके रूखे बाल चेहरे पर झुके हुए थे। मैं उसे पास ही बैठ गया।

"रूही कैसी है, वक़ार?" मंजू की आवाज़ उसकी आंखों की तरह उदास लग रही थी, "अब तो वह काफी बड़ी हो गयी है। खूब बातें करती है। दिन भर में हज़ारों सवाल कर डालती है। मैं और रूबाब जवाब देते-देते थक जाते हैं लेकिन रूही के सवाल खत्म नहीं होते।"

"तुम कैसी हो मंजू? बहुत दिन से तुम और माइकल हमारे घर पर नहीं आये, बात क्या है?" "मैं पिछले दिनों बहुत कुछ सोचती रही हूं। तुम्हें शायद मालूम नहीं, वक़ार कि मैं अक्सर रीजेन्ट पार्क आती हूं। मैंने यहां के माली से दोस्ती कर ली है। वह बूढ़ा आदमी है। कोई तीस साल से वह काम कर रहा है। बागवानी के बहुत से गुर वह मुझे बता चुका है। दूसरी बड़ी लड़ाई में जब सारा शहर गोले और बारूद की गंध में डूब गया था तब भी वह यहां फूल उगाने की कोशिश करता था।" हल्की-सी हवा में गुलाब आहिस्ता-आहिस्ता झूम रहे थे, जैसे कह रहे हों कि मंजू ने माली के बारे में जो कहा है, सच है।

"मैं अच्छी तरह जानता हूं। तुमने मुझे बागवानी पर लेक्चर सुनाने के लिए यहां नहीं बुलाया है। तुम शायद मुझसे कुछ और कहना चाहती हो मंजू।" कॉलेज के ज़माने की बेफिक्री अब न रही थी। दफ्तर लौटने की जल्दी थी।

"एक बात कहनी है तुमसे, और उस बात का संबंध इन्हीं फूल-पत्तियों और डंठलों से है। मैंने एक दिन बूढ़े माली से पूछा था कि वह हर साल इतने अच्छे, इतने सुन्दर रंगों के गुलाब कैसे उगाता है। और जानते हो वक़ार उसने क्या जवाब दिया? उसने कहा कि अच्छे गुलाबों की कलम लगाना चाहिए, और फिर अच्छी खाद और देखभाल। फिर गुलाब का सुन्दर और मोहक रंग क्यों न हो।" मंजू बड़े-बड़े लाल फूलों को गौर से देख रही थी।

"तुम्हारा इरादा अब गुलाब की खेती करने का है?" मैंने उससे पूछा।

"नहीं, यह बात नहीं... लेकिन मैंने सोचा है कि मेरे भी एक बच्चा होना चाहिए। रूही से मिलती हूं तो मेरे दिल में ममता जाग उठती है।"

"यह बहुत अच्छा ख्याल है। तुम्हारा और माइकल का बच्चा तो बहुत सुन्दर होगा। हो सकता है उसके बाल तुम्हारी तरह काले हों और आंखें माइकल की तरह नीली और रौशन।"

"नहीं वक़ार, यही तो मैं नहीं चाहती। मैंने बहुत सोचकर फैसला किया है कि

तुमसे कहूं कि मेरे बच्चे के बाप बनने का फ़र्ज़ तुम स्वीकार करो।" मंजू की आंखें मेरे चेहरे पर जमी हुई थीं। मैं यह बात सुनकर चौंक-सा गया। इतने साल बीत जाने पर भी वह अपनी रोमानियत नहीं भूली थी।

"तुम सोच रहे होगे कि अब तक मैं जागते हुए भी सपने देखती हूं। उन दिनों जब हम वहां शेक्सपियर के नाटक देखने आते थे, अग़र मैं इतनी ही हक़ीकत पसंद (यथार्थवादी) होती जितनी आज हूं तो शायद रूही मेरी अपनी बेटी होती।"

"लेकिन मंजू–" मैंने उसकी बढ़ी हुई भावुकता को रोकना चाहा।

"वक़ार... किसी भी औरत के लिए ऐसी बात कहना मुश्किल है," मंजू ने मेरी बात काटी, "मैंने बहुत सोचने के बाद यह फैसला किया है। मैंने माइकल को कुछ नहीं बताया है। ज़रूरी नहीं कि तुम रूबाब को भी यह सब बताओ। यह राज़ हम दोनों के बीच में रहेगा... इन फूलों की तरह। इस वक़्त "हां" या "ना" मत कहो। मुझे फोन कर देना। मेरी खुशी तुम्हारे हाथ में है...।

हम दोनों काफी देर चुपचाप बैठे रहे। फिर वह बिना कुछ कहे उठकर चल दी। मैं वहीं बैठा सोचता रहा कि मंजू अब तक सपने देखती है–लेकिन अब यह पता लगाना मुश्किल हो गया है कि उन सपनों का संबंध आने वाले कल से है या बीते हुए उन दिनों से जब मैं और वह इन्हीं फूलों के बीच घूमते थे।

एहसास

लंदन में यूनिवर्सिटी कॉलेज के सामने किताबों की एक बहुत बड़ा दुकान है, मैंने पहली बार प्रेम को वहीं देखा था। कॉलेज में पढ़ने वाली आम अंग्रेज़ लड़कियों की तरह वह भी ज़ीन्स और एक मोटा सा ढीला-ढाला स्वेटर पहने हुई थी। उसके गले में भारतीय सिल्क का एक रंगीन स्कार्फ लिपटा हुआ था। उसके बाल कंधों तक झूल रहे थे और उसकी चमकती हुई आंखें बड़ी-बड़ी पलकों की ओट में शैल्फ पर रखी हुई किताबों के नामों पर रुक-रुक कर आगे बढ़ रही थी। मैंने ग्राहम ग्रीन की किताब "कमेडियन" के लिए हाथ बढ़ाया और ठीक उसी वक्त प्रेम का हाथ भी उसी किताब के लिए आगे बढ़ा। मैंने देखा उसका हाथ बहुत सुन्दर था। चन्दन जैसी सुडौल उंगलियों के नाखून बहुत करीने से तराशे हुए थे।

"क्या आपको भी ग्राहम ग्रीन बहुत पसंद है?" प्रेम ने जैसे मुझसे धीमे से पूछा। प्रेम ने यह बात कुछ इस ढंग से कही थी जैसे वह "हां" के सिवा कोई और जवाब नहीं सुनना चाहती थी। उसकी आवाज़ का भोलापन अच्छा लगा था। उसके बोलने के ढंग में एक अपनापन था। विदेश में ऐसी कितनी ही छोटी-छोटी बातों के सहारे लोग दोस्ती का जाल बुनकर एक-दूसरे के करीब आते हैं।

"जी हां, ग्राहम ग्रीन आज के दौर का बहुत बड़ा साहित्यकार है।" मैंने खुद को कहते हुए सुना, हालांकि मैं कहानीकारों और उपन्यासकारों के कुछ और नाम गिना सकता था। कई महीने बाद मुझे एहसास हुआ कि प्रेम अपनी बात मनवाने के लिए हमेशा इसी प्यार भरे अंदाज़ से सवाल किया करती थी।

हम किताबों की दुकान से साथ-साथ निकले। मैंने प्रेम से कॉफी पीने का प्रस्ताव किया और हम पास ही उस रेस्तरां में चले गये जहां हर मेज पर लंदन यूनिवर्सिटी के विद्यार्थी बैठे राजनीति पर बहस करते दिखाई देते थे। प्रेम ने बताया कि वह दिल्ली की रहने वाली है और उसके माता-पिता ने उसे उच्च शिक्षा के लिए छः महीने पहले लंदन भेजा था। उस दिन के बाद मैं और प्रेम नियम से मिलने लगे। वह अक्सर मेरे कॉलेज के कामन रूप में मेरा इन्तज़ार करती हुई मिलती। फिर मैं उसके फ्लैट पर चला जाता जहां हम बिना दूध की कॉफी पीते। प्रेम का कहना था कि दूध से कॉफी

का असली स्वाद खराब हो जाता है। वह रेडियोग्राम पर कोई रिकार्ड लगाकर पूछती, "क्या धीमे सुर में बजता हुआ संगीत आपको भी पसंद है?" सचमुच मुझे धीमा संगीता हमेशा अच्छा लगता था, जैसे नरमी से कोई झरना गिर रहा हो।

प्रेम को खाना बनाने में कोई रुचि नहीं थी। हम अक्सर बाहर किसी इतालवी, यूनानी या चीनी रेस्तरां में खाना खाते।

"क्या आपको भी चीनी खाना बहुत अच्छा लगता है?" प्रेम अपने बालों को पीछे झटक कर पूछती और मैं उसकी राय से फौरन सहमत हो जाता, हालांकि मुझे भारतीय खाना बहुत अच्छा लगता था। प्रेम जब ऐसे सवाल करती थी तब जवाब के बारे में उसकी आंखों में संदेह की धुंध नहीं बल्कि विश्वास की चमक कौंधती दिखाई देती। प्रेम अपनी इस प्यारी-सी अदा के सहारे मुझे धीरे-धीरे बदल रही थी। मुझे एहसास तो था लेकिन कोई खास फिक्र नहीं थी। प्रेम के साथ बढ़ती हुई दोस्ती मुझे बहुत भली लगती थी। मैं उन दिनों सोचा करता कि प्रेम में वो सब खूबियां हैं जो उस लड़की में होनी चाहिए जिसेस मिलकर मेरे माता-पिता, भाई-बहन सब खुश हो सकते हैं।

एक दिन हम ऑक्सफोर्ड स्ट्रीट से जा रहे थे। मैं नया सूट खरीदना चाह रहा था। प्रेम ने मेरी आंखों में आंखें डालकर पूछा, "क्या आपको भी चाकलेटी रंग के सूट बहुत पसंद हैं?" उसकी आंखों में वही प्यार भरा आग्रह था जो मुझे बांधने लगा था। इसलिए मैंने उस बार चॉकलेटी सूट ही खरीदा।

"आपकी उम्र के लोग भड़कीले रंग की टाइयों में अच्छे लगते हैं। आपको भी भड़कीले रंग की टाइयां पसंद हैं न?" प्रेम ने बड़े प्यार से सवाल किया और मैं अक्सर सुन्दर और रंगीन फूलों वाली टाइयां बांधे नज़र आने लगा।

मैं जब भी प्रेम की राय मान लेता तब वह बहुत खुश दिखाई देती। बस में बैठी होती तो मेरे कंधे पर सिर रख देती। फुटपाथ पर साथ चल रही होती तो और पास आ जाती। ऐसे मौकों पर अग़र मैं उसे अपनी बाहों में समेट लेता तो मुझे कुछ ऐसा लगता जैसे मैंने लम्बे डन्ठलों वाले कमल उठा लिये हों।

एक दिन जब उज़ली-निखरी धूप खिली हुई थी तब हम लोग लंदन यूनिवर्सिटी से दूर केव गार्डन गये। वहां प्रेम ने मुझे बहुत प्यारी-प्यारी रूमानी कविताएं सुनाईं। उस घने पेड़ की छाया में प्रेम की आवाज़ काफी ऊँची लग रही थी।

"क्या आप भी सोचते हैं कि कविताएं ऊँची आवाज़ में ही पढ़नी चाहिएं?" प्रेम ने पूछा।

फिर केव गार्डन से वापसी पर अंडर ग्राउंड ट्रेन में मेरे पास बैठी हुई प्रेम कह रही थी। "वे मर्द कितने अच्छे लगते हैं जिनकी हल्की-हल्की मूंछे होती हैं?" उस शाम मैंने उसके फ्लैट में एक पत्रिका पड़ी देखी जिसके कोने में प्रेम ने एक जर्मन कहावत लिख रखी थी, जिसका मतलब था कि बिना मूंछों वाले मर्द का प्यार कुछ

ऐसे होता है जैसे बिना नमक की सब्जी। कुछ दिन बाद प्रेम के होठों से जब मेरे होंठ मिलते तब उनमें नमक का हल्का-सा स्वाद भी घुला रहता।

अगस्त का महीना आ रहा था। मैं प्रेम से एडिनबरा चलने के लिए कह रहा था, जहां हर साल यूथफेस्टिवल होता है। बहुत से देशों के लोग वहां आते हैं। एडिनबरा के ऊँचे और मज़बूत किले के आंचल में खूबसूरत प्रिंसेस स्ट्रीट के सामने कुछ दिन के लिए खूब चहल-पहल रहती है। रविशंकर भी लगभग हर साल अपने सितार से बहुत से पश्चिमी देशों के लोगों को खुश करते हैं। लेकिन प्रेम एडिनबरा चलने के लिए तैयार न थी।

"उन दिनों मैं बहुत उदास हूंगी", उसने कहा और मुझे ऐसा लगा जैसे वह रो देगी। सावन की काली-काली घटायें उमड़ कर लंदन आ गयी थीं। "उन दिनों दिल्ली में मेरे भाई की शादी है और फिर भाई-भाभी कुछ दिन के लिए लंदन आ रहे हैं।"

ज़ाहिर था, ऐसे मौकों पर घर की याद भला किसे न सतायेगी। इसीलिए जिस रात प्रेम के भाई की शादी थी, मैं उसे थियेटर ले गया। एक चीनी रेस्तरों में खाना खिलाया और जब मैं उसके फ्लैट से चलने लगा तब वह मेरे गले में बाहें डालकर खूब रोई उसके होंठ आंसुओं से भीगे हुए थे। पहली बार चूमते हुए मुझे नमक की घुलावट मिली।

प्रेम के भाई श्याम को जब मैंने एयरपोर्ट पर देखा तो चौंक सा गया। श्याम ने चाकलेटी रंग का सूट पहन रखा था। उसकी टाई बहुत भड़कीले रंग की थी और उसके भी मेरी तरह हल्की-हल्की मूंछें थीं। प्रेम ने अपनी मनपसन्द हरी साड़ी बांध रखी थी जो उसे जन्मदिन पर श्याम ने दी थी। प्रेम की भाभी भी बिल्कुल उसी रंग की साड़ी पहने हुए थी। उसका कद भी प्रेम की तरह ऊँचा था। उसके बाल भी कंधों तक कटे हुए थे। जब हम लोग प्रेम के फ्लैट में पहुंचे तब मैंने रेडियोग्राम पर शहनाई का रिकार्ड लगा दिया। श्याम ने फौरन उठकर आवाज़ धीमी कर दी और शेल्फ पर रखी हुई किताबों को देखने लगा।

"मैं देखता हूं प्रेम, तुमने ग्राहम ग्रीन की सारी किताबें खरीद डाली हैं," श्याम ने कहा।

प्रेम ने बिना दूध की कॉफी बनाते हुए जवाब दिया, "हां श्याम, वह सचमुच बहुत बड़ा लेखक है। मुझे लंदन आकर पता चला कि तुम उन किताबों को इतना क्यों पसंद करते थे।"

हम लोग सोहो में एक चीनी रेस्तरों में रात के खाने के लिए गये। श्याम अपनी नई नवेली दुल्हन को समझा रहा था कि चीनी खाने से अच्छा कोई खाना नहीं होता। जब हमारी मेज़ पर मोमबत्तियां जल-जलकर आधी रह गईं और हमने गुलाबी शराब की एक बोतल खत्म कर दी तब मैंने श्याम से पूछा कि वह प्रेम से उम्र में बड़ा है या छोटा। श्याम ने बची हुई शराब की चुस्की लेते हुए कहा कि वे दोनों एक ही उम्र

के हैं। जब श्याम पैदा हुआ था तब उन्हीं दिनों उनके से मामा के घर प्रेम पैदा हुई थी। प्रेम मुझे देख रही थी लेकिन उन आंखों की चमक न जाने कहां चली गयी थी। मुझे ऐसे लगा जैसे मैं प्रेम के लिए बिल्कुल अज़नबी था–बिल्कुल अनजाना। वह जब भी मुझे प्यार करती थी तब उसे उस नमक की तलाश रहती थी जो उसे श्याम के होठों से मिला था। प्रेम को वही मर्द अच्छे लगते जो श्याम की तरह थे या श्याम की तरह बन सकते थे। प्रेम मुझमें श्याम को ढूंढती रही थी और मैं अनजाने में उसकी तलाश को कामयाब बनाता रहा था। अब श्याम अपनी पत्नी को प्रेम के सांचे में ढाल रहा था।

उस रात मैं सोच रहा था कि क्या ये लोग अपने पहले प्यार की अनुभूति से कभी मुक्त नहीं हो सकते।

एतराफ़

कैप्टन वर्मा जब डॉक्टर राज के बंगले के कंपाउण्ड में दाखिल हुए तब उन्हें एक नज़र में ही डॉक्टर राज की सम्पन्नता और सुरुचि का परिचय मिल गया। रंगीन फूलों की बेलों से ढके हुए पोर्टिको से गुज़र कर वह कालबेल बजाने ही वाला था कि उन्हें कुत्ते के भौंकने की आवाज़ ने चौंका दिया।

"ह्विस्की, ह्विस्की, कम हियर।" सफ़ेद एलसेशियन को रोकती हुई एक सुन्दरी ड्राइंग रूम के दरवाज़े में आ खड़ी हुई।

"माफ़ कीजिए, हमारा ह्विस्की अज़नबी लोगों से तमीज़ से पेश नहीं आता।" वह कैप्टन वर्मा को प्रश्नसूचक दृष्टि से देखते हुए बोली।

"जी कोई बात नहीं... आपका ह्विस्की अज़नबी लोगों को देखकर भौंकने लगता है और मैं... मैं अपना परिचय कराए देता हूँ।" वह हंसने लगी और वर्मा को महसूस हुआ कि उस सुन्दरी की मुस्कान बहुत ही आकर्षक है। "मैं कैप्टन वर्मा हूं... कुछ दिन पहले डॉक्टर राज से मेरी मुलाकात बेरुत के हवाई अड्डे पर इत्तिफाक से हो गई थी। उन्होंने कहा था कि मैं जब भी दिल्ली आऊँ, उनसे ज़रूर मिलूं।" "आप अन्दर तशरीफ ले आइए, मैं मिसेज़ राज हूं। डाक्टर राज तो इस वक्त क्लब गए हैं। मैं भी जाने ही वाली थी। आप भी वहीं साथ चलिए।" अभी कैप्टन वर्मा ने अपनी स्वीकृति भी नहीं दी थी कि एक मीठी आवाज़ सुनाई दी–"अब चलिए भी दीदी, मैं तो कब से तैयार हूं।"

वर्मा ने देखा कि सफ़ेद जार्जेट की साड़ी पहने एक नवयुवती ड्राइंग रूम में आ गई है। उसने फौरन कहा– "ओह माफ कीजिए, मुझे नहीं मालूम था कि कोई मेहमान आए हुए हैं।"

"आशा–ये कैप्टन वर्मा हैं, डॉक्टर साहब के दोस्त। और वर्मा साहब यह आशा है मेरी छोटी बहन।" मिसेज़ राज ह्विस्की को दुलार से थपथपाते हुए कहने लगी। "आशा कैप्टन वर्मा भी हमारे साथ क्लब चल रहे हैं।"

कार मिसेज़ राज ड्राइव कर रही थीं, वर्मा शिष्टाचार के तौर पर पीछे बैठने लगा मग़र दोनों बहनों ने आग्रह किया कि सब साथ ही अगली सीट पर बैठें। रास्ते में उसे

बताया गया कि आशा लखनऊ यूनिवर्सिटी में अंग्रेज़ी साहित्य में एम.ए. कर रही है और छुट्टियाँ गुज़ारने अक्सर अपनी बहन के पास दिल्ली आती है।

क्लब में डॉक्टर राज उससे बहुत तापक से मिले और उन्होंने अपने अनेक मित्रों से वर्मा का परिचय कराया। मगर कैप्टन वर्मा पूरी शाम मन ही मन दोनों बहनों की तुलना करता रहा। आशा का रूप मिसेज़ राज की तरह चौंका देने वाला नहीं था। उसकी बातों में वह शोखी नहीं थी जो पहाड़ी नदियों में होती है। आशा तो किसी गहरे समुद्र की तरह शांत और गंभीर थी।

डाक्टर राज के परिवार से कैप्टन वर्मा की यह पहली मुलाकात आत्मीयता की पहली कड़ी बन गई। कैप्टन वर्मा का जहाज़ अब जब भी दिल्ली आता, वह उन लोगों से ज़रूर मिलता। वक्त के साथ उनकी दोस्ती गहरी होती गई। धीरे-धीरे वह डाक्टर राज के परिवार का एक सदस्य-सा बन गया-हर दावत, हर डिनर, हर पार्टी की जान। क्लब में वह दोनों बहनों के साथ टेनिस खेलता और जिस दिन डाक्टर राज की छुट्टी होती वह उनके बंगले के खूबसूरत लॉन में धूप में बैठकर ठंडी बीयर पीता।

"तुमने अब तक शादी क्यों नहीं की।" एक दिन डाक्टर राज ने बातों ही बातों में पूछ लिया। "जिम्मेदारियों से घबराते होंगे।" मिसेज़ राज ने मुस्कराते हुए बात आगे बढ़ाई।

"मैं जिम्मेदारियों से घबराता होता तो लाखों करोड़ों रुपये का हवाई जहाज़ और कितने ही आदमियों की जानें लेकर यूं आसमान में न उड़ा फिरता।" वर्मा ने मिसेज़ राज के सवाल का जवाब देते हुए कहा।

"तो फिर क्या बात है?"

"अभी तक इस बात पर ध्यान नहीं दिया। घरेलू ज़िन्दगी से मैं दूर-दूर ही रहा हूं। अब कभी-कभी जहाज़ उड़ाते हुए ऐसा लगने लगा है कि बादलों के पास कहीं ढोलक पर बाबुल के गीत गाए जा रहे हैं और शहनाई बज रही है। मग़र फिर ख़्याल आता है कि जितनी शादी के लायक लड़कियां थीं उनकी तो शादी हो भी चुकी है।" वर्मा ने यह बात कहते हुए मिसेज़ राज को देखा और मुस्कराने लगीं।

नया साल मनाने के लिए डाक्टर राज ने एक बड़ी भारी पार्टी देने का फैसला किया। घर को रंगीन बल्बों से खूब सजाया गया। लॉन के एक हिस्से में लकड़ियां इकट्ठी करके आग जलाई गई। मेहमान आग के पास बैठे शराब पीते रहे और बातें करते रहे। कुछ मेहमान अन्दर हॉल में पाश्चात्य धुनों पर डांस करते रहे।

वर्मा बारी-बारी दोनों बहनों के साथ नाचता। वह सोच रहा था कि उन दोनों के नाचने का अंदाज भी अलग है। आशा में तो शर्म और झिझक थी। नाचते-नाचते पास आने में वह मिसेज़ राज की तरह बेबाक और शरीर नहीं थी।

"आज की रात आप इतने सीरियस क्यों हैं? क्या सोच रहे हैं आखिर?" आशा

ने उसके कदमों से कदम मिलाते हुए पूछा।

"जब मैं छोटा था और आसमान में किसी हवाई जहाज़ को उड़ते हुए देखता तो सोचता था कि बड़ा होकर पायलट बनूंगा।" कैप्टन वर्मा को अचनाक अपना बचपन याद आ गया था।

"और जब आप पायलट बन चुके हैं तब क्या सोचते हैं?" आशा एम.ए. की छात्रा होने के बावजूद अपनी मासूमियत न खो सकी थी।

"अब जब मैं नीले आसमान में उड़ता हूं तब सोचता हूं कि काश! वहां नीचे धरती पर घर होता, अपनी पत्नी होती, बच्चे होते।"

"चांद सितारों की दुनिया में रहने वालों को जमीन पर तो कोई नज़र न आता होगा" आशा ने पूछा।

"नहीं, नज़र तो आ गया है।" वर्मा ने करीब से गुज़रती हुई मिसेज़ राज को देखकर मुस्कराते हुए कहा। "अब कल सुबह मैं बेरुत और लन्दन होते हुए न्यूयार्क जा रहा हूं। वापस आकर अपनी किस्मत आज़माऊँगा।" संगीत मन्द हो गया और आशा और वर्मा उन मेहमानों में शामिल हो गए जो आग के पास बैठे बातें कर रहे थे।

"साल का आखिरी डांस–अपने-अपने पार्टनर चुन लीजिए–" किसी ने ऊँचे स्वर में घोषणा की। डाक्टर राज ने आशा को आमंत्रित किया और कैप्टन वर्मा झूमती–मुस्कराती मिसेज़ राज के साथ वाल्ज़ की धुन पर डांस करने लगा। जब पुराने साल के विदा होने और नए साल के शुरू होने का क्षण आया तब सब बत्तियां बद कर दी गईं और जब बिजली के बल्बों में रोशनी ने फिर से अंगड़ाई ली तो "नया साल मुबारक हो" की आवाज़ से कोठी गूंज उठी।

"नया साल मुबारक हो" कैप्टन वर्मा ने मिसेज़ राज के गाल से गाल मिलाते हुए कहा।

"तुम्हें भी बहुत–बहुत मुबारक हो।" मिसेज़ राज एक फूल की तरह खिली हुई थीं। काफी रात गए जब अलगाव की आग ठंडी पड़ गई थी और कैप्टन वर्मा डाक्टर राज की कोठी से बाहर निकल रहा था तब उसका दिल नए साल में आने वाली खुशियों के ख़्याल से झूम रहा था।

सवेरे–सवेरे जब कुहरे में छिपे हुए पालम हवाई अड्डे पर कैप्टन वर्मा अपने जहाज़ की तरफ बढ़ रहा था तब उसे एक घोषणा ने चौंका दिया। "कैप्टन वर्मा आपरेशन काउन्टर पर पहुंच जाएं यहां उनका इंतज़ार हो रहा है, एनाउन्सर की आवाज़ आई। उसने घड़ी पर नज़र दौड़ाई। जहाज़ के रवाना होने में बहुत कम समय रह गया था। वर्मा जल्दी–जल्दी कदम बढ़ाता हुआ एयर होस्टेसों को "गुड मार्निंग और "नया साल मुबारक" कहता हुआ ऑपरेशन्स काउन्टर तक पहुंच गया जहां डाक्टर राज उसके इंतज़ार में खड़े थे।

“हलो वर्मा–तुम्हें ताज्जुब होगा कि इतनी सुबह मैं यहां कैसे? मग़र मैं एक ज़रूरी बात कहने आया हूं जो कल या कल से पहले नहीं कह सकता।” डाक्टर राज झुककर सिगरेट सुलगाने लगे और वर्मा को कुछ ऐसा लगा जैसे वह खुद बहुत प्यासा हो। उसका गला जैसे सूख–सा गया था। जाने डाक्टर राज क्या कहने वाले थे। सुन्दर पत्नियों के पति कुछ ज़रूरत से ज़्यादा शक्की होते हैं।

“मैंने तुम को बेरुत के हवाई अड्डे पर कहा था कि मेरे घर आना, मग़र आज पालम पर सिर्फ़ यह कहने आया हूं कि अब तुम मेरे घर मत आया करना। उम्मीद है तुम मेरी साफगोई का बुरा न मानोगे।”

“डाक्टर साहब, आप गलत समझ रहे हैं। आपकी पत्नी बहुत सुंदर है और शायद इसी डर से आप यह सावधानी बरत रहे हैं–मगर विश्वास कीजिए मुझे मिसेज़ राज में कोई दिलचस्पी नहीं है।” कैप्टन वर्मा ने फौरन अपनी सफाई दी। “मुझे तो आशा पसन्द है और इस बार न्यूयार्क से वापिस आकर उससे शादी की बात करना चाहता हूं।”

“तुम मुझे तंग नज़र न समझो वर्मा। अगर तुमने मेरी पत्नी में दिलचस्पी ली होती तो शायद मैं तुम्हें माफ कर देता, मगर आशा...”

वर्मा ने जल्दी से डाक्टर राज की बात काटी, “क्यों क्या आशा मुझको पसन्द नहीं करती?”

“कल रात डांस में मुझे इस बात का विश्वास हो गया है कि आशा भी तुमको पसन्द करने लगी है। मग़र आशा से मैं खुद बहुत प्यार करता हूं और आशा को कोई और चाहे यह मैं बर्दाश्त नहीं कर सकता।” डाक्टर राज बेबसी और मज़बूरी की दयनीय मूर्ति बने हुए उसके सामने नज़रें झुकाए खड़े थे।

कैप्टन वर्मा ने चाहा भी कि कुछ कहे मगर उसके मुंह से शब्द न निकले। वह धीरे–धीरे जहाज़ की तरफ लौटते हुए सोच रहा था कि आज की सुबह भी कैसी सुबह है कि सूरज निकल आने पर भी इतना अंधेरा है।

फ़ासले

पिछले साल सर्दियों की एक शाम को जब मैं ऑफ़िस से चलने लगा तब हेलन ने मेरी तरफ एक बढ़िया काली छतरी बढ़ाते हुए कहा, "इसे लेते जाइए मिस्टर खाना, नहीं तो आप भीग जायेंगे।"

मेरा नाम दरअसल खन्ना है। मग़र जबसे हिन्दुस्तान छोड़ा है शायद ही कोई मुझे ठीक नाम से बुलाता होगा।

देश से बाहर रहने में यह बड़ी ख़राबी है कि अक्सर खुद अपना नाम अज़नबी लगता है।

"नहीं हेलन–शुक्रिया।"

मैंने उससे कहा, "मुझे तो इंग्लैंड आये छः बरस हो गये मगर मैंने आज तक छतरी इस्तेमाल नहीं की।"

"कभी नहीं?" हेलन ने मुस्कराते हुए सवाल किया। हेलन जब बग़ैर से किसी खास वजह से मुस्कराती तब ख्वाह-म-ख्वाह उस मुस्कान में शरारत घुल जाती। लड़कियों में शरारत दावत भी हो सकती है और धोखा भी।

हेलन हमारे दफ्तर में रिसेप्शन पर कोई छः महीने से काम कर रही थी। रोज़ सुबह जब मैं अपने नाम आये हुए ख़त लेने वहां जाता तब हेलन से एक-दो बातें ज़रूर हो जातीं। सुबह-सुबह उसका मुस्कुराता चेहरा मुझे बहुत अच्छा लगता। वह न्यूज़ीलैंड की रहने वाली थी। उसका कद छोटा-सा था। आंखें बड़ी-बड़ी और गहरी नीली थीं। बाल काले और लम्बे जिन्हें वह रोज़ नये स्टाइल से संवारती। कभी उसके बाल खुले हुए उसकी कमर पर झूलते रहते तो कभी जूड़े की शक्ल में सजे होते। उसकी उम्र पच्चीस-छब्बीस बरस होगी। मगर उसकी आवाज़ की तरह उसके चेहरे में भी बचपना-सा था। हमारे दफ्तर में काम करने से पहले वह बैले डान्सर थी। अब भी उसके चलने के अंदाज़ से मालूम होता था कि वह अच्छी बेलेरिना रही होगी। हेलन की गर्दन बहुत खूबसूरत थी, तनी-तनी सी। जिस रोज़ वह अपने बाल जूड़े की तरह बनाती तो एक राजहंस की तरह नज़र आती जो किसी खामोश झील में बड़े गर्व के साथ तैरता रहता है।

"मैं एक शर्त पर यह छतरी लेने को तैयार हूं" मैंने राजहसों का ख़्याल दिमाग़ से हटाते हुए हेलन से कहा।

"क्या शर्त है?" हेलन फिर मुस्करा रही थी।

"यही कि शाम को दफ्तर से निकलते वक़्त अगर बारिश हो तो तुम मेरे साथ उस छतरी के नीचे चलोगी–करीब के बस स्टैंड तक या ट्यूब स्टेशन तक।"

"मुझे यह शर्त रखते हुए अपनी बेबाकी पर खुद ताज्जुब हुआ कि कितनी आसानी से मैंने उसको अपना दोस्त बनने की दावत दे दी थी।"

"मग़र मेरे पास तो अपनी छतरी मौजूद है।" लड़कियां कभी जानबूझ कर उन बातों के लिए इन्कार भी कर देती हैं जिनके लिए खुद उनका दिल चाहता है। हेलन शायद फौरन दावत कबूल करना नहीं चाहती थी...

"तो फिर यह छतरी किसकी है?" मैंने उससे पूछा।

"इसे कई महीने पहले न जाने कौन दफ्तर में छोड़ गया था और आज तक लेने नहीं आया। मैं अक्सर देखती हूं कि आपका सिर भीगा होता है। किसी दिन सर्दी लग जायेगी आपको।"

"मेरा ख़्याल रखने का शुक्रिया–लेकिन तुम्हें मेरी शर्त मंजूर नहीं तो मेरा भीगते रहना ही अच्छा है।"

मैं चलने लगा।

"अच्छा ठहरिये। मैं अभी आई," उसने कहा। थोड़ी देर बाद वह मेरे साथ-साथ फुटपाथ पर चल रही थी। खुली हुई छतरी के नीचे, बारिश की छोटी-छोटी बूंदें आ रही थीं। हेलन ने बताया कि उसका फ्लैट पास के बड़े पार्क की दूसरी तरफ है। शाम को अक्सर वह पैदल ही घर लौटती थी। एक छतरी के नीचे जब दो इन्सान साथ चलने की कोशिश करते हैं तब खुद-ब-खुद क़रीब आ जाते हैं। ज़िस्म से ज़िस्म छूने लगते हैं। हाथ से हाथ छू जाते हैं। पिछले साल लंदन में सर्दियों में भी काफी बारिश हुई थी। शाम को अक्सर रिमझिम होती रहती और हर भीगी हुई शाम को हेलन की और मेरी दोस्ती कुछ और बढ़ जाती। वह मुझसे मेरे बारे में सवाल पूछती रहती और मैं उसको सब बातें इस तरह बताता रहता जैसे बच्चे अपने नये दोस्तों को सारे खिलौने दिखाते हैं।

"आप आखिर छतरी इस्तेमाल क्यों नहीं करते थे?" एक दिन पार्क में उसने चलते-चलते रुककर पूछा। मैं आगे बढ़ गया था। पानी की बूंदें उसके चेहरे पर गिरने लगी थीं। मैंने लौटकर उसको छतरी की ओट में ले लिया।

"देखो कितने फायदे हैं छतरी न होने से। मिसाल के तौर पर तुमसे दोस्ती इसी वज़ह से हुई," मैंने हेलन से कहा।

"अग़र छतरी का बहाना न होता तो शायद मैं आपसे दोस्ती करने की कोई और तरकीब निकालती" उसने हंसकर कहा। धीरे-धीरे हम बेधड़क एक-दूसरे से खुलते जा रहे थे।

"जिस दिन मैं पहली बार लंदन आया था, उस रोज़ भी बारिश हो रही थी। इस तरह रिमझिम नहीं जैसी आज है, बल्कि अच्छी ख़ासी मूसलाधार बारिश। अपना सामान होस्टल में रखकर जब मैं एक रेस्तरां में खाना खाने गया तब मुझे वहां सब लोग भीगे-भीगे परेशान से लगे–जब मैं रेस्तरां से बाहर निकल रहा था तो आवाज़ आई "हलो हैंडसम" मैंने घूमकर देखा। एक लड़की किसी नौजवान को पुकार रही थी जो तेज़ी से सड़क पार कर रहा था। शायद उसने लड़की की आवाज़ नहीं सुनी। मैंने कहा, क्या आपने मुझसे कुछ कहा?"

"ओह नो।" उस अंग्रेज़ लड़की ने मज़ाक के लहज़े में मुझसे कहा, "आप अपने को समझते क्या हैं?"

"हसीन, जवान, खूबसूरत!" मैंने भी मुस्कराते हुए उसको जवाब दिया। वह अपनी छोटी से रंगीन फूलदार छतरी खोल चुकी थी। मैं बारिश में भीगने से हिचकिचा रहा था।

"अच्छा हसीन, जवान, खूबसूरत साहब, आप मेरी छतरी के नीचे आ जाइये और जल्दी से बताइये कि कहां जा रहे हैं?"

मैंने छतरी उसके हाथ से लेकर थाम ली और हम होस्टल की तरफ चलने लगे।

"मैं आज ही हिन्दुस्तान से आया हूँ। यह मेरी पहली अंग्रेज़ी बरसात है, मैंने मज़बूरी भरे लहज़े में कहा।"

"पता नहीं आप लोग इतनी अच्छी आबोहवा छोड़कर यहां क्यों चले आते हैं?" यह मौसम तो सिर्फ बत्तखों के लिए बना है। आप अपनी इस सांवली रंगत का ख़्याल रखियेगा–कहीं यह यहां की बारिश में घुलकर मद्धिम न पड़ जाये। उसके बाल सुनहरे थे जो मेरे चेहरे को छू रहे थे। एक जवान ख़ूबसूरत चीनी की सफ़ेद गुड़िया को अपने करीब पाकर मुझे झुरझुरी-सी आ गई।

"आपको सर्दी लग रही है क्या?" उस अज़नबी सुन्दर लड़की ने मुझसे पूछा था।

"नहीं, असल बात यह है कि ज़िन्दगी में आज पहली बार एक लड़की मेरे इतने करीब आई है– वह भी परदेस में?" मैंने उसे सच-सच बता दिया। अनजाने लोगों से सच बोलने में अक्सर कोई हिचक नहीं होती।

"क्यों, क्या हिन्दुस्तान में लड़के-लड़कियां एक-दूसरे से नहीं मिलते-जुलते?" हेलन ने बीच में टोककर मुझसे सवाल किया। उसका फ्लैट आ गया था उसने कमरे में पहुंचकर हीटर जला दिया।

"हिन्दुस्तान बहुत बड़ा देश है, हेलन। हर किस्म के लोग रहते हैं वहां। मैं जिस माहौल में रहा वहां लड़के-लड़कियों से एक तरह की दूरी ही रही" मैंने समझाया।

"अच्छा फिर–फिर आगे क्या हुआ" हेलन ने पूछा।

"फिर क्या होता–मेरा होस्टल आ गया। मैंने उस ख़ूबसूरत लड़की का शुक्रिया अदा किया। लन्दन में मेरी पहली शाम को उसने सुन्दर बनाया था। मैंने पूछा कि

उसका नाम क्या है तो वह कहने लगी, "नाम जानकर क्या करोगे? एक हफ्ता हुआ मेरी मंगनी को–ये देखो अंगूठी।" उसने अपनी हीरे की अंगूठी वाला हाथ मेरे हाथ में दे दिया। उसका हाथ नर्म और ठंडा था, शायद बारिश की वज़ह से।

"बहुत चाहती होंगी आप अपने मंगेतर को?" मैंने उससे पूछा।

वाह! तुम नये-नये हो न इस देश में। थोड़े दिन में समझ जाओगे कि लड़कियां इस हीरे की अंगूठी के लिए क्या-क्या जतन करती हैं। अच्छा अब मैं चलती हूं। ख़ुदा करे जिस काम के लिए तुम अपने देश की इतनी अच्छी आबोहवा छोड़कर यहां आये हो उसमें कामयाब रहो। हीरे की अंगूठी बहुत सोच-समझकर खरीदना और अपनी सांवली रंगत का ख़्याल रखना। वह मुझे होस्टल के दरवाज़े तब छोड़कर वापिस चली गयी। मैं अन्दर जाने ही वाला था कि उसकी आवाज़ ने मुझे चौंका दिया।

"ज़रा एक मिनट के लिए इधर आना", वह होस्टल के दरवाजे के करीब दीवार से लगी खड़ी थी, "मैंने सोचा लंदन में तुम्हारी पहली शाम को और संवार दूं।" अपने दोनों हाथ उसने मेरे गले में इस तरह डाल दिए कि उसकी छतरी हमारे सिरों पर बारिश को रोकती रही और फिर मेरे होठों का गहरा चुम्बन लिया। "लंदन आना मुबारक। यह तुम्हारा पहला प्यार है न? तुम इस प्यार की मिठास को कभी नहीं भूलोगे और जब तुम इस मिठास को याद करोगे तब शायद मुझे भी याद करो–कितनी स्वार्थी हूं मैं?" इससे पहले कि मैं उसे जवाब देता वह जा चुकी थी। उसके बाद आज तक मैं उससे कभी नहीं मिला। मैं हेलन के होठों की तरफ देख रहा था जो हीटर की लाल रोशनी में कुछ और ज़्यादा आकर्षक लग रहे थे। वह बड़े गौर से मेरी बातें सुन रही थी। हेलन, आज से जब कभी हम एक-दूसरे को प्यार करेंगे तो उस प्यार को याद रखेंगे जो हमने ज़िन्दगी में पहली बार किया था। हेलन ने आंखें बंद कर लीं और अपना चेहरा मेरी तरफ बढ़ा दिया। उसके होठों की नरमी में उस रात वह कोमलता थी जो अपने को समर्पित करने की चाह में पैदा होती है।

"तुम अभी आंखें बंद किये किसको याद कर रही थीं?" मैंने हेलन से पूछा।

"पीटर को–वह और मैं एक साथ एक ही क्लास में पढ़ते थे। छुट्टी के दिन हम अक्सर समन्दर में साथ तैरने जाते। सीपियां चुनते। मैं शायद चौदह बरस की हूंगी। जब एक शाम समन्दर के किनारे गीली रेत पर खड़े हुए, डूबते हुए सूरज के सामने पीटर ने मुझे अचानक प्यार किया था।" हेलन की आंखें उस प्यार की याद से एक बार फिर बंद हो गयीं। "जब मैं न्यूज़ीलैंड में थी तो हर शाम सूरज डूबते वक्त उस पल को याद करती थी। अक्सर पीटर मेरे साथ होता और उस याद को बहुत मन से ताज़ा कर देता। मग़र लंदन में तो बादल के सिवा कुछ नज़र नहीं आता और फिर पीटर यहां से बारह हज़ार मील दूर है।"

एक सुबह दफ्तर में जब मैं अपने ख़त लेने रिसेप्शन डेस्क पर गया तब हेलन ने कहा, "आपसे कुछ बातें करनी हैं। शाम को मिलियेगा।"

"मग़र हेलन आज तो इतनी अच्छी धूप निकली है। बारिश शायद बिल्कुल न हो।"

हेलन मेरी बात सुनकर मुस्कराने लगी। वही शरारत भरी मुस्कराहट। लेकिन इतने महीने की दोस्ती के बाद मैं जान गया था कि उसकी मुस्कराहट में कितना अपनापन, कितनी सच्चाई थी।

शाम को जब हम पार्क से गुज़र रहे थे तब इतने दिन में पहली बार मुझे ख़्याल आया कि दरख़्तों की टहनियों पर पत्ते नहीं थे। बारिश में नज़र उठाकर देखने का मौका ही नहीं मिलता था। हेलन के फ्लैट में हम काफी देर खामोश बैठे कॉफी पीते रहे। मैं इंतज़ार कर रहा था कि हेलन वे बातें छेड़े कि जिनके लिए उस शाम उसने ख़ासतौर से मुझे बुलाया था मगर वह बहुत चुप सी थी। उसकी आंखें और गहरी नीली हो गयी थीं।

"हेलन, कोई दो साल पहले मैं कुछ हफ्तों के लिए जर्मनी गया था", मैंने खामोशी तोड़ने के लिए बातें करना शुरू किया। "वहां हम्बर्ग में दरिया के किनारे एक डान्स हॉल में एक लड़की के साथ मैं काफी देर तक डांस करता रहा। डोरा नाम था उसका, लम्बा सा कद। जिस्म आम जर्मन लड़कियों की तरह भरा हुआ। नर्म सुनहरे बाल। बारीक फ्रेम की ऐनक के पीछे से उसकी समझदार आंखें चमकती रहतीं। वह शायद किसी स्कूल में बच्चों को पढ़ाती थी।"

मेरा दोस्त पीटर भी अब ऐनक लगाने लगा है–"मोटे फ्रेम की ऐनक," हेलन ने कहा।

"वह दूसरी या तीसरी शाम थी जब मैं डोरा के साथ डांस हॉल से बाहर निकला तो अच्छी ख़ासी बारिश हो रही थी। डोरा ने छतरी खोली और हम सड़क पर चलने लगे। मैंने कहा मैं छतरी थाम लूं, मगर डोरा ने इन्कार कर दिया। बारिश उसके चेहरे पर गिरती है तो उसे बुरा लगता है।"

"पीटर भी यही कहता है। ऐनक के शीशे भीग जायें तो देखने में मुश्किल होती है–" हेलन ने कहा।

मैंने डोरा से वादा किया कि हर बूंद जो उसके चेहरे पर गिरे उसको मैं अपने होठों से सोख लूंगा। यह सुनकर डोरा ने अपनी छतरी बंद कर ली और बारिश में भीगती रही।

हेलन हंसने लगी। "अगर तुम मुझसे यह वादा करते तो शायद मैं भी यही करती–फिर क्या हुआ?"

"जब डोरा बहुत ज्यादा भीग गयी – बारिश और मेरे प्यार से तो कहने लगी कि उसने फैसला किया है कि क्रिसमस तक किसी न किसी तरह शादी कर लेगी। और अचानक" हम्बर्ग में मुझे लंदन की अपनी पहली शाम याद आ गयी और उस अंग्रेज़ सुन्दर लड़की की यह चेतावनी भी कि हीरे की अंगूठी बहुत सोच समझकर खरीदना।

मैंने डोरा से कहा कि मैं अपना पता छोड़ जाऊँगा। मुझे तुम अपनी शादी में बुलाना न भूलना।" मुझे भीगी हुई डोरा का मायूस चेहरा याद आ गया।

"क्यों आपको डोरा पसंद नहीं थी क्या?" हेलन ने पूछा।

"नहीं यह बात नहीं... वह जवान थी और ख़ूबसूरत भी। मग़र जिस दोस्ती की बुनियाद सिर्फ शरीर हो वह दोस्ती देर तक नहीं चल सकती। मुहब्बत की असली कसौटी दरअसल, दोस्ती की जुदाई है। दो ज़िस्मों का मिलाप कुछ दिनों तक प्यार लगता है और बस।"

मैं अगले हफ्ते से दफ़्तर मे काम करना बंद कर रही हूं। "हेलन ने थोड़ी देर की खामोशी के बाद मुझसे कहा।" मुझे एक बैले कम्पनी के साथ योरोप के अलग-अलग देशों में घूमने का काम मिल गया है। छः महीने बाद मैं फिर न्यूज़ीलैंड चली जाऊँगी। आपसे मिलकर पीटर की याद और गहरी हो गयी है। हर बार जब हम प्यार करते हैं तब मुझे समुद्र की लहरों में डोलते हुए एक बड़े से गोल लाल रंग के सूरज की मद्धिम गरमी याद आने लगती है।

"मैंने कुछ जवाब नहीं दिया। सोचता रहा। पिछले कई हफ्ते से मैं अक्सर जौहरियों की दुकानों के सामने रुक कर हीरे की अंगूठियों को चुपके-चुपके देखता रहा था और सोचता रहा था कि हेलन को इनमें से कौन-सी अंगूठी अच्छी लगेगी। मग़र अब उस बात का ज़िक्र हेलन से करने की ज़रूरत नहीं रही थी। पीटर की जुदाई और मेरी दोस्ती ने उसे न्यूज़ीलैंड लौटने पर मज़बूर कर दिया था, जहां सूरज हर शाम डूबने से पहले समुद्र के किनारे पर उन दोनों को ढूंढता है।"

उस रात जब मैं हेलन के फ्लैट से चलने लगा तब मैंने उसकी दी हुई छतरी उसे लौटा दी।

"इसे आप ही रखिये। आपको इसकी ज़रूरत पड़ेगी न?" हेलन उदास थी। कुछ ऐसी उदासी जो कि मरे हुए आदमी की चीज़ें आपस में बांटते वक्त उसके सम्बन्धियों को होती है।

"नहीं, नहीं-अब इस छतरी से क्या फायदा? मेरा दिल भी चाहता है कि हिन्दुस्तान लौट जाऊँ और हमारे देश में या तो बारिश होती ही नहीं और जब होती है तब इतने ज़ोर की कि बाढ़ आ जाती है और गांव के गांव बह जाते हैं।"

मग़र उस रात जब मैं घर लौट रहा था तब हमेशा की तरह लंदन में बारिश हो रही थी और मेरा दिल चाह रहा था कि कोई हीरे की अंगूठी पहने मेरे साथ-साथ छतरी के साये में उजाड़ दरख़्तों के नीचे चलता रहे जहां बारिश से बचना मुमकिन नहीं है।

खानदानी परम्परा

बड़ी हवेली की खस्ताहाल दीवारें ज़माने की बेरहमी पर आंसू बहाती नज़र आतीं। वह ऊँचा फाटक जहाँ कभी हाथी झूमता रहा होगा और जहां रंगीन पोशाकों वाले संतरी पहरा देते रहे होंगे, आज अपनी वीरानी छिपाने के लिए मुहल्ले के उन बच्चों पर साया किये रहता... जो दोपहर की तेज़ धूप में वहां कांच की गोलियां खेलने जमा हो जाते।

ज़मींदारी खत्म होने और जागीरों के ज़ब्त हो जाने से नवाब साहब बहुत परेशान थे। उनके दस्तरख़्वान पर बर्तन ज्यादा होते और खाना कम। खाली डालियों की गिनती भी दिन-ब-दिन कुछ इस तरह कम होती जा रही थी जैसे कड़ी गर्मी में बर्फ़ की डली पिघल जाती है। नवाब साहब के पास शराफ़त और ख़ानदान की गुज़री हुई शान के किस्सों के सिवा रखा ही क्या था। मां-बाप कभी के मर चुके थे और शादी अभी हुई नहीं थी। खुद उन्हें शादी की कोई ऐसी लालसा नहीं थी। मगर ख़ानदान का नात ज़िन्दा रखने का ख़्याल बार-बार उनके दिन में चुटकियां लेता। वे अक्सर अपनी उंगली में पहनी हुई लाल रंग की अंगूठी को देखते जो उनके ख़ानदान में कई पुश्तों से ख़ानदान के वारिस को पहनाई जाती। उस अंगूठी ने अपनी लाल आंखों से उनके बुजुर्गों की शानो-शौक़त को देखा था। कई पीढ़ियां गुजर गयी थीं, मग़र हर नवाब को सिर्फ एक बेटा होता। पैदा होने के फौरन बाद बाप सोने की एक नाजुक सी ज़ंजीर में यह अंगूठी डालकर अपने इकलौते वारिस के गले में पहना देता। नवाब साहब को याद था कि जब वे खुद छोटे थे तब सफेद दाढ़ी वाले खूबसूरत से दादा-अब्बा बड़े गर्व से अपने ख़ानदान की इस परम्परा का ज़िक्र करते कि औलाद हमेशा नर होती और वह भी एक। नवाब साहब अक्सर अकेले में लाल की कड़ी सतह पर निराश भाव से उंगलियां फेरते हुए सोचते कि काश! उनके भी कोई वारिस होता। ऐसी आर्थिक स्थिति में सोने की ज़ंजीर बनवाना संभव नहीं होता, लेकिन वे इतने गये गुज़रे भी नहीं थे कि अपने इकलौते लाडले के लिए चांदी की ज़ंजीर भी न बनवा सकें।

कुछ बुजुर्गनुमा दोस्तों की सलाह पर अमल करते हुए आखिर उन्होंने शादी कर

ही डाली। कुछ न होते हुए भी कई हज़ार ख़र्च हो गये। एक-दो बाग़ औने-पौने दामों में बेचने पड़े, लेकिन अगर वारिस ही न हो तो फिर ज़ायदाद किस काम की। 'आरसी मसहफ़' *(शादी के मौक़े पर दूल्हे को आइने में दुल्हन का चेहरा दिखाने की रस्म)*। के मौक़े पर कुरान की आयात पढ़कर जो उन्होंने कमसिन दुल्हन की सूरत आइने में देखी तो उनके दिल ने चाहा कि खूबसूरत शेर गुनगुनाने लगें। अपने जज़्बात को, शायरी से अलग करने की कोशिश में उन्होंने बड़े प्यार से "बेगम" कहा और खामोश हो गये। नींद और थकान से उनींदी मग़र काज़ल से दुल्हन बनी दो आंखें उनकी तरफ उठकर सिर शर्म से झुक गईं।

नवाब साहब पुराने तौर-तरीकों के इन्सान थे। परम्पराओं को निभाना उनकी आदत थी। सो उनका ज़्यादातर वक़्त बाहर मर्दाने में ही गुज़रता, मग़र अपनी बेगम की खैरियत हमेशा मालूम करते रहते। बच्चे की पैदाइश का इन्तजार बड़ी मिन्नत मुरादों से होता रहा। दरगाहों पर चिल्ले चढ़ाने से लेकर अंग्रेजी तर्ज़ के इलाज तक को न छोड़ा गया। जब बूढ़ी दाई खुशख़बरी लेकर हांफती कांपती मर्दाने तक आई तब नवाब साहब को सिर फ़ौरन खुदा के दरबार में झुक गया। "परवरदिगार तेरा लाख-लाख शुक्र कि मुझे बेटा दिया। तूने मेरी, मेरे ख़ानदान की लाज़ रख ली-" खुशी और शुक्र से उनकी आंखों भर गईं। सोने या चांदी की ज़ंजरी तो मयस्सर न हो सकी मगर एक लाल डोरी में लाल की अंगूठी डालकर नवाब साहब ने अपने नूरे नज़र के गले में पहना दी। अपनी बीवी के सिर पर हाथ फेरते हुए उन्होंने सिर्फ़ इतना कहा, "बेगम आज मैं बहुत खुश हूं। आज तुमने मुझे मेरा वारिस दिया है। इस ख़ानदान का चिराग।"

हद से बढ़े हुए लाड़-प्यार के बावजूद बच्चा तंदरुस्त था। दिन में कई कई बार नवाब साहब ज़नाना हिस्से की तरफ आते और बच्चे की मासूम शरारतों से अपना दिल बहलाते। औरत और आइने के सामने तो उन्होंने कभी बचकानी हरकत नहीं की थी, मगर अपने बेटे के साथ खेलते हुए खुद भी बच्चा बन जाते। अग़र पहले सी आनबान होती तो लाडले की पहली सालगिरह पर क्या-क्या खर्च नहीं किया जाता। दिनभर हवेली में नगाड़ा और शहनाई बज़ती। शाम को अतिशबाजी छोड़ी जाती। ग़रीबों और अमीरों की शानदार दावत होती। मगर इन बेबसी के दिनों में भी उन्होंने कोई कसर नहीं छोड़ी।

सालगिरह को सिर्फ़ एक दिन बाकी था। अभी कितने इंतज़ाम करने थे कि बेगम की तबीयत अचानक ख़राब हो गई। नवाब साहब बेहद बौखला गये। डाक्टर को टैक्सी भेजकर फौरन बुलाया गया। नौजवान डाक्टर ने चलते वक़्त नवाब साहब को मुबारकबाद दी कि उनके घर फिर खुशी होने वाली है। मग़र यह ख़बर सुनकर नवाब साहब को जैसे सांप सूंघ गया हो। वे सकते में आ गये। भला यह कैसे हो सकता है कि दूसरा बच्चा भी हो। उनके ख़ानदान में सब इकलौते ही होते आये हैं। इसी बात

पर तो उन्हें गर्व रहा है। उनके ख़ानदान की यह पुरानी परम्परा उन्हें अब टूटती नज़र आयी। वे उदास और परेशान थे। किसी बात में उनका जी न लगता। शाम को वे हवेली के अन्दर आये तो आंगन में चबूतरे पर बेगम बैठी थी। नवाब साहब को अपनी तरफ़ आते देखकर वह उठ खड़ी हुईं। नवाब साहब ने कुछ कहने के लिए मुंह खोला तो भावावेग में उनका गला रुंध गया।

"हमारे ख़ानदान में तो ऐसा कभी नहीं हुआ बेगम–" उनकी आवाज़ में जैसे ज़बरदस्त हार का एहसास समा गया हो। वे परम्परायें जिनको उन्होंने अपनी जान की तरह रखा अब भस्म हो जाने को थीं। एक से ज़्यादा बच्चे पैदा होना उनके लिए उतना ही बुरा था जितना बिन औलाद मर जाना।

रात को जब खाने पर नौकर के बुलाने से भी नवाब साहब नहीं आये तब बेगम उन्हें खुद बुलाने गयीं। अंधेरे कमरे में वे मसहरी पर खामोश लेटे थे।

"चलिए कुछ खा लीजिए। कल नन्हे की सालगिरह है, नहीं तो आपको कमज़ोरी आ जायेगी–" बेगम ने मसहरी के पैताने के पास खड़े होते हुए कहा।

"नहीं मुझे बिल्कुल भूख नहीं, "नवाब साहब ने आहिस्ता से जवाब दिया।

"मेरा दिल तो किसी बात में नहीं लग रहा है।"

"बेगम मसहरी की पट्टी पर बैठ गयीं। नवाब साहब ने पैर सिकोड़े लिए बहुत ही धीरे से जैसे गहरी मानसिक पीड़ा ने उनकी सारी शक्ति छीन ली हो।"

"जी, मैं। एक बात कहना चाह रही थी–" बेगम ने सहमी हुई आवाज़ में कहा जैसे एक बच्चा मां की डांट के डर से असहाय सा हो जाता है।

"हां, हां कहो–"

"मुझे बड़ी शर्मिन्दगी है यह स्वीकार करते हुए कि... " सच बोलना बेगम की ख़ानदानी परम्परा में शामिल थी। उनकी मां ने उनसे हमेशा यही कहा था कि सांच को आंच नहीं।

"कहो, कहो बेगम। डरो मत। कहीं से तुमने कर्ज़ा लिया है क्या?" नवाब साहब ने बुजुर्गाना हमदर्दी से पूछा।

"नहीं, जी नहीं... दरअसल कहना ये था कि ये जो बच्चा होने वाला है आपका नहीं है–" बेगम ने एक ही सांस में पूरा साज़ उगल दिया।

अंधेरे में यह पता चलाना मुश्किल था कि नवाब साहब पर बेगम की इस बात का क्या असर हुआ। बढ़ते हुए अंधेरे के साथ जैसे गहरी खामोशी ने भी यह राज़ सुन लिया हो। नवाब साहब बिना हिले-डुले यों पड़े रहे जैसे उस एक वाक्य ने उन्हें मफलूज़ कर दिया हो। फिर अचानक वह उठकर बैठ गये। बेगम वैसे ही सिमटी हुई बैठी रहीं। नवाब साहब ने यों हड़बड़ाकर उठ बैठने का जैसे उन्हें पहले से ही यक़ीन था।

"तो– तो बेगम मेरे, दरअसल, एक ही बेटा है" नवाब साहब की कांपती आवाज़

खुशी में शराबोर थी। बेम को बड़ा आश्चर्य हुआ। वह तो यह सोच रही थीं कि खूब हंगामा होगा। तलाक की धमकी दी जायेगी।

"और जब मेरे एक ही बेटा है तब ख़ानदान की परम्परा तो नहीं टूटी न..." नवाब साहब ने अपनी कमज़ोर बाहों में बेगम को लपेट कर एक जोशीला चुम्बन लिया– "मैं तो पहले ही कहता था कि हमारी सात पुश्तों में ऐसा नहीं हुआ–"

बेगम को एहसास हुआ कि शादी के बाद से पहली बार नवाब साहब ने इतनी गर्मजोशी और मन से उनके होठों को चूमा था।

तोनलबाना

गर्मियों की छुट्टियाँ आईं तो मैं यूरोप की सैर के लिए अकेला ही चल पड़ा। दिन भर अपने नये स्कूटर पर सफ़र करता और जब नीले आसमान पर सांझ गहराती तब किसी मुनासिब जगह खेमा लगाकर आराम करता। इंग्लैण्ड की खाड़ी को पार कर रहा था तब जहाज़ के डेक पर बरगीता से मुलाकात हुई। वे मेरे करीब ही कुर्सी पर बैठी धूप सेंक रही थी। सिगरेट होठों में दबाये शायद दियासलाई ढूंढ रही थी। मैं अपना लाइटर जलाकर उसके करीब आ गया। पता चला कि वह स्वीडन की रहने वाली है, और अब लंदन में कुछ दिन गुज़ार कर स्पेन जा रही है। दिल तो चाहा कि मैं भी स्पेन की तरफ चल दूं, मगर इन गर्मियों में तो मेरा इरादा स्वीडन जाने का था। स्वीडन, जहाँ की सुन्दर लड़कियों की बेबाकी के किस्से सुनकर इंग्लैण्ड की आधुनिक लड़कियां भी शर्म से लाल हो जाती हैं।

फ्रांस, बेल्ज़ियम, हालैंड और जर्मनी ठहरता हुआ जब डेनमार्क की आखिरी सरहद पर पहुंच कर दूसरी सुबह मैं स्वीडन में दाखिल होने वाला था तब ख्याल आया कि इतने दिन के सफ़र में न किसी से मुलाकात हुई, न किसी से बातचीत– इसलिए एलसंवर के मशहूर किले के करीब जहां हैमलेट अपने अज़ीज़ों की रूहों से बातचीत किया करता था वहीं मैंने अपना स्कूटर छोड़ दिया और बाकी सफ़र ट्रेन से करने का फैसला किया।

सैतानी चाहे ट्रेन से आये हों या हवाई जहाज़ से, दूसरे देख में सैलानी ही रहते हैं। लोग उन्हें देखते हैं और वह लोगों को, मगर कोई संबंध नहीं बन पाता। मेरा भी यही हाल था। स्टाकहोम की मशहूर ऐतिहासिक इमारतों और महलों को देखता, बाज़ारों में घूमता, मग़र किसी से दोस्ती होने में न आती। किसी राहगीर से बात भी होती तो बस कोई पता पूछने के लिये।

स्टाकहोम बड़ा खूबसूरत शहर है। इस शहर में इतनी झीलें हैं कि इसे उत्तर का वेनिस कहा जाता है। शहर के बीचों-बीच तारेना हिल्स पर एक बहुत ही सुन्दर रेस्तरां बहुत ऊँचाई पर बना हुआ है। वहाँ से तक़रीबन सारा शहर नज़र आता है। शाम को यहां की रौनक बहुत बढ़ जाती है। जब नीचे शहर में हज़ारों लाखों रोशनियां जगमगा

उठती हैं तब सड़क पर दौड़ती हुई कारें रोशनी बन जाती हैं और दूर नदी में ठहरे हुए जहाज़ भी रोशनी बनकर आंखमिचौली करते हैं। मैं अक्सर शामें यहीं गुजारता और अकेला मेज पर बैठकर शहर की रंगीनी रोशनियों से मन बहलाता।

उस दिन हल्की-हल्की फुहार सी पड़ रही थी और घटायें छाई हुई थीं। मैं दोपहर का खाना खाने के लिए चला गया। तकरीबन सभी मेज़ें भरी हुई थीं। मेरी मनपसंद जगह पर भी कोई बैठा खाने का आर्डर दे रहा था। मैं उससे पूछकर उसके पास बैठ गया था कि उसने बातचीत शुरू कर दी। वह कोई चालीस बरस का होगा। क़ीमती सूट पहने और लाल रंग की टाई लगाये जैसे वह इस बात का ऐलान कर रहा था कि वह किसी ऊँचे पद पर है। पास ही कुर्सी पर उसका फ़ेल्ट रखा हुआ था। अग़र वह फ़ेल्ट लगाये हुए होता तो शायद कोई सोच भी न पाता कि उसके सिर पर इतने कम बाल होंगे। शायद उसने मेरी आंखों का भाव ताड़ लिया। बड़ी खुशमिज़ाजी से हंसने लगा– "कुछ साल पहले तक मेरे बाल भी तुम्हारी तरह घुंघराले थे।"

"अच्छा हुआ आपने मौसम के बारे में बात नहीं छेड़ी, नहीं तो ख़्वाह-म-ख़्वाह ख़ुशगवार माहौल में भी इंग्लैण्ड की याद ताजा हो जाती," मैंने कहा।

"अच्छा तो तुम इंग्लैण्ड में पढ़ते हो और शायद स्वीडन में घूसने के लिये आये हो।"

"आपका अंदाज़ा सही है। लेकिन मैं तो इस सैर-सपाटे से तंग आ गया हूं। माना कि ऐतिहासिक इमारतों की अपनी जगह है, मगर मैं सिर्फ़ महलों और म्यूज़ियम को देखने तो याहं नहीं आया था।"

"मैं समझ गया। तुम लोगों से मिलना चाहते हो उनके घरों में जाना चाहते हो, ताकि उनका रहन-सहन देख सको। यह काम तो इतना मुश्किल नहीं।"

"आप मुश्किल की बात करते हैं। मेरे लिए तो यह तक़रीबन नामुमकिन है। मुझे स्टाकहोम पहुंचे हुए भी दस दिन हो गये मगर कुछ राहगीरों और बस कंडक्टरों के सिवा मेरी किसी से बात तक नहीं हुई।"

"हम स्वीडन जरा शर्मीले होते हैं। तुम अग़र पहल करते तो न जाने कितने दोस्त बना लिये होते और फिर ये सांवला रंग, ये काली आंखें, ये काले बाल तो यहां कभी-कभी ही देखने में आते हैं।"

"यह तो आप ठीक ही कहते हैं। मुझे वहां काफ़ी दिलचस्पी से देखते हैं। मैंने तो सोच लिया है, अग़र मेरे बच्चों में से किसी में हीन भावना पैदा हुई तो कुछ दिनों के लिए उसे स्वीडन भेज दूंगा।"

कितने बच्चे हैं तुम्हारे?

"बच्चे कहां? अभी तो मेरी शादी भी नहीं हुई।"

खुशकिस्मत हो मेरे दोस्त, मग़र ताज़्जुब है तुम जैसा आदमी अब तक शादी से कैसे बचा रहा?"

"बस जिस तरह चंद लोगों की शादी एक हादसा होती है उसी तरह मेरा कुंवारा रहना भी एक हादसा है– मगर एक खुशगवार हादसा।"

बैरा इतनी देर में उसका खाना ले आया और मेरे आर्डर का इंतज़ार करने लगा।

"आप ही बताइये कि क्या खाऊँ? इन स्वीडिश खानों के अज़ीबो-ग़रीब नाम पढ़ कर भूख मिट जाती है।" मैंने मज़ाक किया।

"लंदन के एक हिन्दुस्तानी रेस्टोरां में मुझे भी कुछ इसी किस्म की शिकायत होती है। अग़र तुम्हारी कोई ख़ास पसंद न हो तो बस यही खाओ जो मैं खा रहा हूं।"

मैंने हामी भर दी और बैरे से कहा कि वह साथ में एक गिलास दूध का भी लाए। खाने के साथ दूध पीने का स्वीडिश रिवाज़ मुझे बहुत पसंद था।

बातें होती रहीं। थोड़ी देर में बैरा मेरा खाना भी ले आया। "थाक थाक," मैंने बैरे से कहा और फिर उससे बोला, "खूब ज़बान है आपकी भी।" "थैन्क यू" को आप "थाक" कहते हैं और अंडर ग्राउंड रेल को "तोनलबाना।"

भाषा की बारीकियों पर बहस करने की उसकी बिल्कुल इच्छा न थी। "हां, मग़र हमारी तोलनबाना लंदन की ट्यूब के मुकाबले कहीं साफ़-सुथरी है।

लंदन के मुकाबले तो आपका सारा स्टाकहोम साफ़-सुथरा है। मगर मैं शहर के गली कूंचों में तो बहुत घूम चुका हूं। अब आपके मकानों को देखना चाहता हूं। आप लोगों से ख़ास तौर से औरतों से बातें करके उस आज़ाद ख़यालो का पता चलाना चाहता हूं जिसके लिए आप लोग दुनियाभर में मशहूर हैं।

"मशहूर क्या बदनाम कहो, हर जगह की पत्र-पत्रिकाएं हमारी नयी तर्जे ज़िन्दगी पर छींटाकशी करते हैं। खैर, मैं तुम्हें किसी स्वीडिश सुन्दरी से मुलाकात का एक दिलचस्प तरीका बताता हूं। शाम को पांच बजे के करीब दफ्तर बंद होने का वक्त होता है। तुम नीचे सलोसन के चौराहे के पास आना। वहां तोनलबाना स्टेशन है। यह अंडर ग्राउंड रेल शहर के बाहरी इलाक़े तक जाती है। फारेशटा की नयी इमारतों पर स्टाकहोम को नाज़ है जोकि सही है। इमारतों की बनावट में एक नया हुस्न है और उनमें रहने वाले भी आप लोगों के मुबले ज़्यादा पढ़े-लिखे और सुरुचिपूर्ण हैं। बस तुम तोनलबाना में बैठकर फारेशटा चले जाना। जब तुम स्टेशन से बाहर आओगे तो अच्छी-अच्छी कारों में तुम्हें कुछ औरतें अपने पतियों का इंतज़ार करती मिलेंगी। उन्हीं में दो एक ऐसी भी होती हैं जिनके पति किसी काम की वज़ह से नहीं आते। किसी ऐसी ही ठहरी हुई कार के पास जाकर तुम अपनी बातें कहो, तुम्हें निराश होना पड़ेगा।"

"क्या आपको यकीन है कि मैं किसी किस्म की परेशानी में नहीं फसूंगा" वह मुस्कुराने लगा, "नहीं नौजवान दोस्त, ऐसा ख़तरा होता तो मैं तुम्हें हरगिज़ ऐसी सलाह न देता। आज की तहज़ीब की बड़ी खूबी आज़ाद ख़्याली है। पति और पत्नी दोनों ही को अपने दोस्तों के चुनाव में पूरी ख़्याली होनी चाहिए। अच्छा अब मैं चलूंगा।

फारेशटा जैसी नयी इमारतें बनाना मेरा पेशा है। दफ़्तर पहुंचने में देर नहीं करनी चाहिए। वहां से निकलने में चाहे कितनी ही देर क्यों न हो जाये– उम्मीद है कि तुम अपने मकसद में कामयाब होगे," चलते हुए उस कामयाब इंजीनियर की ज़हीन आंखों शरारत से चमकने लगीं जैसे कह रही हों कि अगर मैं जवान होता या अपने पेशे की उलझनें न होतीं तो तुम्हारे साथ ज़रूर चलता।

दिन भर इधर-उधर घूमने के बाद पांच बजे से थोड़ा पहले मैं सलोसन तोनलबाना स्टेशन आया। लंदन में अंडर ग्राउंड रेल की दिशा का पता चलाना मुश्किल नहीं होता। मग़र स्टाकहोम की अंडर ग्राउंड रेल पर हर दो विपरीत दिशाओं के नाम पर साथ लिखे होते हैं। एक गाड़ी में सवार हो गया। एक जगह तोनलबाना रुकी तो सब मुसाफ़िर उतरने लगे। मैं भी बाहर निकल आया। मौसम का हाल वही था। कुछ कारें ज़रूर ठहरी हुई थीं। एक काली वोक्स वैगन में एक बड़ी नीली आंखों और लम्बे सुनहरे बालों वाली लड़की को देखकर एकदम ख़्वाहिश हुई कि काश उसका पति देर से आये रेस्तरां के साथी की बात मेरे मन में थी। लड़की कभी अपनी घड़ी देखती और कभी स्टेशन की तरफ़ निगाह डालती। मैंने भी मुड़कर एक दफा स्टेशन की तरफ देखा। कोई पति जैसा आदमी तो मुझे आता नज़र नहीं आया। अलबत्ता स्टेशन का नाम मोटे अक्षरों में लिखा ज़रूर पढ़ सका जो हरगिज़ फ़ारेशटा नहीं था। मग़र मैं वोक्स वैगन की तरफ बढ़ चुका था।

"क्या आप अंग्रेज़ी समझ सकती हैं?" मैंने आवाज़ को भरपूर सभ्य बनाते हुए पूछा।"

"जी हां।" उसने लम्बी पलकें झपकाते हुए कहा।

"मैं यहां अज़नबी हूं। लोगों से मिलना चाहता हूं और मिल नहीं पाता। क्या मेरे लिये वह मुमकिन है कि मैं किसी स्वीडिश घर जा सकूं। यहां की सुघड़ औरतों का रहन-सहन देख सकूं?"

वह कुछ इस तरह ख़ामेश थी कि मुझे ऐसा लगा कि वह अंग्रेज़ी के इतने सारे वाक्य समझ नहीं पाई। मैं अपनी बात को आसान शब्दों में दोहराने ही वाला था कि वह कहने लगी, "मैं दरअसल, यहां अपने पति को लेने आई थी मग़र ऐसा लगता है कि आज उन्हें फिर दफ़्तर से आने में देर हो गयी। अपने काम से ज़्यादा उन्हें दुनिया में कुछ भी प्यारा नहीं है। आइये मैं आपको घर ले चलती हूं।"

कार का चक्कर काटकर मैं दूसरी तरफ दरवाजे तक पहुंचने भी न पाया था कि उसने इंजन स्टार्ट कर दिया। "आप कहीं ये न सोचिये कि स्वीडन में शादीशुदा औरतों के साथ उनके घर जाना इस कदर आसान है।"

"अजी तौबा कीजिए। मैं भला यह क्यों सोचने लगा।" धर्म और नैतिकता पर बहस करने से मैं हमेशा कतराता हूं।

नयी और खूबसूरत इमारतों के बीच से गुज़रते हुए हम एक ख़ामोश सी सड़क

पर मुड़ गये। एक बहुत सुन्दर बंगले के सामने उसने कार रोकी।

"मुझे अपने घर पर बड़ा नाज़ है। इसकी हर चीज़ मेरी पसंद से बनायी गयी है। मेरे पति ने यह घर हमारी शादी की सालगिरह पर तोहफ़े के रूप में दिया था। उनका कहना है कि औरत अपने घर की रानी होती है। इसलिए हर काम उसकी मर्ज़ी के मुताबिक़ होना चाहिए।"

"सवेंडीनेवियन नमूने की ये इमारतें मुझे बहुत अच्छी लगती हैं।"

"सिर्फ अच्छी ही नहीं, ये बहुत आरामदेह भी होती हैं, खास तौर पर सर्दियों में जब सर्द हवायें जिन्दगी दूभर कर देती है। अच्छा यह बताइये कि आप कॉफी पियेंगे।"

मैंने स्वीकृति में सर हिला दिया। वह कॉफी बनाने के लिए चली गयी। मैं खूबसूरती से सजे हुए कमरे का जायज़ा लेने लगा।

कुछ देर में वह कमरे में आ गयी।

"मैंने अपना परिचय तो आपसे कराया ही नहीं," वह बेतकल्लुफी से मेरे सामने कुर्सी पर बैठते हुए बोली।

कितनी सुन्दर है यह! मैं दिल ही दिन में सोचने लगा। ये तुम्हारे बाल, ये उजला रंग, ये नीली आंखें, यह परी जैसा तन।

"मैं सीगार्डविन्सन हूं," उसकी आवाज़ कहीं दूर से आती हुई मालूम हुई। म्यूज़िक सुनना पसंद करेंगे?

"जी हां, जरूर। मेरे मन में तो पहले ही हज़ारों सितार झनझना उठे थे। मैं उसे काले रंग का चमकता हुआ रेडियोग्राम रेकार्ड लगाता देखता रहा।"

"ये हमारे देश के मशहूर संगीतकार लारिश एर्क लारशन हैं।" एक मधुर स्वरलहरी सारे कमरे में फैलती गयी।

सीगार्डविन्सन– कॉफी और केक ट्रे में रखकर जब तक कमरे में वापस आई लारशन का रेकार्ड आधे से ज्यादा बज चुका था। मधुर संगीत का एक नर्म झरना गिर रहा था। वह मेरे पास बैठ गयी। मेरी आंखों में झांकने लगी। मेरा हौसला बढ़ने लगा।

"स्वीडन में तो लोग आम तौर पर काली कॉफी बिना चीनी के पीते हैं, मगर आप कहें तो मैं इसमें थोड़ी सी क्रीम डाल दूं?"

कॉफी की प्याली लेते हुए मैंने सीगार्ड का नर्म व नाजुक हाथ अपने हाथ में पकड़ लिया। उसने उसे छुड़ाया नहीं मेरी हिम्मत और बढ़ी। लेकिन उसी दम मैंने महसूस किया कि उसकी नीली आंखें किसी ओर लगी थीं जैसे वह एक आवाज़ पहचानने की कोशिश कर रही हो। या रेडियोग्राम से आते हुए संगीत से दूर शायद एक आहट।

"मैं अभी आई," कहकर वह मेरे पीछे लगे हुए दरवाज़े से उस स्वागत–कक्ष में चली गयी जहां अंदर आते वक़्त मैंने अपनी बरसाती लटका दी थी। वह किसी मर्द

से अपनी भाषा में बातें कर रही थी। मैंने कॉफी चखी। फीकी और कड़वी लगी। उन दोनों में शायद कहा सुनी शुरू हो गयी थी। संगीत की धुन तेज़ और ऊँची होती जा रही थी। लारशन बड़ी मेहनत से क्लाइमेक्स को पहुंच चुका था।

गुस्से में बातें करते हुए वे दोनों कमरे में दाखिल हो गये। मैं कॉफी की प्याली मेज़ पर रखते हुए उनकी तरफ घूम गया। मर्द का चेहरा गुस्से से तमतमाया हुआ था। उसने मुझसे अंग्रेज़ी में कहा, "और मैंने तुमसे कहा था कि तोनलबाना में बैठकर फारेशटा जाना– तुम वीलिंगबी आ गये– गलत स्टेशन पर उतर गये।" सीगार्ड हैरान होकर अपने पति का मुंह ताकने लगी।

बरसाती उठाकर मैं चुपचाप बाहर निकल गया। आसमान अब तक बादलों से ढका हुआ था और एक गहारी सुर्मई सी शाम फैलती जा रही थी। तोनलबाना में बैठा हुआ मैं सोच रहा था कि लाल रंग की वो टाई उस इंजीनियर की उम्र, पेशे और बीबी के लिहाज़ से बहुत ज्यादा शोख़ थी।

ख़ुशी के मौसम

किसी मिसेज़ एम. बनर्जी ने कलकत्ते से अलबर्ट मार्टिन को लिखा था कि वह एक हफ्ते के लिए ऑक्सफोर्ड जा रही है। क्या उन्हें होटल का एक ऐसा कमरा मिल सकता है जिसकी खिड़कियां पार्क की तरफ खुलती हों। अलबर्ट ने ऐसे कमरे का इंतज़ाम कर दिया था। उसका छोटा-सा खूबसूरत होटल उस बड़े पार्क के किनारे था, जहां यूनिवर्सिटी के साइंस विभाग थे। अलबर्ट का संबंध खुद उस पुरानी यूनिवर्सिटी से कभी नहीं रहा था, लेकिन उसे यह शहर पसंद था। उसकी पुरानी तंग सड़कों पर दिन-रात दिखाई देने वाले लड़के-लड़कियां पसंद थे, जो काले-काले गाउन पहने ऊँची-ऊँची आवाज़ में बातें करते इधर-उधर घूमते रहते थे। अलबर्ट को भारतीय विद्यार्थी सबसे ज़्यादा अच्छे लगते– शिष्ट, समझदार, सभ्य फिर उनका अंग्रेज़ी बोलने का अलग ही ढंग– अभी कुछ साल पहले भारत की एक छोटी-सी रियासत का राजकुमार, अलबर्ट के होटल के सामने पार्क में क्रिकेट खेला करता था। वह ऑक्सफोर्ड टीम का कप्तान था। कभी-कभी उसके साथ एक खूबसूरत नाज़ुक सी भारतीय लड़की हुआ करती थी, जो शायद फिल्म अभिनेत्री थी। वह जब हंसती तब उसके गालों में नन्हें-नन्हें खूबसूरत से गड्ढे पड़ जाते थे। अलबर्ट को ऐसे वक़्त अपनी मानुषी की बहुत याद आती।

मानुषी से बिछड़े कितना समय बीत चुका था, वह उन दिनों यूनिवर्सिटी में पढ़ती थी और अलबर्ट शहर के एक बड़े होटल का मैनेज़र था। वह पार्क में टहलने जा रहा था, जब पहली बार उसने मानुषी को देखा था। उसने हरी साड़ी पहन रखी थी और उसके लम्बे काले खुले बाल हवा में लहरा रहे थे। म्यूज़ियम के सामने फुटपाथ पर वह अलबर्ट से दो-चार कदम आगे चल रही थी। मानुषी की चाल से अलबर्ट को ऐसा लगा कि वह बहुत खुश थी– एक ऐसी अंदरूनी खुशी जिसे ज़ाहिर करने के लिए शब्दों की ज़रूरत नहीं होती।

"तुम बहुत खुश हो क्या?" अलबर्ट ने आगे बढ़कर उस गेहुएं रंग की लड़की से कह ही दिया था। अग़र वह इतनी खुश न दिखाई देती तो शायद अलबर्ट इस तरह उससे बोल न पड़ता। लड़की ने अपनी चाल पहले की तरह रखी और मुड़कर

अलबर्ट को देखा। उसकी बड़ी-बड़ी काली आंखें चमक रही थीं। उसके चेहरे से खुशी फूट रही थी। मग़र ऐसा लग रहा था कि वह मुस्करा रही हो। अलबर्ट की बात का जवाब देते हुए वह मुस्कराई और उसके गालों में नन्हें-नन्हें गड्ढ़े दिखाई देने लगे। "हां, आज मैं बहुत खुश हूं। बहुत ही ज़्यादा। लेकिन तुम्हें कैसे पता चला? तुमने तो मेरा चेहरा भी नहीं देखा था।"

"तुम्हारी चाल से– ऐसा लग रहा था जैसे तुम अभी नाचने लगोगी, हवा में उड़ने लगोगी। उम्मीद है कि तुमने मेरे इस तरह बात शुरू करने का बुरा न माना होगा।" अलबर्ट खुद बहुत शर्मिला था। वह नहीं चाहता था कि उसकी नीयत को ग़लत समझा जाये।

"नहीं मैंने बुरा नहीं माना। सच, बिल्कुल बुरा नहीं माना, खुशी पर सब लोगों का हक़ होना चाहिए। खुशी बड़ा प्यारा उपहार है जो हम एक दूसरे को दे सकते हैं। खुशी को सबमें बांटना चाहिए। हर तरफ उसे बिखेरना चाहिए। इसीलिए मैं पार्क जा रही हूं। वहां के पौधे और पेड़, वहां के फूल और पत्ते सब मेरे दोस्त हैं।" उन नन्हें-नन्हें गड्ढों के नीचे मुस्कराहट खेलती रही। अलबर्ट को महसूस हुआ कि उस लड़की के माथे पर चमकती हुई बिंदिया भी मुस्करा रही थी।

"लेकिन आखिर इतनी खुशी किस बात से हो सकती है?" अलबर्ट को इस भारतीय लड़की की बातें अच्छी लग रही थीं। उसकी आवाज़ में अज़ीब-सी मिठास थी।

"तो तुम अंग्रेज़ हो और इतना भी नहीं जानते। आज भारत आज़ाद हुआ है। एक देश की आज़ादी एक व्यक्ति की आज़ादी से किसी तरह कम नहीं होती।" वह फिर मुस्करा रही थी। उसके बाल अनोखी आज़ादी से हवा में झूल रहे थे। अलबर्ट को बड़ी शर्म महसूस हुई कि अंग्रेज़ होते हुए उसे यह नहीं मालूम था कि उस दिन भारत आज़ाद हो रहा था।

उस दिन से अलबर्ट ओर उस हंसती हुई भारतीय लड़की की दोस्ती की शुरूआत हुई जो मुस्कराते-मुस्कराते बड़ी समझदारी की बातें कर जाती थी। उसका नाम मानुषी था। वह बंगाल की रहने वाली थी और ऑक्सफोर्ड बी. ए. करने आई थी। एक साल से कम समय बाकी रह गया था।

ऑक्सफोर्ड छोटा-सा शहर है। बार-बार लोगों से मुलाक़ात हो जाती है। अलबर्ट तो विशेष रूप से मानुषी से मिलना चाहता था। वह किसी दुकान से निकलते हुए लायब्रेरी से आते हुए, कॉलेज जाते हुए मिल जाती। लेकिन उन दोनों की मुलाकात ज़्यादातर पार्क ही में होती। अक्तूबर में जब पतझड़ का मौसम शुरू हुआ तब मानुषी अलबर्ट को पेड़ों पर सोने की तरह तपते हुए रंगों का सौंदर्य दिखाती। नवम्बर में जब मौसम ने एक और करवट ली तब सारा पार्क कभी-कभी कोहरे में भर जाता। मानुषी को वह दूधिया धुआं बहुत प्यारा लगता। क्रिसमस के दिनों में सारा पार्क जब सफ़ेद

बर्फ़ की नर्म तहों में छिप जाता तब अलबर्ट और मानुषी बर्फ़ से ढके किसी पेड़ के नीचे खड़े होकर दूर गिरजों में बजते हुए घंटों की आवाज़ें सुनते रहते। मानुषी से मिलने के बाद से अलबर्ट ने हर मौसम में नया सौंदर्य पाया। हज़ार बार अलबर्ट ने चाहा कि वह मानुषी से कह दे कि वह उससे बेहद प्यार करता है। लेकिन मानुषी उसे कभी कुछ कहने न देती। जून के अंत में परीक्षा के बाद वह भारत लौट रही थी। ऑक्सफोर्ड के पुराने रेलवे स्टेशन के प्लेटफार्म पर खड़ा वह मानुषी को अलविदा कह रहा था। मानुषी डिब्बे की खिड़की से झांक रही थी। आज भी उसने वही हरी साड़ी पहन रखी थी जिसमें पहली बार अलबर्ट ने उसे देखा था।

"मानुषी" अलबर्ट ने अपनी दृष्टि मानुषी के चेहरे से दूर हटाते हुए कहा, "मैं तुम से अब तक यह न कह सका।"

"बहुत-सी बातें बिना कहे भी समझ में आ जाती हैं," मानुषी ने अपने लम्बे बालों को पीछे झटकते हुए कहा। आज भी उसके माथे पर बिंदिया मुस्करा रही थी। "अलबर्ट– मेरे दोस्त... प्यार और स्नेह किसी सिगरेट या साबुन की तरह तो नहीं कि उनके लिए बड़े-बड़े रंगीन पोस्टर बनाये जायें। तुमने आज तक कहीं ऐसा इश्तहार देखा है कि गुलाब की खुशबू बहुत अच्छी होती है?"

अब तुम चली जाओगी तो शायद कभी न मिलो, "अलबर्ट मानुषी के इस पूर्वी दार्शनिक तर्क का कोई उत्तर न ढूंढ सका। वह बिछुड़ने के ख़्याल से बहुत उदास था।"

"भला यह हो सकता है, अलबर्ट कि तुम पार्क जाओ और मुझे याद न करो। जब हल्की धूप में खिले फूलों को देखो, जब रात की शबनमी चादर में पेड़ों को लिपटा हुआ देखो, जब कोहरे में पार्क को छिपा हुआ देखो, जब बर्फ़ से उड़ते हुए गोलों को टहनियों से उलझा हुआ देखो तब समझ लेना कि मैं तुम्हारे पास हूं, तुमसे बातें कर रही हूं..."

रेल आहिस्ता-आहिस्ता सरकने लगी और अलबर्ट को अचानक महसूस हुआ कि अब मानुषी को अलविदा कहने की ज़रूरत नहीं है। मानुषी भारत नहीं लौट रही थी। वह तो ऑक्सफोर्ड में उसके पास रहेगी। गिरजा की घंटियों में उसकी आवाज़ घुल जायेगी। सूरज की रोशनी में मानुषी के चेहरे की सुर्ख़ी निखर जायेगी। रात के अंधेरे में उसकी घुंघराली लटें मिल जायेंगी।

शहर की सड़कों और गलियों में नदी के किनारे और पार्क की खुली हुई हरियाली में अलबर्ट अकेला होता, लेकिन उसे अकेलेपन का एहसास न होने पाता। इतने साल बाद कलकत्ते से आने वलो ख़त को पढ़ते हुए अलबर्ट को ऐसा महसूस हुआ कि मिसेज़ एम. बनर्जी, वास्तव में उसकी अपनी मानुषी है। अलबर्ट ने सोचा, मानुषी की शादी हो गई होगी। उसके बच्चे भी होंगे। उसने अपनी देख-रेख में ऐसे कमरे में मिसेज़ बनर्जी के ठहरने का इंतज़ाम किया जिसकी खिड़कियां पार्क की ओर

खुलती थीं। मिसेज़ बनर्जी के ऑक्सफोर्ड पहुंचने में केवल एक-दो दिन बाकी थे। उनके नाम आया हुआ एक पत्र भी रखा था। अलबर्ट की बेचैनी बढ़ती जा रही थी। उसने रात गये बड़ी सावधानी से मिसेज़ बनर्जी के नाम लिखा वह ख़त खोलकर पढ़ ही लिया। वह पत्र मिसेज़ बनर्जी को उसके पति ने लिखा था। सम्बोधन से लेकर अन्त तक का एक-एक शब्द प्यार में छूआ हुआ था। ज़िन्दगी में पहली बार अलबर्ट को यह अनुभव हुआ कि ईर्ष्या क्या होती है। मानुषी को उसका पति इतना चाहता था। पढ़ने से अलबर्ट को पता चला कि मानुषी अब भी उतनी ही सुन्दर है। उसके बालों, उसकी आंखों, उसकी मुस्कराहट का ज़िक्र उसके पति ने कुछ इसी तरह किया था जैसे अलबर्ट सोचता था।

जिस सुबह मिसेज़ बनर्जी आने वली थी, अलबर्ट ने फूलों से सारा होटल भर दिया था। आज उसकी अपनी मानुषी उससे फिर मिलने वाली थी। वह उसके साथ पार्क घूमने जायेगी। मानुषी अभी तक पार्क को नहीं भूली थी। ग्यारह बजे के लगभग होटल के समाने एक टैक्सी आकर रुकी जिसकी खिड़की से वह केवल हरे रंग की साड़ी का पल्लू देख सका। अलबर्ट का दिल जैसे चलते-चलते रुक सा गया। आवेग से अलबर्ट की आंखों में आंसू उमड़ आये वह मुड़कर रूमाल से आंसू पोंछने लगा।

"माफ कीजिए- मेरा नाम मिसेज़ बनर्जी है- मिसेज़ एम. बनर्जी आपके होटल में मेरे लिये एक कमरा रिजर्व है। हिन्दुस्तानी लहज़े में कोई उससे बात कह रहा था। अलबर्ट ने घूमकर मिसेज़ बनर्जी की ओर देखा। वह मानुषी नहीं थी। उसका कद मानुषी से कम था। आंखें बहुत छोटी थीं। उसमें वह लावण्य नहीं था, शरीर खासा बेडौल था। अलबर्ट ने कमरे की चाबी मिसेज़ बनर्जी की तरफ बढ़ा दी और कहा, "आपका कमरा पहली मंज़िल पर है। वहां से लगभग सारा पार्क दिखाई देता है। आपके नाम एक ख़त भी आया हुआ रखा है।"

"मेरे पति का होगा- भगवान जाने मेरे बिना उनके इतने दिन कैसे कटेंगे।" मिसेज़ बनर्जी की आवाज़ में मानुषी जैसी मिठास न थी। वह जब सीढ़ियां चढ़ती ऊपर जा रही थी तब अलबर्ट सोच रहा था कि वह आख़िर क्या बात है जो एक स्त्री को उसके पति की निगाह में मानुषी जैसा सुन्दर बना देती है।

तोहफा

हमेशा खुश रहने वाले आनन्द की मुस्कराती आंखें आज़ खामोश और उदास थीं। वह बड़े बेमन से कार चलाते हुए सोच रहा था कि अब वह अपनी रोती हुई सुन्दर प्रेमिका, नाराज़ पत्नी-मालती को कैसे मनायेगा। मालती और वह दोनों किसी अज़ीज़ को विदा करने नयी दिल्ली स्टेशन गये थे कि वहां की भीड़-भाड़ में आनन्द को अचानक अपना साथी मिल गया।

"मैं हमेशा मुस्कराने वाले शहज़ादे क्या तुम अपने दोस्त को सदा के लिए भूल गये?" असद ने उसके पास आकर कहा और फिर वे दोनों बड़ी गरम जोशी से गले मिल गए। मग़र अभी 'वह एक दूसरे से अलग भी नहीं हुए थे कि मालती उन्हें प्लेटफार्म पर छोड़कर जल्दी-जल्दी बाहर निकल गयी। मालती की आंखों से बेतहाशा आंसू बह रहे थे। असद से ख़त लिखने का वादा करके आनन्द फौरन स्टेशन से बाहर आया, मग़र मालती जा चुकी थी। अब कार चलाते हुए आनन्द सोच रहा था कि मालती को कैसे मनाये। असद से आज यह कैसी भूल हो गयी? उनकी दोस्ती बहुत पुरानी थी। आनन्द असद को खुद बहुत चाहता था। मग़र आज स्टेशन पर मालती के सामने उसका यूं खुल कर मिलना आनन्द के लिए कितनी मुश्किल की वज़ह बन गया था। चार साल की शादीशुदा ज़िन्दगी में मालती आज़ उससे पहली बार नाराज़ हुई थी। अपनी पत्नी से आनन्द को बहुत मुहब्बत थी, मग़र मालती की खुशी की खातिर वह अपने ज़िगरी दोस्त असद से न मिले, यह बंदिश आनन्द को गवारा न थीं। वह चुप था और वक्त का इन्तज़ार कर रहा था।- वक्त जो कभी महबूबा की तरह मेहरबान हो जाता और कभी किसी ज़ल्लाद की तरह बेरहम।

आनन्द के सामने उसकी ज़िन्दगी का सबसे सुन्दर पल, जब मालती ने उससे शादी करने के लिए हां कर दी थी, उस वक्त एक कुचले हुए सांप की तरह कुछ ऐसी रफ्तार से रेंग रहा था कि उसकी लम्बाई दुगुनी हो गयी थी। तजुबरते हुस्न को बदसूरती में बदल सकते हैं, यह आनन्द को आज़ मालूम हुआ था।

पढ़ाई पूरी करने के बाद जब आनन्द अमेरिका से हिन्दुस्तान लौटा तब उसे एक बड़ी फर्म में अच्छी नौकरी मिल गयी और पहले ही दिन से आनन्द अपने ऑफ़िस

की स्टेनो मालती को चाहने लगा। मालती बेबाक और खिले हुए फूल की तरह सुन्दर थी– आनन्द की मां अपने इकलौते बेटे के इस एलान से फूली न समायी, "मां, मैं जल्दी आपके लिए एक खूबसरूत-सी बहू लाऊँगा और बहुत का नाम मालती होगा।" मां और आनन्द घर में मालती के दुल्हन बनकर आने के सपने देखने लगे।

असद को एक दिन बम्बई में आनन्द का तार मिला– "फ़ौरन दिल्ली पहुंचा। मैं बेहद उदास हूं।" और असद दूसरे ही दिन हवाई जहाज़ से दिल्ली पहुंच गया। उसका सबसे प्यारा दोस्त आनन्द पालम हवाई अड्डे पर उसका इन्तज़ार कर रहा था।

"कौन है वह?" असद ने आनन्द से बिना भूमिका बांधे पूछा।

"मालती, मेरी स्टेनो," आनन्द जैसे गुस्से में था।

"अमां– अफ़सर और स्टेनो का हमेशा से चला आ रहा इश्क़। यार आनन्द, मैं तुम्हें इतना लकीर का फ़कीर तो नहीं समझता था।"

"नहीं असद, मज़ाक न करो। यह मेरा आखिरी फ़ैसला है– शादी करूंगा तो सिर्फ़ मालती से और वह भी जल्द।" असद यह ऐलान सुनकर ख़ामोश हो गया। खुश मिज़ाज आनन्द के ज़िद्दी स्वभाव से वह अच्छी तरह परिचित था। ज़िद में आनन्द एक अड़ियल घोड़े की तरह बेकाबू हो सकता था।

"तुम्हारी कहानी में तीसरा कौन है?" असद ने पूछा।

"कोई मुखर्जी है– किसी कम्पनी का सेल्स मैनेज़र। मालती उसपर जान छिड़कती है। मगर वह शायद उसको चक्कर दे रहा था।"

आनन्द ने जिस लहज़े में मुखर्जी का ज़िक्र किया था उससे यह अंदाज़ लगाना मुश्किल न था कि अपने प्रतिद्वन्द्वी से वह कितना चिढ़ा हुआ था। दो-तीन महीने में एक, आध दिन के लिए मुखर्जी दिल्ली आता है और असद– मेरे दोस्त, तुम सोच भी नहीं सकते कि उस दिन मालती किस क़दर खूबसूरत नज़र आती है। वह कितनी मेहनत से बालों को सजाती है। एक खास महक से उस दिन सारा आफ़िस जाग उठता है। मालती के टाइपराटर से उस दिन आवाज़ नहीं निकलती, गीत बिखरते हैं।

"क्या तुम्हारी हर कोशिश बेकार हो चुकी है," असद कहानी के हर पहलू को जानना चाहता था।

"हां– हर कोशिश, मैंने मालती से कहा कि मां तुमसे मिलना चाहती है। वह टाल गयी। अभी परसों उसको मैंने क्रिसमस डांस के दो टिकट दिखाये और साथ चलने के लिए कहा, लेकिन उसने मना कर दिया। मैंने वे टिकट आफ़िस में यह कहते हुए रख दिए हैं कि तुम अग़र अपना इरादा बदलो तो मुझे फोन कर देना– और अब जब तक मालती का फोन नहीं आयेगा मैं दफ़्तर नहीं आऊँगा।"

असद को अच्छी तरह अंदाज़ा था कि आनन्द सच कह रहा है। दोस्त चाहे कितने ही अर्से के बाद क्यों न मिलें एक दूसरे की कमज़ोरियों को अच्छी तरह जानते हैं।

"मुखर्जी से मालती की दोस्ती कितनी पुरानी है?" असद ने शायद आख़री सवाल पूछा।

"मालती कॉनवेंट में पढ़ती थी जब उससे पहली बार मिली थी और अब वह कोई बाईस साल की होगी।"

"दूसरे दिन मालती आफ़िस में बैठी अख़बार देख रही थी कि एक बहुत सभ्य आवाज़ ने चौंका दिया," "क्या मिस मालती मल्होत्रा आप ही हैं?" एक नवयुवक उससे पूछ रहा था।

"जी, वह सिर्फ़ इतना ही कह सकी। वह उस नवयुवक से कभी नहीं मिली थी, मग़र उसने भांप लिया कि वह ज़रूर किसी अच्छे ओहदे पर होगा। उसके बोलने-चालने का ढंग, उसका क़ीमती सूट, उसका खूबसूरत हैंडबैग इस बात की गवाही दे रहे थे।"

"आपके दोस्त अरविंद मुखर्जी ने मुझे आपसे मिलने के लिए कहा था। नार्दन इण्डिया का ज़ोन अब मेरे अंडर आ गया," अरविंद के नाम पर जैसे मालती खिल उठी। उसकी आंखों को देखकर ऐसा लगता था जैसे दिवाली की रात देख ली हो।

"वह खुद कहां हैं? ख़त तो ख़ैर वह कभी लिखते नहीं, मग़र दो-तीन महीने में मिलते तो ज़रूर आ जाते थे।" इस तरह खुलकर अपने प्रेमी की बेरुखी की शिकायत करके मालती शरमा गई। उसके गालों का रंग लाल हो गया।

"मुखर्जी का ट्रांसफ़र तो अब साउथ इंडिया में हो गया है। दिल्ली तो अब वह शायद ही आये।" नवयुवक ने मालती के सामने कुर्सी पर बेतकल्लुफी से बैठते हुए कहा, "और वैसे भी हम लोग ख़ानाबदोश होते हैं। आज यहां, कल वहां। क्रिसमस इस साल में दिल्ली में ही मनाऊंगा। अग़र आप चाहें तो मेरे साथ डान्स पर चलें। मिस मालती मल्होत्रा मैं आपके मुखर्जी का अच्छा दोस्त हूं– आप मुझ पर एतबार कर सकती हैं।" वह खुशमिज़ाजी से मुस्कराया।

"अग़र आप अरविंद के क़रीबी दोस्त होते तो इस तरह कभी इन्वाइट न करते मैं उनके बग़ैर कहीं नहीं जाती– सिनेमा देखने भी नहीं।" मालती बहुत उदास होती जा रही थी।

"अरे मुझे खूब याद आया। मुखर्जी ने आपके लिए एक सेंट की शीशी भी तो भेजी है।" वह जैसे बातों का रुख बदलना चाह रहा था। उसने झुककर अपने काले चमड़े के बैग से दो-तीन खूबसूरती से बंधे हुए पैकेट निकाले और उन पर लिखे हुए नामों को पढ़ने लगा और फिर जैसे एक नाम पर उसकी नज़रें रुक गयीं।

"मालती के लिए– अरविंद की तरफ से – क्रिसमस की मुबारकबाद के साथ," बाकी पैकेट उसने सावधानी से बैग में वापस रखकर लाल रंग के कागज़ में बंधा हुआ यह तोहफा मालती की तरफ बढ़ा लिया, "यह आपके लिए है।"

मालती की आंखों में आंसू तैरने लगे– "और बाक़ी को सब किसके लिए हैं?"

"मुखर्जी की कुछ और दोस्तों के लिए।" उसने कुछ इस तरह कहा जैसे सच बोलने में उसे शर्म महसूस हो रही हो। "अच्छा तो अब मैं चलूंगा, बड़ी खुशी हुई

आपसे मिलकर, मग़र अफसोस है कि क्रिसमस डान्स पर आप साथ न चल सकेंगी। खैर, कोई बात नहीं मुखर्जी ने ये सब पते देते वक़्त यकीन दिलाया था कि मैं दिल्ली में अकेला नहीं रहूंगा– अच्छा, बाई, बाई।"

उसके आफ़िस से बाहर निकलते ही मालती ने वह सेन्ट की शीशी उठाकर ज़मीन पर दे मारी और टाइपराइटर पर सर रखकर फूट-फूट कर रोने लगी।

उस दिन शाम को जब टेलीफ़ोन की घंटी बजी तब असद आनन्द के घर में बैठा उससे बातें कर रहा था।

"हैलो, मैं आनन्द बोल रहा हूं।" और फिर आनन्द ने बेअख़्तियार दोनों हाथों से रिसीवर पकड़ लिया। "हैलो मालती, कहो क्या बात है? बहुत अच्छे, तो गोया तुम क्रिसमस डांस पर चलने को तैयार हो?" बहुत खूब मालती और माँ से आकर मिलोगी? थैंक यू। तुम नहीं जान सकती मैं कितना खुश हूं। हां, हां, मैं कल ऑफ़िस जरूर जाऊँगा। क्रिसमस में तो अभी दो दिन बाकी हैं। थैंक यू मालती। और आनन्द जब फोन से हटा तो खुशी उसके चेहरे से कुछ इस तरह फूट रही थी जैसे सूरज से किरणें फूटती हैं। उसने असद से कहा, "असद शुक्रिया तो दरअसल, मुझे तुम्हारा अदा करना चाहिए। अग़र आज सुबह तुम मालती से मुखर्जी के दोस्त बनकर न मिलते तो इस वक्त मैं कितना दु:खी होता।"

स्टेशन से घर लौटते वक़्त ये सब बातें आनन्द के मन में घूम रही थीं। कुछ बातें दिल पर कुछ इस तरह अपनी छाप छोड़ जाती हैं कि मिटाये नहीं मिटती। प्लेटफार्म पर आनन्द और असद को इतने तपाक से मिलते देखकर मालती सब कुछ समझ गयी थी कि उसके साथ धोखा किया गया था। आनन्द जब घर पहुंचा तो वह मसहरी पर लेटी रो रही थी और आनन्द सोच रहा था कि मालती को किस तरह समझाये कि मुहब्बत और जंग में हर चाल जायज़ है। उसे कैसे बताए कि वह मालती से बेहद प्यार करता है।

मग़र औरत तो अपनी पूरी ज़िन्दगी में शायद सिर्फ एक बार प्रेम करती है– पहली बार।

हमसफ़र

लंदन के ठंडे कोहरे के बाद पेरिस की निखरी-निखरी धूप बहुत ही प्यारी लगी। शबाना का पेरिस का यह पहला सफ़र है। वह बहुत खुश है हालांकि फ्रांसीसी भाषा न आने की वज़ह से कुछ परेशान भी है। यहां अंग्रेजी में बातचीत करने वाले मुश्किल से मिलते हैं और जो यह जबान जानते भी हैं वे उसे बोलने से कतराते हैं। होटल के काउंटर पर वह लड़की बड़ी अच्छी अंग्रेज़ी बोल रही है। उसके पिछले तांबे जैसे बाल कुछ-कुछ जाने-पहचाने से लगते हैं। लाल होंठ जो मुस्कराते-मुस्कराते सिकुड़ कर छोटे से खूबसूरत अधखिले फूल में बदल जाते हैं। उन होठों को मैं पहले भी मुस्कराते हुए देख चुका हूं। यह आवाज़ पहले भी कानों में रस घोल चुकी है।

"आपका नाम?" वह गहरी नीली आंखों से मुझे और शबाना को देखते हुए पूछती है। शबाना उसके सवाल का जवाब दे रही है और मैं वक्त की रहगुज़र पर पीछे की तरफ लौट आता हूं।

कोई चार पहले की बात है मैं जिनेवा में पतझड़ की बहार देखकर रात को स्टेशन पहुंचा। सुबह को मुझे मार्सेल्ज पहुंच कर बम्बई के लिए जहाज़ पकड़ना था। यूरोप में कई साल गुज़ारने के बाद यह आखिरी रात ट्रेन के सफ़र में कटनी थी। मेरा मन भर आया था। दिल चाहता था कि खूब बाते करूं। स्विटजरलैंड में रेलें ठीक वक्त पर चलती हैं। नौ बजे ट्रेन प्लेटफार्म पर आ चुकी थी। मैं सूटकेस उठाये डिब्बे की गैलरी से होता हुआ एक केबिन पर रुका। एक तरफ मिलिट्री ओवरकोट ओढ़े कोई बेखबर सो रहा था और दूसरी तरफ खिड़की के पास खूबसूरत-सी नाजुक लड़की बैठी थी। उसके बाल ताँबे की तरह दमक रहे थे।

"यहां कोई और तो नहीं बैठा है?" मैंने दरवाजे के पास अपना ओवरकोट लटकाते हुए उससे पूछा।

"मैं अंग्रेज़ी बिल्कुल नहीं जानती," उसने हल्की-सी मुस्कराहट के साथ फ्रांसीसी में जवाब दिया।

" और मुझे फ्रेंच बिल्कुल नहीं आती" अंग्रेज़ी में जवाब देते हुए उसके पास बैठ गया।

ट्रेन एक हल्के-से झटके के साथ चल पड़ी और फिर तेज़ रफ्तार से जिनेवा के उपनगरों से गुज़रने लगी। खिड़की से बाहर दौड़ती रेल के साथ-साथ अंधेरा था और उस खामोश अंधेरे में स्विटजरलैंड की सोई वादियां, पहाड़ियां और झीलें सपने का सा नज़ारा पेश कर रही थीं। मैं देर तक उस अंधेरे को देखता रहा। फिर मुझे ख्याल आया कि शायद यह लड़की यह समझ रही है कि मैं उसे देख रहा हूं। इस ख्याल के आते ही मैंने सचमुच उसकी तरफ देखा। नींद से उसकी आंखें बोझिल थीं। उसके रेशमी बाल गालों पर झुके हुए थे। ऊँघते-ऊँघते उसने अपना सिर मेरे कंधे पर टिका दिया और फिर एकदम चौंक कर उठ बैठी। मैंने इशारे से कहा कि वह मेरे कंधे पर सिर रखकर सो सकती है। वह मुस्कराई। उसके होंठों की लाली फिर सिकुड़ कर एक कली में बदल गयी। धीमी-धीमी सी महक उसके बालों से आती रही और वह मुस्कराती हुई सोती रही। रात गहरी होती गयी। रेल के पहियों की ताल से हमारे ज़िस्म जैसे एक लय में बंध गए। मैंने अपना ओवरकोट दरवाज़े के पास से उतार कर एहतियात से उस पर डाल दिया। मुझे ख़्याल आया कि सोते वक्त इन्सान बच्चों से किस कदर मिलने लगता है। कई घंटे यूं ही गुज़र गये। एक स्टेशन पर ट्रेन रुकी तो नीली यूनिफार्म पहने गार्ड हमारे डिब्बे में आया। मैंने वज़ह पूछी तो उसने बताया कि इस लड़की को अगले स्टेशन पर एक दूसरी गाड़ी पकड़नी है। और लड़की ने जगाने के लिए कहा था। गार्ड के जगाने से पता चला कि उसका नाम लीज़ा था। ट्रेन फिर चल पड़ी। लीज़ा की नीली आंखों से अब नींद गायब थी, मग़र अब भी वह मेरे कंधे पर सिर रखे हालात का जायज़ा ले रही थी। मेरे मोटे ओवरकोट से खुद को ढका पाकर वह मुस्कराई। फूल खिलने लगा। लीज़ा ने मुझसे कुछ कहा। मैं खामोश रहा। क्या कहता। वह काफी देर तक आहिस्ता-आहिस्ता फ्रांसीसी में मुझसे बातें करती रही। फिर उसका स्टेशन आ गया। मैंने ट्रेन से सूटकेस उतारने में उसकी मदद की। प्लेटफार्म पर उतरने से पहले लीज़ा ने अलविदाई अंदाज में हाथ मिलाया और फिर कुछ सोचकर मेरे गाल पर आहिस्ता से प्यार किया। ट्रेन चलने पर लीज़ा प्लेटफार्म पर खड़ी रही।

रात की ठंडी हवा में उसके बाल बिखर रहे थे। रेल चली तो हम दोनों ने हाथ हिलाकर एक दूसरे को विदा किया। मैं जब अपने केबिन में वापस आया तो मेरा ओवरकोट वहीं रखा था जहां कुछ देर पहले वह बैठी हुई थी। एकदम अकेले होने का एहसास हुआ। लीज़ा हमसफ़र थी, मगर हमज़बान न थी। फिर भी एक तरह का साथ था। सुबह को जब मार्सेल्ज़ पर मैं ओवरकोट पहन रहा था तब एक धीमी-धीमी सी महक आई। कुछ सुनहरे बाल कोट पर लगे हुए थे। हिन्दुस्तान लौटते हुए जहाज़ पर कई बार मुझे लीज़ा का ख्याल आया। उस रात का ख़्याल आया जब वह मेरे कंधे से सिर टिकाये सोये रही थी। उसकी आवाज़ याद आई और उस फ्रांसीसी लहजे की मिठास। कौन जाने कि वह क्या कहना चाह रही थी। ज़िन्दगी की भाग-दौड़ में फिर

घटना को भूल-सा गया। कुछ बातें, कुछ पल, कुछ लोग हर वक़्त याद नहीं रहते। मग़र जब वे याद आते हैं तब बड़ी गहराई से याद आते हैं। अब इतने सालों बाद यहां पेरिस के उस होटल में मुझे अचानक जिनेवा से मार्सेल्ज़ तक का सफ़र पूरा का पूरा याद आ गया।

शबाना मेरी बीबी लीज़ा के सवालों का जवाब दे रही है। और मैं कई साल पहले गुज़री हुई एक रात को याद कर रहा हूं जो ट्रेन से बाहर दौड़ती हुई पीछे की तरफ जा रही है। उन रेशमी बालों की महक को याद कर रहा हूं जो मेरे कंधे पर बिखरे हैं। उन लाल होठों की छुअन को अपने गाल पर महसूस कर रहा हूँ जो मुझसे विदा हो रहे हैं।

मैं और शबाना खूब पेरिस घूमते हैं। लीज़ा रोज़ सुबह हमारा एक खास मुस्कराहट से स्वागत करती है। हर शाम हम से राजनीति की बातें सुनती है। हम रोज होटल से बाहर जाने से पहले उससे सलाह लेते हैं कि कहां-कहां जाना चाहिए। हम बड़ी-सी किश्ती में सारी नदी की सैर करते हैं। फूलों से लदे हुए पेड़ों को सीन के पानी पर झुका हुआ देखते हैं। आइफल टावर की ऊँचाई से पेरिस की खूबसूरती देखते हैं। जिस सुबह हमें लंदन जाना है, लीज़ा मुझे काउंटर पर नज़र आती। हमने अपना सामान बांध लिया है, हम डाइनिंग हाल में अपनी खास मेज़ पर बैठे नाश्ता कर रहे हैं कि शबाना को खयाल आता है कि वह अपना पर्स कमरे में भूल आई है। वह लिफ्ट की तरफ बढ़ रही है कि मुझे लीज़ा पास से गुज़रती नज़र आती है। उसने बहुत खूबसूरत हल्के नीले रंग का लिबास पहन रखा है। बिल्कुल उसकी आंखों जैसा गहरा नीला। उसके बाल सुन्दर ढंग से संवरे हुए हैं।

"लीज़ा," मैंने आहिस्ता से आवाज़ देकर उसे बुलाया।

"आपको मेरा नाम कैसे मालूम हो गया? मैंने तो कभी नहीं बताया," वह हैरान होकर पूछती है कि और पास आ जाती है।

उस रात जब गार्ड ने तुम्हें जगाया था तब मुझे तुम्हारे नाम का पता चल गया था।

"आपने इतने बरसों तक वह सफ़र याद रखा। मैं तो सिर्फ़ अपने आप को भावुक समझती थी।"

"उस रात मैं भी बहुत भावुक हो गया था। यूरोप में मेरी वह आखिरी रात थी। आओ तुम हमारे साथ बैठकर कॉफी पीयो। अब थोड़ी देर में हम लोग वापस जाने वाले हैं।"

"मुझे मालूम है," वह मेरे सामने बैठ जाती है। उस रात अग़र हम एक दूसरे की जबान समझ सकते तो शायद आप यूरोप में और ठहर जाते– वह रात आखिरी रात न होती। "लीज़ा की आंखें कुछ अजब अंदाज से नरम-सी हो गयी थीं। जैसे वह कोई सुहाना सपना सुना रही हो।"

"यह मैंने भी अक्सर सोचा है– अच्छा यह बताओ कि उस रात अपने स्टेशन से

उतरने से पहले तुम क्या कह रही थीं।"

"मुझे आप बहुत अच्छे लगे थे। कितने घंटे मैं आपके कंधे पर सिर रखे सोती रही या सोयी-सी बनी रही। हम दोनों लगभग अकेले थे। रात थी। मग़र आपने मेरे अकेलेपन से फायदा उठाने की कोशिश नहीं की। बड़े प्यार और अपनेपन से अपना ओवरकोट मुझे ओढ़ा दिया। आप चाहते तो नींद के बहाने ही करीब आ जाते– यह बात मुझे बहुत प्यारी लगी थी। मैंने कितने सारे लोगों को यह घटना सुनाई। हजारों बार उस अंधेरी रात को याद किया जब जिनेवा के स्टेशन पर आप केबिन में आकर मेरे पास बैठे थे। मुझे बहुत अफ़सोस रहा कि हम एक दूसरे की ज़बान नहीं समझ सकते थे। सिर्फ इसलिए मैंने अंग्रज़ी सीखी है फिर कभी आपसे मुलाकात होगी तो दिल खोलकर बातें करूँगी, लीज़ा अपनी एक बिखरी हुई लट को संवारने के लिए रुकी। "उस सफ़र के वक़्त भी क्या आप शादीशुदा थे?"

"नहीं लीज़ा– तब तो मैं शबाना को जानता भी नहीं था। हमारी शादी को तो अभी एक साल ही हुआ है।"

मैं उस रात आपसे फ्रांस में रुक जाने के लिए कह रही थी। मैं चाहती थी कि आप मेरे मां-बाप से मिलें। मैं पैरिस आपको इस तरह घुमाती कि आप को इस शहर से प्यार हो जाता, "वह बेबाकी से मेरी आंखों में झांक रही थी।"

"अग़र किसी से मुहब्बत हो जाती है तो फिर उसके शहर के गली-कूंचों से भी प्यार हो जाता है। मग़र लीज़ा हमें पेरिस में रहते हुए इतने दिन हो गये हैं। तुम चाहती तो अपने मां-बाप से मिला सकती थीं, पेरिस दिखा सकती थीं," मैं शबाना को लिफ्ट से निकलते हुए देखता हूं। उसे अपना पर्स मिल गया है।"

"अब तो बहुत देर हो चुकी है," वह शबाना को अर्थ भरी निगाहों से देखते हुए कहती है। उन नीली आंखों में जैसे जलन की चमक थी।

"चलिए, अब देर हो रही है," शबाना हमारे पास आकर कहती है। उसको हवाई ज़हाज और रेल छूटने का हमेशा अंदेशा लगा रहता है। मैं नाश्ते का बिल अदा करने के लिए बैरे को बुलाता हूं।

"रहने दीजिए," लीज़ा भारी मन से कहती है। यह बिल मैं अदा कर दूंगी। आप पेरिस फिर जरूर आइयेगा। वैसे हम दोनों से बात कर रही है, मगर उसकी आंखें मेरे कंधे पर रुकी हुई हैं जैसे वहां एक सोती हुई सुन्दर-सी लड़की का सिर देख रही हो जिसके बाल तांबे की तरह दमकते हैं।

"आपकी दावत का शुक्रिया," शबाना लीज़ा की मेहमान नवाज़ी से बहुत प्रभावित हुई है। "आप फ्रांसीसी लोग अजनबी लोगों से भी कितनी अच्छी तरह पेश आते हैं।"

"हम जरूर आयेंगे," मैं मेज़ से उठते हुए कहता हूं, "शर्त यह है कि तुम अपने मां-बाप से हमें मिलाओगी, हमें अपने साथ पेरिस दिखाओगी।"

लीज़ा खामोश रहती है। सोच में डूबी हुई उसकी आंखें उसके लिबास से कहीं ज़्यादा गहरी लग रही हैं।

हमारा सामान टैक्सी में रखा जा चुका है। मैं शबाना के लिए टैक्सी का दरवाजा खोलता हूं। इतने में लीज़ा होटल की सीढ़ियां उतर कर हमारे नज़दीक आ जाती है।

"मुझे आपकी शर्तें मंजूर हैं। अगली बार आप पेरिस आयेंगे तो यह सारा शहर मैं आपको खुद दिखाऊँगी। अपने मां-बाप से मिलाऊँगी।"

सुर्ख मोटी कलियों जैसी मुस्कराहट उसके चेहरे पर फिर फैलने लगती है। हम हाथ मिलाकर विदा होते हैं। शबाना टैक्सी के चलते ही पूछती है कि ज़रा-सी बात सोचने में इस लड़की ने इतनी देर क्यों लगायी?

अंधेरा

आज आफ़िस के लिए रवाना होते वक़्त मुझे टाई के चुनाव में देर न लगी। आज मैं पांच दिन की छुट्टियों के बाद आफ़िस जा रहा था। पांच दिन से ईस्टर के त्यौहार की वज़ह से सब कारोबार बंद था। ऐसी छुट्टियों में लंदन जैसा शहर भी सुनसान हो जाता है। आज मुझे क्रिस्टीन से मिलने की भी कोई खास इच्छा नहीं थी। क्रिस्टीन दफ्तर में मेरे साथ काम करती है। उसकी आंखें हरी हैं और बाल सोने की तरह दमकते हैं।

वह एक आकर्षक नवयुवती है। मुझे क्रिस्टीन के सौंदर्य की सादगी बहुत पसन्द है, मग़र उसकी दोस्ती एक लड़के जोज़फ से बहुत बढ़ रही है जो किसी अख़बार के दफ्तर में काम करता है। मैं भीतर ही भीतर उन दोनों की बढ़ती हुई दोस्ती से खुश नहीं हूं और क्रिस्टीन लंदन जैसे बड़े शहर में अकेली है। उसके मां-बाप एडिनबरा में रहते हैं। लंदन में उसे सीख नहीं, साथी चाहिए। साथ-साथ घूमना-फिरना तो बहुत आसान बात है, मग़र बाकायदा साथी बनने से मैं कतराता रहा हूं। मेरी तीस साल की ज़िन्दगी में अनगिनत तो नहीं लेकिन कई मौके ऐसे जरूर आये जब मैं साथी बनने का वादा कर सकता था। मग़र मैं बस सोचता ही रह गया और लड़की वक़्त की तरह आगे बढ़ गई।

जोज़फ और क्रिस्टीन साथ-साथ लंदन में घूमते हैं। अच्छी-अच्छी फिल्में और नाटक देखते हैं। आर्ट गैलरी और म्यूज़ियम देखने जाते हैं। मैं भी उन सब जगहों पर क्रिस्टीन को ले जा सकता हूं। लेकिन मैं हमेशा ऐसी बातें सोचता ही रह जाता हूं और क्रिस्टीन से कुछ नहीं कह पाता। पांच दिन हुए जब दफ्तर ईस्टर की छुट्टियों के लिये बन्द हो रहा था तब क्रिस्टीन ने मुझे बताया कि वह जोज़फ के साथ फूलों की नुमाइश देखने हालैंड जा रही है। उस दिन मैंने अपने दिल में जोज़फ के प्रति ईर्ष्या की एक चिंगारी महसूस की थी। मुझे डर भी हुआ था कि यह ईर्ष्या की दबी-दबी आग एक दिन मुझे साथ देने और साथी बनने के लिए मज़बूर कर देगी। मैंने उस दिन सोच लिया था कि क्रिस्टीन के लिए वह सब कर गुज़रूंगा जो वह अपने साथी से चाहती थी। मैं उसे नाचघर में भी ले जाऊंगा और शराबखाने में भी। यह फैसला

मैंने पांच दिन पहले किया था। मगर इन पांच दिनों में मेरी मनःस्थिति, मेरे सोचने का अंदाज पूरी तरह ही बदल गया है। इसीलिए आज सुबह दफ़्तर के लिए तैयार होते वक़्त मुझे टाई का चुनाव करने में देर नहीं लगी।

तीन दिन हुए सलमा ने अचानक टेलीफोन पर मुझे बताया कि वह भारत से न्यूयार्क जाते हुए लंदन में रुकी है। अपने देश में सलमा के और हमारे मकान के बीच सिर्फ़ एक दीवार थी। हम दोनों साथ पले-बढ़े थे। बचपन में हम साथ-साथ अमरूद के पेड़ पर ऊधम मचाते थे जो हमारे आंगन में रसोई के सामने छाया किये रहता था। इतने समय के बाद एक अजनबी देश में सलमा की आवाज़ सुनकर बहुत खुशी हुई। सलमा ने फोन पर बताया कि पिछले महीने उसकी शादी किसी लड़के से हो गयी है जो अमेरिका में रहता है। वह किसी मज़बूरी की वज़ह से हिन्दुस्तान नहीं जा सका और शादी एक टेलीग्राम की बुनियाद पर हुई। मुझे गुमान भी न था कि इन सात सालों में, जब से मैंने देश छोड़ा था, सलमा कितनी बदल गयी होगी। जो लोग अपना देश छोड़कर कई-कई साल बाहर गुज़ार देते हैं, वे उस दौरान अपने देश में होने वाले बदलावों से अनजाने रह जाते हैं। शादी-ब्याह की खबरें तो मिल जाती हैं, मग़र कोई यह नहीं बतलाता कि रसोई के सामने अब अमरूद का पेड़ झुलस कर रह गया है। कोई नहीं लिखता कि मां-बाप के ममता भरे चेहरों पर कितनी झुर्रियां पड़ गयी हैं या यह कि बच्चे जवान होकर कैसे निकले हैं। होटल के लांज में जब मैंने सलमा को इतने वर्ष बाद देखा तब उसके रूप से प्रभावित हुए बिना न रह सका। उसके काले लम्बे बालों का अंदाज़ बदला हुआ था। उसकी शर्बती आंखों की चमक बढ़ गई थी।

मैंने दो दिन सलमा को लंदन की खूब सैर कराई। निखरी हुई धूप में हम पार्कों की सैर करते। रात को बिजली की रोशनी में जगमगाते हुए बाज़ारों से कार में गुज़रते। सलमा का जहाज़ इतवार की सुबह न्यूयार्क के लिए रवाना होने वाला था। मेरे फ्लैट में वह रात गये तक बातें करती रहती थी। मैं और सलमा दो दिन से साथ-साथ थे, मग़र अब उसकी बातों में चंचलता की जगह गंभीरता आ गयी थी। उसकी बातों में अब पहली-सी चुलबुलाहट नहीं रह गई थी। वह सहसा बड़ी हो गई थी।

मैं उससे शादी के बारे में कुछ ज़्यादा न पूछ सका था। बचपन से ही हम दोनों के पिता की यह इच्छा रही थी कि हमारी शादी हो जाए। लेकिन मैं उस फैसले को टालता रहा था। यहां तक कि मेरे लंदन रवाना होने का वक़्त आ गया था। मैं नहीं चाहता था कि विदेश रवाना होने से पहले इस तरह के बंधनों में जकड़ जाऊं। सलमा से जानबूझ कर इस बारे में बात नहीं की थी। अग़र यह पता चल जाता कि खुद वह भी मुझसे शादी करना चाहती है तो शायद इन्कार करना मुश्किल होता। सोलह-सत्रह साल की लड़की बहुत भावुक होती है। सलमा जब मेरे फ्लैट में बैठी यूं ही इधर-उधर की बातें कर रही थी तब पहले शायद मैं ही कुछ भावुक हो उठा।

"तुम्हें डर नहीं लगता सलमा, एक अनजाने मर्द से अपनी ज़िन्दगी को जोड़कर तुम यूं ही अकेली न्यूयार्क जा रही हो?"

"और आप लोग जो दूसरे देशों में बस जाते हैं, क्या कभी यह भी सोचते हैं कि हम जैसी लड़कियों का क्या होगा? आप लोग तो देश से निकलकर यही सोचते होंगे कि वहां कोई समस्या ही नहीं है–" सलमा ने मेरे सवाल का जवाब नहीं दिया था।

"नहीं, यह बात तो नहीं। मैं तो बराबर ख़त लिखता हूं। रुपये भी भेजता रहता हूं।"

"इन सात सालों में आपने मुझे कितनी बार ख़त लिखा। आखिर हमारी भी दोस्ती थी। आपको यही डर होगा कि कहीं मुझसे शादी न करनी पड़े। आपके सपनों में तो सुनहरे बालों और नीली आंखों वाली लड़कियां होंगी।" सलमा अपने बारे में मुझे टटोल रही थी। उसे इससे कोई मतलब नहीं था कि अपने मां-बाप से मेरा बरताव कैसा रहा था।

"सलमा, जिन दिनों हमारी शादी की बात चल सकती थी, मैं एक नये देश के लिए रवाना हो रहा था। मुझे एक नये कल की तलाश थी। कुछ पता नहीं था कि क्या होगा। मेरी हालत हवा में उछले हुए सिक्के की तरह थी। चित गिरूंगा या पट, मालूम नहीं था। ऐसे हालात में तुमसे शादी करना या शादी का वादा करना मुनासिब नहीं था। हो सकता था कि जब मैं परदेश में ठोकरें खा रहा होता तुमको अच्छा सा जीवन-साथी मिल जाता।"

"आपने कभी यह भी सोचा कि मैं क्या चाहती थी, जीवन-साथी तो मिल ही जाता, देश में नहीं तो विदेश में, अच्छा नहीं तो बुरा, मग़र दिलों और स्वभावों का मिलना भी एक बड़ी चीज़ है। कोई इसके बारे में मुझसे नहीं पूछता।" सलमा का स्वर तेज़ हो गया था। दूर कोने में रखे हुए लैम्प की धीमी रोशनी में भी उसके गालों पर बढ़ती हुई लाली दिखाई दे रही थी।

"सलमा कहीं तुम यह तो नहीं कहना चाह रही है कि तुम्हारी शादी तुम्हारी मर्ज़ी से नहीं हुई?"

"मुझ से पूछा गया तो मैंने "हां" जरूर कहा– वहां लड़के अब पैसे मांगते हैं, कार मांगते हैं, घर मांगते हैं और मैं अपने बूढ़े मां-बाप पर यह बोझ नहीं डालना चाहती थी।"

"तुम से अग़र तुम्हारी पसन्द पूछी जाती तो सच बताओ सलमा कि तुम क्या कहती?" सवाल पूछने के फौरन बाद मुझे अपनी ग़लती का एहसास होने लगा।

"मैं आप से शादी करने की ज़िद करती।" वह रंगीन कालीन के बेल-बूटे देखती रही। "आप अग़र कहें तो मैं लंदन में रुक जाऊँ, न्यूयार्क जाने का नाम न लूं।"

हम दोनों दिनभर की सैर-तफरीह के बाद थके हुए भी थे। रात ज़्यादा हो जाने से नींद का खुमार भी बढ़ चला था। बातें भी भावुक हो चली थीं। एक लम्हे के लिए

सलमा मुझे बहुत आकर्षक लगी। जी चाहा कि उठकर उसे गले से लगा लूं। उसके मेंहदी रचे हाथों को चूम लूं। उसे अमेरिका जाने से रोक दूं। उसे अपने से अलग न होने दूं। मैं अपनी कुर्सी से उठा भी। मग़र हमेशा की तरह सोचता रह गया। जो कहना चाहता था न कह सका। मैं कभी भावनाओं में नहीं बह सका और इस बात का मुझे हमेशा अफ़सोस ही रहा।

"चलो सलमा मैं तुम्हें तुम्हारे होटल पहुंचा दूं। बहुत रात हो गयी है और तुम्हारा जहाज़ बहुत सुबह रवाना होता है।"

कार में रास्ते भर वह चुपचाप बैठी रही। उसने सभी कुछ तो कह दिया था। सुनसान सड़कों से गुज़रती हुई हमारी कार पर जब किसी चमकती हुई दुकान की रोशनी पड़ती तब मुझे उसके गाल भीगे-भीगे से लगते। सुबह जब एयरपोर्ट पर मैं सलमा को अलविदा कह रहा था तब उसकी आंखें सूजी हुई सी थीं।

मैं सलमा को लंदन में रोकने का फैसला न कर सका, लेकिन इस नतीजे पर ज़रूर पहुंच गया कि क्रिस्टीन को मैं कहीं घूमाने नहीं ले जाऊंगा। सलमा के दो दिन के साथ ने मुझे क्रिस्टीन और जोज़फ की उलझन से आज़ाद कर दिया था और इसीलिए आज सुबह दफ़्तर रवाना होते वक़्त टाई का चुनाव करने में मुझे ज़रा भी देर न लगी।

दीवारें

कल शाम मैं उस पुराने अस्पताल के सर्जिकल वार्ड नम्बर दो में दाखिल हुआ तो कीथ मुझे हंसता हुआ मिला। दरवाज़े के सामने ही उसका बैड था। अपनी बड़ी-बड़ी काली आंखें दरवाज़े पर जमाये वह मेरा इन्तज़ार कर रहा था। मुझे देखते ही उसके गोल चेहरे पर मुस्कराहट फूट पड़ी। कीथ को यों खुश देखकर मैं भी मुस्कराने लगा। कीथ आबादेव को मैं कई बरसों से जानता था। वह नाइजीरिया का रहने वाला था और लन्दर ट्रान्सपोर्ट में बस कन्डक्टर की हैसियत से काम करता था। तीन-चार बरस से वह बहुत दुःखी रहता था। एक दिन उसने मुझे बताया था कि बियाफ्रा की लड़ाई में उसके कई भाई-बहिन मारे गये थे। मेरी और कीथ की दोस्ती उस दिन के बाद और गहरी हो गयी थी।

"इतने खुश क्यों हो? क्या तुम्हें कोई लाटरी मिल गयी है?" मैंने उसके बैड के पास कुर्सी पर बैठते हुए पूछा।

"हां, काज़िम, कुछ ऐसा ही हुआ है।" कीथ हंसते हुए नर्म तकियों पर अपने सिर को ऊँचा करते हुए कहने लगा, "आज जो नयी नर्स ड्यूटी पर आयी है उसने वादा किया है कि जब मैं बिल्कुल ठीक हो जाऊंगा तब वह मेरे साथ बाहर घूमने चला करेगी।" वह फिर हंस रहा था। एक लड़की के साथ दोस्ती की उम्मीद ने उसको कितना खुश कर दिया था।

"कौन है वह जिसने तुम्हारे दिल को यों जीत लिया है?" मैंने उससे पूछा।

"ओह काज़िम, वह बहुत खूबसूरत है। उसके बाल मुलायम और लाल हैं। उसकी आंखों में कुछ इस तरह की नरमी है जैसे मेरी मां की दुआओं में हुआ करती थी। उसका नाम बरनार्ड है।" मैंने वार्ड में तेज़ी से इधर-उधर चलती हुई नर्सों पर नज़र दौड़ाई।

"नर्स बरनार्ड इस वक़्त आपरेशन थियेटर से किसी मरीज़ को लाने गयी है। आती ही होगी।" हंसते-हंसते कीथ अचानक गंभीर हो गया और दरवाज़े की तरफ देखने लगा। एक नर्स ट्राली पर लेटे एक मरीज पर झुकी वार्ड में आ रही थी। नर्स बरनार्ड का कद लम्बा-सा था, मग़र शरीर ख़ासा भारी था। सफ़ेद कलगीदार टोपी के नीचे

उसके कटे हुए बालों की लाली उसके गालों को छुपाये हुए थी।

"तुम्हारी नर्स की आंखें जरूर हरे रंग की होंगी," मैंने कीथ से कहा।

"हां, उसकी आंखें हरी हैं– क्या तुम उसे जानते हो?"

"नहीं, कीथ मैं उसे नहीं जानता। अक्सर लाल बालों वाली लड़कियों की आंखें हरी होती हैं और मिज़ाज़ तीखा।" मैंने समझा था कि इंग्लैंड में रहने वाले हर आदमी को ऐसी बातें जरूर मालूम होती हैं, मग़र कुछ लोग बहुत ही भोले होते हैं।

दो हफ़्ते हुए वाटरलू स्टेशन के पास चलती हुई बस से कूदने की कोशिश में कीथ गिर पड़ा था और उसकी दाहिनी टांग दो जगह से टूट गयी थी। हर शाम जब मैं उससे मिलने जाता, वह अपने बदकिस्मती का रोना रोता। "मुझे लंगूरों की तरह छलांग लगाने की क्या जरूरत थी?" अस्पताल का माहौल, वहां की पाबंदियां उसे अच्छी न लगती। उबले हुए अंग्रेजी खानों से तो कीथ को ख़ास तौर से चिढ़ थी।

"मैं तुम्हारी नर्स से इज़ाज़त लेकर तुम्हारे लिए विरयानी और कबाब ले आऊंगा," मैंने कीथ से कहा। जब मैं नर्स बरनार्ड से यह बात पूछने के लिए उसकी मेज़ के पास गया तब वह कुछ लिख रही थी।

"नर्स," मैंने अपनी आवाज़ को काफी हद तक सभ्य बनाते हुए उसे सम्बोधित किया।

"जी, क्या कहा आपने?" लाल बालों वाला झुका हुआ सिर ऊपर उठा और फिर दो जानी-पहचानी हरी आंखें देख रही थीं।

"अरे तुम– काज़िम– तुम यहां अस्पताल में क्या कर रहे हो?"

मुझे अचानक देखकर उसके चेहरे पर खुशी की लहर-सी दौड़ गयी थी।

"अच्छा तो मेरे दोस्त की मनपसन्द बरनार्ड तुम हो– जेनी?" मैंने जेनी को पहचान लिया।

जेनिफर और मैं कई दस बरस पहले लिवरपूल में गहरे दोस्त रह चुके थे, लेकिन तब वह दुबली-पतली नाज़ुक-सी लड़की हुआ करती थी। उसके बाल खूब लम्बे थे। "तुम बदल गयी हो जेनी, अपनी मां से कितना मिलने लगी हो तुम– दस साल में इतना फर्क।"

"दस साल और ग्यारह माह में– तुम्हें लिवरपूल छोड़े इतना ही अर्सा हुआ है," जेनी ने मुझे बतलाया। "अच्छा कहो क्या बात है? तुम नर्स बनरार्ड से क्या कहने आये थे?"

"यह जो मेरा दोस्त है न– कीथ आबादेव," मैंने घूमकर कीथ के बैड की तरफ इशारा किया, "यह अंग्रेजी खानों से परेशान है। क्या कल मैं इसके लिए हिन्दुस्तानी खाना ला सकता हूं।"

"शौक से, लेकिन ज़रा ज्यादा लाना। मैं भी खाऊंगी।"

ज़िन्दगी में पहली बार जेनी ने हिन्दुस्तानी खाना मेरे साथ खाया था। उसे खूब

मिर्च लगी थी और उसकी आंखों से आंसू बह निकले थे। चेहरा लाल हो गया था। मैं यह सब सोच ही रहा था कि उसे किसी मरीज़ ने आवाज़ दी। मैं उठा तो जेनी ने कहा, "रात को आठ बजे मेरी ड्यूटी खत्म होती है। अस्पताल के गेट पर मिलना, बातें करेंगे।"

मुझे गेट पर खड़े दस-पन्द्रह मिनट हुए होंगे जब जेनी अस्पताल से बाहर आई। उसने नर्स को यूनिफार्म बदल ली थी। "कहां चलोगी, जेनी?" मैंने पूछा और फिर मुझे ध्यान आया कि दस साल पहले जब हम रोज़ शाम को मिलते तब मैं जेनी से यही सवाल करता और वह अपने लम्बे-लम्बे बालों को एक अन्दाज़ से झटका देती हुई मेरे पास आ जाती। अपनी बाहों में लपेट कर मुझे ज़ोर से भींच लेती और धीमे से कहती, "कहीं भी ले चलो, जहां तुम्हारा जी चाहे।" कल रात वह मेरे पास आकर रुकी भी, मगर दूर खड़ी रही। हमारे ज़िस्मों के बीच दस साल और ग्यारह महीने की दूरी थी।

"चलो, पहले अस्पताल कार पार्क से मैं अपनी कार निकाल लूं। कार में बातें करेंगे। तेज़ी से भागती हुई कार से बाहर की इमारतों को देखना अच्छा लगता है– जैसे उनमें हरकत सी आ जाती। कार की रफ्तार से मुझे जैसे यकीन हो जाता है कि मैं ज़िन्दा हूं।" मैं दिल ही दिल में सोच रहा था कि जेनी काफी बदल चुकी है। ऐसी बातें वह पहले कहां करती थी।

कार लन्दन की सड़कों पर दौड़ती रही। ट्रैफिक लाइट पर कभी हम रुक जाते। मैं ख़ामोश बैठा सिगरेट पीता रहा और दस साल पहले की बातों को याद करता रहा। बाहर की इमारतों की तरह उनमें अचानक हरकत पैदा हो गयी थी।

"काज़िम, तुम मुझे बताओ।" बातों की शुरुआत जेनी ने ही की थी। "मेरी और तुम्हारी शादी का किस्सा किसने शुरू किया था। जहां तक मुझे याद है तुमने जागते में तो क्या कभी सोते में भी मुझसे शादी के लिए नहीं कहा था।

"क्या मैं सोते में बातें किया करता था, जेनी?" मैंने मुस्कराकर उससे पूछा।

"नहीं, तुम सोते में मुस्कराते थे। जाने कितनी बार रातों को उठकर मैंने तुम्हारी मुस्कराहट को चूमा था, मगर तुम्हें पता तक नहीं चलता था। मैं अपने होंठ तुम्हारे होठों से हटकार तुम्हारे चेहरे की तरफ देखती तो वही प्यारी-सी मुस्कराहट नज़र न आती– मग़र तुम मेरे सवाल का ज़वाब दो।" हम लोग अब शहर से बाहर निकल आये थे और कार अच्छी-खासी रफ़्तार से दौड़ रही थी।

"एक दिन तुम कालेज़ में नहीं लौटी थी। मैं तुम्हारे ड्राइंग हॉल में बैठा तुम्हारा इंतज़ार कर रहा था। तुम्हारी मां भी वहां बैठी कोई किताब पढ़ रही थी। तुम्हें याद होगा वह मुझे बिलकुल पसंद नहीं करती थी। अचानक वह मुझसे कहने लगी कि अग़र जेनी को तुम्हारी तरह काला बच्चा पैदा हो गया तो दुनिया वाले क्या कहेंगे। मैंने ज़वाब दिया," मिसेज़ स्मिथ कुंवारी लड़की के बच्चे का रंग काला हो या गोरा,

उससे क्या फर्क पड़ता है, बच्चे शादी के बाद होने चाहिए। "बस, उन्हें गुस्सा आ गया। कहने लगीं," मैं तुम्हारी और जेनी की शादी कभी न होने दूंगी। जेनी से तुम्हारी दोस्ती है तो उसका मतलब यह मत निकालना कि हम लोग गिरे पड़े हैं; मैं ख़ामोश रहा।

"डैडी के मरने के बाद मम्मी का यह ख़्याल बहुत ज़ोर पकड़ गया था कि हम लोग ऊँचे खानदानी अंग्रेज़ हैं, तुम पहले लड़के थे जो मेरे इतने अच्छे दोस्त बने थे, मग़र तुम हिन्दुस्तानी थे। तुम्हारा रंग गेहुंआ था। मम्मी को यह बात बिल्कुल पसन्द नहीं थी, हालांकि तुम अन्य अंग्रेज़ लड़कों के मुकाबले में ज़्यादा पढ़े-लिखे थे। ज़्यादा सभ्य थे। मग़र तुम्हारा रंग काला था।" जेनी ने कार सड़क के किनारे रोक दी। हम लोग बाहर निकल आये। सड़के के दोनों तरफ ऊँचे-ऊँचे पेड़ थे जिनकी पत्तियों और टहनियों पर ओस की मोटी-मोटी ठंडी बूंदों के साथ-साथ अंधेरा भी अच्छी तरह जमने लगा था। हम पेड़ों के बीच चलने लगे।

"फिर तुम्हारी शादी क्या तुम्हारी मां की मरज़ी से हुई है?" जेनी ने अब तक यह नहीं बताया कि वह जेनिफ़र स्मिथ से जेनिफर बरनार्ड कैसे बनी।

"अपनी मां को खुश करने के लिए मैंने तुमसे दोस्ती अचानक खत्म कर दी थी। तुम हैरान थे। मग़र मैंने तुम्हें यह नहीं बताया था कि उसका राज़ तुम्हारा रंग था। उन दिनों मैं बड़ी नादान थी। मां की खुशी को मैंने खुद अपनी खुशी से बढ़कर माना था। मम्मी मुझ पर एहसान जतलाती थी कि मेरी ख़ातिर उन्होंने जवानी विधवा रह कर गुज़ार दी थी। तुम्हारे लिवरपूल से जाने के बाद मैं बहुत रोया करती थी।"

"तुम्हारा पति क्या कोई बहुत बड़ा आदमी है?" मैंने उससे पूछा। जेनी मेरी बात सुनकर खिलखिलाकर हंस पड़ी।

"तुम बेकार जले जा रहे हो," वह मेरे बहुत पास आ गयी थी। रात के अंधेरे में उसके बालों, उसकी आंखों, उसके गालों और होठों का रंग छिप गया था। सिर्फ भावनाओं की महक रह गयी थी। जेनी और मैं एक जमाने में इतने करीब रह चुके थे। मग़र कल रात उस सड़क के किनारे उन ऊँचे-ऊँचे पेड़ों के साये में खड़ी वह बहुत अजनबी लगी। मेरा दिन चाहा कि उसे गले से लगा लूं। उसकी लम्बी पलकों को अपने होठों के नीचे कांपता हुआ एक बार फिर से महसूस करूं। मग़र मैं यह न कर सका। वक़्त कैसी-कैसी दूरियां पैदा कर देता है।

"चलो जेनी, वापस चलें। रात ज्यादा हो गयी है। तुम्हारा अंग्रेज पति तुम्हारा इंतजार कर रहा होगा।" मेरा व्यंग्य जेनी से छिपा न रह सका।

"काज़िम, तुम जार्ज़ या किसी और पुरुष से अपनी तुलना न करो। तुम्हारे तरह का दोस्त मुझे बहुत तलाश करने पर नहीं मिला– सिवाय आज रात के और इसीलिए मैं नहीं चाहती कि यह रात खत्म हो।"

"क्या तुम्हें अपने घर नहीं लौटना? जार्ज क्या सोचेगा।"

जेनी काफी देर खामोश रही। फिर हम लोग आहिस्ता-आहिस्ता कार की तरफ चलने लगे। कार शहर की तरफ लौटने लगी। आबादी के साथ-साथ रोशनियां भी बढ़ती जा रही थीं।

"तुम जार्ज़ के बारे में पूछ रहे थे। वह इस वक़्त मोनिका के साथ बैठा टेलीविज़न देख रहा होगा," जेनी ने कहा। उसकी नज़रें विंड स्क्रीन पर जमी हुई थीं।

"मोनिका तुम्हारी बेटी का नाम है क्या? बहुत सुन्दर नाम है," मैंने कहा।

"मोनिका मेरे अंग्रेज़ पति की अंग्रेज प्रेमिका का नाम है। वह हमारी लैंडलेडी है। जवान, अविवाहित और खूबसूरत। जार्ज़ और मोनिका की दोस्ती अब खासी पुरानी हो गयी है।"

"तुम्हें कहीं कुछ ग़लतफहमी तो नहीं हो गयी? मर्द और औरत की दोस्ती को अक्सर शक की नज़र से ही देखा जाता है।"

"पिछले कई महीने से मोनिका का पेट फूलता जा रहा है, वह कोई ग़लतफहमी नहीं– और फिर वे दोनों अपनी दोस्ती छिपाते भी नहीं, इसीलिए मैं शाम को ज़्यादा देर तक घर से बाहर रहती हूं और नये-नये दोस्त बनाकर खुद को खुश रखने की कोशिश करती हूं।"

कार अब हाइगेट में स्थित उस मशहूर कब्रिस्तान के सामने से गुज़र रही थी जहां कार्ल मार्क्स दफ़न हैं।

"जेनी यहां कहीं भी कार रोक दो। मेरा घर यहां से पास है।"

कार रुकने के बाद हम दोनों काफी देर खामोश बैठे रहे।

"जेनी," मैंने उससे कहा, "जिंदा रहने के लिए कुछ उसूलों की जरूरत होती है। कभी ये उसूल ग़लत होते हैं, जिसे तुम्हारी मम्मी के उसूल की वज़ह से हम दोनों एक दूसरे के पास न रह सके। लेकिन जो बेउसूली तुमने अपना ली है उससे खुशी मिलनी मुश्किल है। हर रोज़ या हर हफ्ते बनने वाले नये दोस्त तुम्हें शांति नहीं दे सकते– ज़िन्दगी का एक रूप पेश कर सकते हैं। मग़र ज़िन्दगी दौड़ती हुई कार से बाहर झांककर खड़ी हुई इमारतों को देखने का नाम नहीं है।"

"जार्ज़ और मोनिका की दोस्ती का कौन-सा उसूल है? शादीशुदा लोग आमतौर पर छिप कर प्रेम किया करते हैं। मग़र ये दोनों तो कोशिश करते हैं कि मैं उनकी हद से बढ़ी हुई दोस्ती को देखूं और कुछ न कहूं– काज़िम अगर मुझे पहले से मालूम होता कि कीथ तुम्हारा दोस्त है तो कभी उसके साथ बाहर घूमने का प्रोग्राम न बनाती। बल्कि कल उसको मना कर दूंगी।"

"नहीं जेनी ऐसा न करना। कई साल बाद आज मैंने पहली बार उसे हंसते हुए देखा है। जब से बियाफ्रा में उसके परिवार के लोग मारे गये, वह बहुत दुःखी है। तुम बाद में जो चाहे फैसला करना, मग़र कीथ का दिल सिर्फ इसलिए न तोड़ना कि वह

मेरा दोस्त है। अच्छा गुड नाइट— कल अस्पताल में नर्स बरनार्ड से मुलाकात होगी। कल मैं अपने साथ हिन्दुस्तानी खाना भी लाऊंगा।

जेनी की कार आहिस्ता-आहिस्ता ढलान पर उतरती गयी और मैं अपने घर की तरफ़ जाते हुए सोच रहा था कि शायद हफ्ते दो हफ़्ते में कीथ और जेनी उसी कार में बाहर घूमने जायेंगे। शायद उसी सड़क के किनारे, उन्हीं पेड़ों के बीच अंग्रेज़ और हब्शी होंठ अंजानी खुशी की तलाश में एक दूसरे से मिलेंगे। खुशी की बराबर तलाश को ही शायद हम जिन्दगी कहते हैं।

मुक़ाबला

मैं लंदन के एक बड़े डिपार्टमेंट स्टोर में कुछ खरीद रहा था कि इत्तफाक से मेरी नज़र एक बहुत खूबसूरत लड़की की तरफ उठ गयी। वह पास के काउंटर पर बिल चुका रही थी। अक्सर सुन्दर चेहरे चाहे वे किसी देश के क्यों न हो, जाने-पहचाने से लगते हैं। इस खूबसूरत लड़की को देखकर भी देखकर मुझे ऐसा ही लगा कि मैं इससे पहले कहीं मिल चुका हूं, लेकिन फौरन मैंने सोचा कि यह सरासर मेरा वहम है। लन्दन की गहमागहमी में एक सुन्दर लड़की ज़िन्दगी में दोबारा कम ही नज़र आ सकती है– बस के लिए रुकी हुई, कार में सफ़र करती हुई, रास्ता पार करती हुई– और फिर वह हमेशा के लिए उन सत्तर लाख लोगों के समुद्र में गुम हो जाती है जो उस बड़े शहर में रहते हैं।

वह लड़की जब पास से गुज़री तब मैंने देखा कि उसकी खूबसूरत गोल सफेद ठोड़ी पर दो छोटे-छोटे काले तिल थे। उन्हें मैं कभी नहीं भूल सकता था।

"हैलो वेनका," मैंने उसका ध्यान अपनी तरफ करने के लिए कहा। वह चौंक पड़ी।

"आप!" उसके उजले रंग में सुर्खी की लहर दौड़ गयी। आप यहां लंदन में रहते हैं और मैं समझ रही थी कि मैं इतने बड़े शहर में किसी को भी नहीं जानती।

मैं वेनका के साथ धीरे-धीरे दुकान से बाहर निकलने लगा। "मुझे तो लन्दन में रहते हुए पूरा एक साल हो गया, मग़र तुम यहां कैसे आयीं?" मैंने उससे पूछा।

"कल यहां मिस वर्ल्ड का मुकाबला होने वाला है। मैं नार्वे की तरफ से आई हूं।" वेनका ने बड़ी सादगी से कहा। उसके लहज़े में ज़रा सा भी घमंड न था।

"मुझे यकीन है तुम मुकाबला जीत जाओगी। ऐसा क़यामत ढाने वाली खूबसूरती ज़रा मुश्किल से ही देखने में आती है। बस जज़ों को अपने ये नन्हें-नन्हें तिल लेने देना। उसी पल फैसला तुम्हारे पक्ष में हो जायेगा।" वेनका हंसने लगीं मैंने कहा : "वेनका इस वक्त तो मुझे एक जरूरी काम से बहुत दूर जाना है। शाम को जरूर मिलो। मैं तुम्हें लन्दन की सैर कराऊंगा और हम कहीं अच्छी-सी जगह खाना खाएंगे।"

"कहीं ऐसी जगह ले चलिएगा जहां संगीत और नाच का इंतज़ाम हो।" मेरा निमंत्रण स्वीकार करने में उसे कोई संकोच नहीं हुआ। वह मार्बल आर्च के पास एक बड़े होटल में बहुत-सी सुन्दर लड़कियों के साथ ठहरी हुई थी जो दुनिया के अलग-अलग देशों से इस सौंदर्य प्रतियोगिता में भाग लेने के लिए लंदन आयी थीं।

दिन भर बार-बार मुझे नार्वे में गुज़ारी हुई उस शाम का ख़्याल आया पहली और आखिरी बार वेनका से मिला था। स्तवांगर नार्वे के दक्षिणी तट पर एक छोटा-सा शहर है। कोई डेढ़ साल पहले 31 दिसम्बर की रात को मैं घूमता-घामता उधर जा पहुंचा था। समुद्र के किनारे टहल रहा था तो बड़े-बड़े रंगीन पोस्टर लगे देखे। वहां के एक होटल में उस रात न्यू ईयर डांस था। मैं जब अपने लिए टिकट लेने वहां पहुंचा तो मालूम हुआ कि सब बिक चुके थे। काउंटर पर खड़ी हुई लड़की ने कहा, "यह डांस स्तवांगर का सबसे बड़ा उत्सव है। इसमें सब लोग शरीक होना चाहते हैं, क्योंकि यह मशहूर है कि इस होटल में रात को ठीक बाहर बजे जो दुआ मांगी जाती है वह जरूर कबूल हो जाती है और अकेले तो कोई भी नहीं आता है। इसके लिए पार्टनर तो होना ही चाहिए। पत्नी, दोस्त, प्रेमी, प्रेमिका कोई भी हो।"

फिर मैं होटल के मैनेज़र से मिला और उससे कहा, मैं इतने हज़ार मील का सफ़र तय करके हिन्दुस्तान से आपके शहर में आया हूं। अब आप क्या यह चाहते हैं कि आज की रात मैं अकेले अपने कमरे में बैठा रहूं और मेरी दुआएं बेकार जायें।"

मैनेज़र कोई चालीस-पैंतालीस साल का सुन्दर व्यक्ति था। मेरी बात सुनकर मुस्कराने लगा। "नहीं ऐसा तो मैं सोच भी नहीं सकता कि आप आज की रात अकेले रहें। आपके लिए एक अलग मेज का इंतज़ाम हो जायेगा और टिकट खरीदने की आपको जरूरत नहीं। आप मेरे खास मेहमान होंगे।"

शाम को जब मैं उस होटल में पहुंचा तो मेरी ऐसी आवभगत हुई, जैसे मैं हिन्दुस्तान से आया हुआ कोई मामूली-सा मुसाफिर नहीं, बल्कि अपने देश का कोई राजदूत था। मैनेज़र बेचारा बहुत व्यस्त था, मग़र थोड़ी-थोड़ी देर बाद आकर मिल लेता। मैं अपनी मेज़ पर बैठा हालात का जायज़ा लेता रहा। धीमी-धीमी रोशनियां, छोटे-बड़े रंगीन गुब्बारे, गहरे-गहरे रंगों के क्रेप के कागज़ के रिबन छत और दरवाजों पर लहराते हुए काले सूट और काली बो टाई पहने लोग, नाच की अलग-अलग धुनें बजाता हुआ बैंड। सजे-संवरे जोड़े खाना खाते-खाते अपनी मेजों से उठते और संगीत की ताल पर एक दूसरे के साथ नाचते। मैं वहां अकेला था, लेकिन फिर भी चीनी भाषा बोलते हुए स्तवांगर के खूबसूरत मर्दों और औरतों के साथ तो था। हम सब नये साल के स्वागत के लिए वहां जमा थे। बार-बार सबका ध्यान घड़ी की सूइयों की तरफ उठ जाता। आज रात के बाहर बजे उन सुइयों का मिलन बहुत अहम हो जाता है। मैंने भी अपनी घड़ी में वक़्त देखा। रात के ग्यारह बज गये थे। नया साल शुरू होने में सिर्फ एक घंटा बाकी रह गया था। मैंने पास की बड़ी खिड़की से झांका।

बाहर अंधेरा था, मग़र ज़्यादा गहरा नहीं। होटल की छः मंजिला इमारत की हर खिड़की से रोशनी की धार निकल रही थी। ज़मीन पर जब बर्फ़ की मोटर तहें बिछी होती हैं तब एक अज़ीब सा धुंधलका छा जाता है। दूर समुद्र पर एक-दो जहाज थे और उन पर जलती हुई रोशनियां, वे भी नये साल के स्वागत समारोह की गवाही दे रही थीं।

जब मैंने खिड़की से निगाहें हटाई तब अपनी मेज़ के पास एक नवयुवक को खड़े देखा।

"मेरा नाम एग्नार नेल्सन है," उसने मुझसे कहा, "बहुत देर से मैं और मेरी पत्नी आपको यहां अकेले बैठे देख रहे हैं। आइये, आप हमारे साथ बैठिये नये साल की रात अकेले नहीं रहना चाहिए।"

मैंने उससे उठकर हाथ मिलाया और उसके साथ उनकी मेज़ की तरफ़ बढ़ने लगा। एग्नार बड़ी मुश्किल से लंकड़ा कर लकड़ी के सहारे चल रहा था। उसकी सीधी टांग प्लास्टर में अकड़ी हुई थी।

"क्या बर्फ़ पर स्केटिंग करते हुए आपने टांग तोड़ ली है? मैंने पूछा।"

"जी नहीं, मोटर साइकिल के एक्सीडेंट में। मुझे मोटर साइकिल दौड़ाना बहुत अच्छा लगता है।"

हम उनकी मेज़ तक पहुंच गये थे। एग्नार ने अपनी पत्नी वेनका से मुझे मिलाया। मेरी निगाहें कुछ देर के लिए वेनका के असीम सौंदर्य पर अटक गयीं। उन दोनों को मालूम था कि वह बहुत सुन्दर है। अगर मैं न देखता तो शायद उन्हें आश्चर्य होता। फिर मैंने अपना परिचय दिया।

"मेरा नाम अशोक कपाड़िया हैं। मैं हिन्दुस्तान का रहने वाला हूं और नार्वे घूमने-फिरने के लिए आया हूं। एक-दो दिन में कहीं और चला जाऊंगा।"

"जिस तरह मुझे मोटर साइकिल दौड़ाने का शौक है" एग्नार कह रहा था, "वेनका को नाचने का शौक है। शादी के बाद हमारी ज़िन्दगी या तो संगीत की लहरों पर गुज़री है या नार्वे के पहाड़ों के बीच में बलखाती हुई सड़कों पर मोटर साइकिल दौड़ाते– आज रात यह बैंड 'वाल्त' की इतनी अच्छी धुनें बजा रहा है और मेरी टांग प्लास्टर में जकड़ी हुई हैं।" वह संभल-संभल कर अच्छी अंग्रेज़ी बोलने की कोशिश कर रहा था।

"अग़र आपकी इज़ाज़त हो तो वेनका के साथ डांस करूं?" मैंने वेनका की तरफ देखते हुए इतने विश्वास के साथ कहा जैसे वह इन्कार नहीं करेगी।

"ज़रूर, मग़र इतना याद रखियेगा कि हम दोनों एक दूसरे को बहुत चाहते हैं। हमारी खुशी में खलल नहीं पड़ना चाहिए।" एग्नार यह कहते हुए काफी गम्भीर लग रहा था, हालांकि बात मज़ाक के लहज़े में कही गयी थी।

"मैं नार्वे घूमने के लिए आया हूं, किसी हेलेन को ट्राय ले जाने नहीं," मैंने उन

दोनों से मुस्कराते हुए कहा।

शुरू में वेनका के नाचने में झिझक थी, संकोच था, मगर थोड़ी देर में वह यह भूल गयी कि मैं उसके लिए अजनबी हूं। संगीत की धुन पर हमारे शरीर एक दूसरे से मिलकर नाचते रहे। मैं अक्सर मुड़कर एग्नार को भी देख लेता जो अपनी मेज़ पर बैठा धीरे-धीरे लाल रंग की शराब पी रहा था। कभी-कभी मैं उसे अपनी तरफ देखते हुए पाता। थोड़ी-थोड़ी देर बाद मैं और वेनका वापस मेज पर लौट जाते और एग्नार से बातें करते।

स्तवांगर में बहुत ही कम हिन्दुस्तानी आते होंगे। किसी दूसरे देश के आदमी के साथ शायद मैंने इससे पहले कभी डांस नहीं किया, वेनका ने कहा।

"आप बहुत अच्छा नाचती है," मैंने कहा।

"आपने यह शादी की अंगूठी सीधे हाथ की उंगली में क्यों न पहन रखी है। मैंने तो सुना था कि यह उल्टे हाथ की उंगली में पहनी जाती है।"

वह मुस्कराने लगी। "नार्वे में अक्सर औरतें शादी के बाद अंगूठी सीधे हाथ की उंगली में ही पहनती हैं।"

"आप जानते हैं यह अंगूठी साने की क्यों होती है?" एग्नार ने मुझसे पूछा और फिर खुद ही बताने लगी। "इसका मतलब यह होता है कि पति-पत्नी का प्रेम सोने की तरह निर्मल होता है और अंगूठी के घेरे की तरह न खत्म होने वाला" यह कहते हुए एग्नार ने वेनका का अंगूठी वाला हाथ अपने हाथ में ले लिया।

"बहुत सुन्दर भावनाएं हैं," मैंने उन दोनों से कहा। मुहब्बत की इस तारीफ से मैं वाक़ई बहुत प्रभावित हुआ था।

"मैं और वेनका नाच रहे थे, घड़ी की सुइयां एक दूसरे के पास आती जा रही थी। मैंने उससे कहा, चलो एग्नार के पास लौट चलें। बारह बजे तो तुम दोनों को एक दूसरे के साथ रहना चाहिए। तुम दोनों दुआ मांगना। ये दुआओं के क़बूल होने की रात है।"

जैसे ही हम अपनी कुर्सियों पर बैठे, संगीत रुक गया। सारे होटल की बत्तियां बुझा दी गयीं। एक क्षण के लिए पूरी तरह अंधेरा छा गया। सब लोग दिल ही दिल में शायद दुआएं मांग रहे थे। फिर अचानक बहुत ज़ोर शोर से साज़ बज उठे। रोशनियां जाग उठीं। शैम्पेन की बोतलों के कार्क उड़े। गिलासों से गिलास मिल कर खनके। "नया साल मुबारक" के आकाश छूने वाले नारे लगने लगे। मर्द और औरतें एक दूसरे को प्यार कर रहे थे। मैंने देखा एग्नार और वेनका के होंठ भी मिल चले थे। चारों तरफ़ ऊधम मचा हुआ था।

मैंने एग्नार से गर्मजोशी से हाथ मिलाया, "नया साल मुबारक हो। अग़र तुम मुझे अपनी मेज़ पर आने की दावत न देते, वेनका के साथ नाचने न देते तो इस वक़्त यह मज़ा न आया होता।"

मैं जब वेनका का शुक्रिया अदा कर रहा था और उसे नये साल की मुबारकबाद दे रहा था, एग्नार ने कहा, "वेनका हमारे देश की तहज़ीब में जिस तरह मुबारकबाद दी जाती है तुम अशोक को उसी तरह मुबारकबाद दो। अब ये हमारे लिए अज़नबी नहीं रहे।"

वेनका पहले कुछ झिझकी और फिर उसने आगे बढ़कर अपना गाल मेरे गाल से मिला दिया और धीरे से बोली, "नया साल मुबारक"। उसका गाल बहुत गर्म था और गर्म भी– कुछ ऐसी गर्मी जो लगातार नाचने से आ जाती है। कुछ ऐसी तमतमाहट जो नए खून के दौड़ने से चेहरे पर फैल जाती है।

"आपने भी अपने लिए कोई दुआ मांगी?" वेनका ने मुझसे पूछा।

"जी हां, मग़र बताऊंगा नहीं।"

उस रात दो-ढाई बजे जब मैं थके हुए मैनेज़र का शुक्रिया अदा करके होटल से निकला तो वेनका और एग्नार ने मुझे अपनी कार में मेरे होटल तक पहुंचा दिया जो शहर की दूसरी तरफ था। हम अच्छे दोस्त बन चुके थे। कई महीने गुज़र जाने के बाद भी मुझे वेनका के गाल की छुअन याद आ जाती और उसके साथ उस रात मांगी हुई दुआ भी। अब यूं इस तरह अचानक लन्दन में वेनका से मिलकर मुझे सचमुच बहुत खुशी हुई और मुझे अपने गाल पर महकती हुई एक छुअन की याद ने आ घेरा।

कुछ यादें बड़ी ढीठ होती हैं।

शाम को मैं वेनका को लेकर लन्दन के एक अच्छे रेस्तरां में गया, जहां धीमा-धीमा संगीत बज रहा था।

"तुम इस सौंदर्य प्रतियोगिता में कैसे शामिल हो गयीं?" मैंने अपने आगे से मोमबत्ती को हटाते हुए कहा जो हमारी मेज़ पर जल रही थी।

"एक दिन हमारे दफ़्तर वालों ने सब लड़कियों का मुकाबला किया और मुझे सबसे सुन्दर ठहराया। फिर मैं मिस स्तवांगर बनी और इसी तरह होते हुए मिस नार्वे।"

"एग्नार ने इस सिलसिले में क्या कहा?" मैंने पूछा।

"एग्नार और मैं अब साथ नहीं रहते।" वेकना की आंखें उदास हो गयीं। उनका नीला रंग और गहरा हो गया था जैसे किसी बड़ी झील पर बादल आ जाने से पानी और भी ज़्यादा गहरा नज़र आने लगता है। "एग्नार की टांग बिल्कुल ठीक नहीं हो सकी। वह अब भी लंगड़ा कर चलता है। अब वह नाच भी नहीं सकता। मोटर साइकिल भी नहीं चला सकता। वह बहुत बदमिज़ाज, चिड़चिड़ा और शक्की हो गया है। मैं सौंदर्य प्रतियोगिता में जीत कर घर आती तो वह बुरे-बुरे ताने दिया करता। मग़र सच कहती हूं अशोक, मैंने एग्नार से कभी बेवफाई नहीं की थी।"

"लेकिन वेनका चर्च में तो शादी करते वक़्त पति-पत्नी यह कसम खाते हैं कि जब तक उन्हें मौत अलग नहीं करेगी वे कभी एक दूसरे से अलग नहीं होंगे," मैंने दु:खी और बेबस नज़र आती हुई वेनका से कहा।

"शादी के दिन गिरज़े में मैंने सोचा भी नहीं था कि जुदाई के लिए मौत की घड़ी आने की जरूरत नहीं होती," वेनका ही आवाज़ में अब भी उदासी थी, "बेबुनियाद शक और बदमिज़ाजी भी पति और पत्नी को अलग कर सकते हैं। अच्छा आप यह बताइये कि उस रात आपने क्या दुआ मांगी थी?" उसने यकायक बातचीत का रुख बदल दिया।

"मैंने सोचा था एक ऐसी दुआ मागूंगा जो कभी पूरी न हो सके। मैंने यह दुआ मांगी थी कि मुझे तुम्हारी जैसी एक खूबसूरत लड़की मिल जाये जिसकी गोल खूबसूरत ठोड़ी पर दो तिल हों। मैंने सोचा था कि अग़र ऐसी लड़की मिल जायेगी तो मैं उससे शादी कर लूंगा।"

"अपनी तारीफ़ सुनकर वह मुस्कराने लगी और उदासी उसके चेहरे से कोहरे की तरह छंटने लगी। झील पर से बादल हट गये थे और धूप निकल आयी थी।"

"मैं आपके ख़्याल में इतनी सुन्दर हूं कि आप मुझसे शादी कर सकते हैं," वेनका ने अपनी बड़ी-बड़ी आंखें मेरी तरफ उठायीं।

"हां, मग़र उस नये साल की रात तो तुम मुझे बहुत ही ज्यादा खूबसूरत नज़र आ रही थीं। उसकी एक खास वज़ह है। मेरे ख्याल में खूबसूरती सिर्फ अच्छे नाक नक्श, सुडौल शरीर और अच्छी कदकाठी का नाम नहीं है। इसीलिए मुझे वे मांयें खूबसूरत नज़र आती हैं जो अपने बच्चों से प्यार करती हैं। वे बच्चे खूबसूरत नज़र आते हैं जो अपने मां-बाप को चाहते हैं, वे शादीशुदा लोग खूबसूरत लगते हैं जिनका प्रेम सोने की तरह उजला और अंगूठी के घेरे की तरह..."

"मैं समझ गयी कि आप क्या कहना चाह रहे हैं," वेनका ने मेरी बात काटी।

"एगनार को जो लोग जाते हैं, मुझे ही कसूरवार ठहराते हैं। कोई यह नहीं सोचता कि एक अपाहिज के साथ ज़िन्दगी गुज़ारना न खत्म होने वाली एक मुसीबत है," वह आहिस्ता-आहिस्ता रोने लगी। सुन्दर औरतें रोती हुई और भी खूबसूरत लगने लगती हैं। उस वक़्त यह एहसास होता है कि संगमरमर से तराशी हुई मूर्ति नहीं बल्कि इन्सान है। वह कह रही थी, "कोई यह क्यों नहीं सोचता कि मुझे जैसे लोगों को सहारे और बहलावे की कितनी ज़रूरत होती है।"

"तुम मिस स्तवांगर थीं, मिस नार्वे बनीं और शायद कल मिस वर्ल्ड भी बन जाओ। मगर बहलावे सिर्फ बहलावे ही रहेंगे" मैंने कहा। फिर बाकी शाम हमने ज़्यादातर खामोश रहकर ही गुज़ारी।"

रात को जब मैं वेनका को उसके होटल छोड़ने गया तब वह बहुत उदास थी। जब मैं चलने लगा तो उसने गाल से गाल मिलाकर "गुड नाईट" कहा और पूछा, "प्रतियोगिता के बाद मिलेंगे न आप?"

मैंने स्वीकृति में सिर हिला दिया।

दूसरे दिन टेलीविज़न पर मैं मिस वर्ल्ड प्रतियोगिता का कार्यक्रम देख रहा था।

दुनिया के लगभग सभी देशों की सुन्दर-सुन्दर लड़कियां स्विमिंग कास्ट्यूम पहले स्टेज़ पर जमा थीं। मैं सौंदर्य के इस हुजूम में वेनका को तलाश कर रहा था कि अनाउन्सर ने घोषणा की कि मिस नार्वे ने प्रतियोगिता में भाग लेने से इन्कार कर दिया है।

मैंने फौरन वेनका को उसके होटल में फोन किया, "तुमने ऐसा क्यों किया वेनका?" अब मुझे हमेशा रंज रहेगा कि कल रात तुमसे मैंने ऐसी बातें क्यों की?

"मेरा जहाज़ दो घंटे बाद रवाना होगा, क्या आप मुझे एयरपोर्ट ले जा सकते हैं?" वेनका ने पूछा।

होटल से एयरपोर्ट तक मैं बराबर उससे बातें करता रहा, मग़र वह खामोश ही रहीं। एयरपोर्ट पर जब उसकी फ्लाइट की आखिरी बार घोषणा हुई तब मैंने कहा, "हर साल जब मिस वर्ल्ड का चुनाव होता है तो आखिर तक पता नहीं चलता कि कौन-सी लड़की इस सम्मान के लिए चुनी जायेगी। इस साल मैं जानता हूं कि दुनिया की सबसे सुन्दर लड़की कौन है, मग़र वह मुझसे रूठकर नार्वे जा रही है और यह सब कुछ मेरी वज़ह से हुआ है।"

वह खामोशी से उस गेट की तरफ बढ़ने लगी, जहां से निकल कर मुसाफिर जहाज़ पर सवार हो रहे थे।

"अच्छा एक वादा करो वेनका," मैंने कहा।

"मैं वादा करती हूं," उसने बहुत पास आकर मुझसे धीमे से कहा।

"मग़र मैंने तो तुम्हें अभी बताया भी नहीं कि तुम्हें क्या वादा करना है।"

"मैं जानती हूं- यही कि एग्नार की और मेरी दोस्ती में हुस्न पैदा न हो सके तो मैं जहां वापस आ जाऊँ- आपके पास। और मैं वादा करती हूं कि मैं जाऊँगी, मग़र एक बार और कोशिश कर लूं।"

उसने उसी तरह नार्वेजियन अंदाज में गाल से गाल मिलाकर मुझे अलविदा कहा और तेजी से मुड़कर चली गयी।

एयरपोर्ट से अपनी कार में शहर वापस आते वक़्त मैं सोच रहा था कि स्ववांगर के उस बड़े होटल में नये साल की रात को मांगी गई दुआएं क्या सचमुच क़बूल हो जाती हैं? इस बात का ठीक-ठीक पता तो सिर्फ आने वाले दिन ही दे सकेंगे।

नींद

फ्रेंकफर्ट एयरपोर्ट के एस्केलेटर पर खड़े-खड़े मैं आहिस्ता-आहिस्ता गेट नम्बर चालीस की तरफ बढ़ रहा था जहां सिक्योरिटी चैक के बाद मुझे जहाज़ पर बैठना था। बोर्डिंग कार्ड मैंने हाथ में पकड़ रखा था। तीन साल जर्मनी में रहने के बाद मैं कुछ हफ्तों के लिए पहली बार हिन्दुस्तान जा रहा था। जीने पर दो सीढ़ियां आगे इन्ग्रिड खड़ी थी। वह भी मेरे साथ हिन्दुस्तान चल रही थी।

इन्ग्रिड की आवाज़ नर्म थी, उसके बाल नर्म थे, उसकी आंखें नर्म थीं और उसके स्वभाव में धीमापन था, मगर उस पर नज़र डालते ही ऐसा महसूस होता था कि वह कुछ ही पलों में शोला बन जायेगी और सारा माहौल उसकी गर्मी से जल उठेगा।

दो बरस पहले बर्फ से ढकी एक शाम को मैंने इन्ग्रिड से दोस्ती शुरू की थी कि कंपकंपा देने वाली सर्दी में कुछ तो कमी आये। मुश्किल यह है कि बर्फ़ीली हवाएं साल भर में सिर्फ़ एक मौसम में चलती हैं। लेकिन स्वभाव का धीमापन दिल की गहराइयों में हमेशा के लिए उतर जाता है। मैं और इन्ग्रिड फ्रेंकफर्ट में एक ही फ्लैट में रहने लगे। इन्ग्रिड के पिता इसी शहर में डाक्टर हैं और मां किसी कॉलेज में पढ़ाती हैं। जब ये दोनों इन्ग्रिड से मिलने हमारे फ्लैट में आते तब मुझे बड़ी शर्मिन्दगी होती और उस शर्मिन्दगी को मिटाने के लिए साल भर पहले मैंने रजिस्ट्री आफिस में जाकर इन्ग्रिड से शादी कर ली थी। सिक्योरिटी चैक पर जब एक फ़ौजी मेरी तलाशी ले रहा था तब मैं सोच रहा था कि बराबर वाले कमरे में कोई औरत शायद देख रही होगी कि इन्ग्रिड के हैंडबैग या उसके लिबास में कोई पिस्तौल वगैरह तो नहीं छिपा हुआ है।

मैं और इन्ग्रिड लगभग एक साथ ही हवाई जहाज़ के अन्दर गये।

"तुम बहुत खुबसूरत हो, इन्ग्रिड..." मैंने उसके कान में धीरे से कहा।

"इस वक़्त ये बात अचानक कैसे याद आ गयी?" वह मुस्करा रही थी।

अपना देश चाहे कितना ही पास क्यों न हो, सफ़र की रफ़्तार कितनी ही तेज़ क्यों न हो, रास्ता हमेशा लम्बा लगता है। हमें दिल्ली पहुंचकर बंगलौर का जहाज पकड़ना था। मैं रास्ते भर इन्ग्रिड को हिन्दुस्तान के बारे में बताता रहा। बहुत सी बातें पिछले

दो वर्ष में पहले भी कह चुका था, बहुत सी बातें तो तीन बरस में भूल सा गया था। अब फिर याद आ रही थीं। दोस्त, मुहल्ले वाले, सड़कें और गलियां, इन सबकी यादों का जमघट आहिस्ता-आहिस्ता बढ़ता जा रहा था।

हम लोग शाम को घर पहुंचेंगे। भाई-बहन तुम्हें देखकर बहुत खुश होंगे। मां तुम्हें गले से लगा लेंगी। उन्हें मेरी शादी की हमेशा से आरज़ू रही है। मेरी नानी की आंखें कमज़ोर हैं। वह तुम्हें दूसरे दिन धूप में खड़ा करके देखेगी।

इन्ग्रिड मेरी बातें सुनकर मुस्करा रही थी, जैसे उसे मेरी कुछ बातों पर यक़ीन न हो। और मैं सोचने लगा कि नानी बीबी जब सुबह को नाश्ते के बाद इन्ग्रिड को आंगन के सामने वाले चबूतरे पर इस तरह खड़ा कर देंगी कि धूप इन्ग्रिड के चेहरे पर पड़े तो सुबह की उजली धूप में इन्ग्रिड के सुनहरे बाल, उसकी बड़ी-बड़ी नीली आंखें, उसका सफ़ेद उजला रंग और खूबसूरत सुर्ख होंठ नानी बीबी की सचमुच बड़े अच्छे लगेंगे।

मैं कॉफ़ी के छोटे-छोटे घूंट पीता जाता और इन्ग्रिड में बातें करता जाता। जहाज़ में एयरहोस्टेस हमें जब भी कॉफी पेश करती, इन्ग्रिड उससे कहती "मेरे पति हमेशा दो प्याली कॉफ़ी पीते हैं, एक और ले आना प्लीज़।"

इन्ग्रिड मेरे बराबर खिड़की के पास बैठी थी और मुझे उसके साथ फैले हुए नीले आसमान में उड़ना बहुत खुशगवार मालूम हो रहा था। कहीं-कहीं सूरज की रोशनी में दमकते पारे की तरह चमकते हुए बादलों के छोटे-छोटे टुकड़े नज़र आ जाते। कई घंटों के सफर के बाद जब आसमान की नीलाहट, पहले लाली में और फिर अंधेरे में बदल गया तो जहाज़ के अंदर भी रात के आसार छा गये। मुसाफ़िर मोटे-मोटे रंगीन कम्बलों में दबे हुए नर्म तकियों से सर लगाए सोने की तैयारी करने लगे। इन्ग्रिड ने भी आंखें बंद कर लीं और अपना सिर मेरे कंधे से लगा दिया– उसके बालों से बड़ी अच्छी महक आ रही थी। मेरी आंखों में नींद का दूर-दूर तक पता न था। मैं दिल ही दिल में सोच रहा था कि बंगलौर में मुझे रोशी मिल गयी तो क्या होगा।

रोशी बंगलौर में मेरे साथ कॉलेज में पढ़ती थी। उसकी आंखें बड़ी-बड़ी चंचल-सी थीं, उसके बाल बहुत लम्बे, बहुत काले, बहुत चमकदार थे। जब हमारी दोस्ती बढ़ी तब मुझे पता चला कि उनमें फूलों की महक बसी रहती थी। ज़मीन से हज़ारों फीट की ऊंचाई पर तेज़ रफ़्तार से उड़ते हुए जहाज़ में बैठे हुए अचानक मुझे रोशी के बालों की महक ने आ घेरा।

"तुम अपने बाल न कटवाओ, रोशी।" मैंने उससे अनुरोध किया था।

"तुम्हें इससे क्या? तुम कुछ ही दिनों में जर्मनी चले जाओगो"। उन दिनों रोशी के और मेरे बीच हर बात बहस में खत्म होती और वह हर वक़्त मुझे जर्मनी जाने का ताना दिया करती।

"मग़र मुझे लम्बे बाल पसन्द हैं।" मैंने हेयर ड्रेसर की दुकान के सामने एक बार

फिर रोशी से कहा था।

"अग़र हम दोनों को एक दूसरे की पसंद का इतना ख़्याल होता तो शायद तुम अकेले जर्मनी न जाते।"

मैं ख़ामोश हो गया था।

उस शाम जब रोशी मिली तब बिल्कुल बदली हुई लगी। मैंने उसकी मम्मी से शिकायत की "देखिए, आंटी, रोशी ने अपनी क्या गत बनायी है!"

"मैं क्या कहूं बेटे– अब जो उसकी मर्ज़ी," आंटी के लहज़े से पता चल रहा था कि उन्हें भी रोशी का बाल कटवाना अच्छा नहीं लगा। मग़र वह बहुत रख-रखाव वाली महिला थी। मेरे सामने अपनी नाराज़गी शायद वह ज़ाहिर नहीं करना चाहती थी।

रोशी अपनी विधवा मां के साथ एक फ्लैट में रहती थी। मैं शाम को अक्सर उनके घर चला जाता। हफ़्ते में एक दो बार मैं और रोशी कोई फिल्म देखने जाते। रात को फ्लैट की सीढ़ियां चढ़ते वक़्त मौका पाकर प्यार भी कर लेते। अग़र मैं रोशी को अपने पास खींच कर लिपटा लेता तो वह बहुत धीमें से कहती, "मम्मी देख लेंगी।" आंटी हमेशा हमारा इंतज़ार करते हुए मिलतीं। जब कभी शाम को मैं उनके ड्राइंगरूप में बैठा रोशी से बातें करता तो वह भी साथ बैठी रहतीं।

"तुम्हारी मम्मी को आखिर कभी नींद क्यों नहीं आती?" मैं अक्सर रोशी को छेड़ता।

एक बार आंटी की तबीयत खराब हुई तो डाक्टर ने नुस्खा दिया। मैंने भी डाक्टर से नींद न आने का बहाना करके नींद की गोलियों का नुस्खा लिखवा लिया। रेलवे स्टेशन के पास एक दुकान पर जब मैं रोशी आंटी के लिए दवा लेने गये तो नींद की गोलियों की एक शीशी भी ख़रीद लाये। रोशी और दूसरी दवाओं के साथ आंटी को नींद की गोली भी खाने के लिए दे देती। आंटी अपने कमरे में सो जातीं। मग़र रोशी और मैं देर तक जागते रहते। मैं रात को बहुत देर से घर वापस लौटता। मेरे घर वाले बहुत खुश थे कि अपने एक दोस्त के साथ मैं इम्तिहान की तैयारी कितनी मेहनत से कर रहा था। उस ज़माने में मुझे मालूम हुआ था कि लड़कियों के बाल जितने लम्बे नज़र आते हैं उसे कहीं ज़्यादा लम्बे होते हैं और यह कि बालों की छुअन में एक ख़ास सुख मिलता है।

एयरहोस्टेस ने जब मुझे जगाया तब मैंने जहाज़ की गोल खिड़की में से आती हुई रोशनी को देखकर सोचा कि शायद सुबह हो चुकी है। आहिस्ता से मैंने सोती हुई इन्ग्रिड को जगाया और कहा कि हमारा जहाज़ दिल्ली पहुंचने को है।

हवाई जहाज़ की सीढ़ियों से उतर कर जब मैंने पहला कदम ज़मीन पर रखा तब दिल में खुशी की लहर सी दौड़ गयी। यह ज़मीन मेरी अपनी थी। यह देश मेरा अपना था। ये हवाएं जो मेरे बालों को छू रही थीं, मेरे देश की हवाएं थीं। कस्टम से

निकलकर मैं और इन्ग्रिड बंगलौर के जहाज़ में सवार होने के लिए लपके, क्योंकि वक़्त बहुत कम रह गया था। इन्डियन एयरलाइन्स के जहाज़ की सीढ़ियां तेज़ी से चढ़ते-चढ़ते मैं अचानक रुक गया। इन्ग्रिड भी पलटकर मुझे देखने लगी।

हवाई जहाज़ के खुले दरवाज़े में दोनों हाथ जोड़कर मुसाफिरों का स्वागत करते हुए रोशी खड़ी थी। मुझे नहीं मालूम था कि वह एयरहोस्टेस बन चुकी है। मेरे दिल की धड़कनें तेज़ हो गयीं। मेरे पीछे सीढ़ियां चढ़ते हुए मसाफ़िर मेरी वजह से रुके खड़े थे, इसलिए मुझे बढ़ना पड़ा।

"गुड मार्निंग" रोशी ने मुस्करा कर इन्ग्रिड से कहा।

"गोइन मारगन" इन्ग्रिड ने घबरा कर जर्मन में कहा।

"नमस्ते जी" रोशी ने मुस्करा कर मुझसे कहा। उसकी नज़रे कुछ पल के लिए मेरे चेहरे पर रुकीं और फिर मेरे पीछे वाले मुसाफ़िर को देखते हुए कहने लगी "नमस्ते"।

एयरहोस्टेस की मुस्कराहट बहुत ही नपी तुली होती है। हर मुसाफ़िर को एक ही अन्दाज़ से स्वागत कहती है।

उड़ान के दौरान मैं रोशी को इधर-उधर जाते देखता रहा। वह और ज़्यादा खूबसूरत लग रही थी। उसने सिल्क की सुन्दर फूलदार साड़ी बड़े सलीके से बांध रखी थी। छोटे बाल उसके चेहरे पर बहुत सज़ रहे थे, या शायद तीन साल यूरोप में रहकर मैं लड़कियों को छोटे-छोटे बालों में देखने का आदी हो गया था। हवाई जहाज़ के हैदराबाद पहुंचने से पहले हमें नाश्ता पेश किया गया। अभी इन्ग्रिड रोशी से मेरे लिए कॉफ़ी की दूसरी प्याली लाने के लिए कह भी न पायी थी कि रोशी ने खुद ही गरम कॉफ़ी की एक और प्याली लाकर मेरे सामने रखे दी।

"शुक्रिया" मैंने रोशी से कहा। वह सिर्फ धीरे से मुस्करा दी।

"यह एयरहोस्टेस तुम्हें जानती है क्या?" इन्ग्रिड ने आहिस्ता से मुझसे पूछा।

"तुम्हें यह ख्याल कैसे आया?" मैंने इन्ग्रिड से उल्टा सवाल किया।

दूसरे दिन जब नानी बीबी इन्ग्रिड को दालान को सामने वाले चबूतरे पर धूप में खड़ा करके उसकी खूबसूरती जांच रही थी तब मैं चुपके से घर से बाहर निकल गया। रोशी के फ्लैट की जानी पहचानी सीढ़ियां चढ़ते वक़्त मेरे कदम बोझिल हो रहे थे। इन्हीं सीढ़ियों पर मैंने मुहब्बत की पहली मंज़िल तय की थी। वहां एक ऐसी गूंज थी जो नौज़वान होंठों के चोरी-छिपे मिलने से पैदा होती है।

आंटी ने मुझे देखते ही पहचान लिया– उन्होंने बहुत अपनेपन से पूछा "कब आये बेटे?" उनका ड्राइंगरूम अब भी पहले ही जैसा था। यहां पर भी वहीं गूंज थी जो मैंने सीढ़ियों पर सुनी थी। रोशी की एक बहुत बड़ी तस्वीर लगी थी जिसे किसी आर्टिस्ट ने बहुत मेहनत से बनाया होगा।

"यह तस्वीर पहले तो नहीं थी यहां," मैंने आंटी से कहा।

"हां, यह रोशी के एक दोस्त ने बनायी है जो पेंटिंग करते हैं। रोशी अब एयरहोस्टेस बन गयी है और ज़्यादातर दिल्ली में रहती है। तुम जब जर्मनी चले गये तब पहले उसकी एक पेंटर से दोस्ती हुई, फिर एक डाक्टर से, फिर एक पायलट से।"

"खुश तो है न रोशी?" मैंने सोच में डूबी हुई आंटी से सवाल किया।

"खुश ही होगी बेटा– मगर मुझसे अब कम ही मिलती है– बस कभी-कभार।" उसने लहज़े में खेद था, शिकायत नहीं।

जब मैं चलने लगा तो आंटी उठकर अपने कमरे में गयीं और जब वापस आईं तो उनके हाथ में एक छोटी-सी शीशी थी जो उन्होंने मेरे हाथ में थमा दी।

यह क्या है आंटी? मैंने पूछा।

"नींद की गोलियां– तुम और रोशी यह समझते थे कि मैं तुम्हारी दी हुई गोली खा लिया करती थी। मैंने कभी एक गोली भी नहीं खायी थी। तुम दोनों की जोड़ी बहुत अच्छी लगती थी, इसलिए नींद का बहाना करके अपने कमरे में चली जाती थी।"

आंटी की आवाज़ में एक अजीब-सी उदासी थी, जैसे सपना देखते नींद टूट जाने से पैदा होती है। मैं बहुत शर्मिन्दा हो रहा था और हैरान था कि आंटी ने किस सफाई के साथ हमारा राज़ छिपाये रखा। इन्ग्रिड के मां-बाप और रोशी की मां के सोचने के ढंग में शायद कुछ ज़्यादा फर्क नहीं था।

"आपने कभी हमें बताया तक नहीं, आंटी"

मैं सिर झुकाये उस शीशी के अन्दर भरी हुई गोलियों को बहुत ग़ौर से देख रहा था।

"रोशी को तो आज तक नहीं मालूम," आंटी ने जवाब दिया, "मुझे तो तब दुःख हुआ जब तुम्हारे जर्मनी जाने के कुछ महीने बाद रोशी के और दोस्त आने लगे। उन दिनों वह मुझे नींद की गोली खिलाने की भी ज़रूरत महसूस न करती। लोग हर ज़माने में मुहब्बत करते रहे हैं और हमेशा करते रहेंगे, मगर इतना खुलापन ठीक नहीं। पर्दादारी अच्छी तहज़ीब की निशानी है।"

मैं घर लौटते हुए सोच रहा था कि कल सुबह पालम एयरपोर्ट पर जब रोशी की और मेरी निगाहें मिली थीं तब क्या उनमें पर्दादारी न थी?

उलझन

मोरीन से मेरी मुलाकात अचानक ही हुई थी। हमारे कॉलेज की पार्टियों में अक्सर बड़ा हंगामा हुआ करता था। मग़र उस रात पार्टी विद्यार्थियों के लिए नहीं थी। मैं और रोज़र सिर्फ़ दो लड़के कॉलेज से आमंत्रित थे। उन दिनों मैं और रोज़र एक सामाजिक समस्या पर लम्बा लेख लिख रहे थे इसलिए कॉलेज के आफ़िस से अक्सर सम्पर्क रहता। वहां पर एक खुशमिज़ाज आस्ट्रेलियन टाइपिस्ट काम करती थी-ईनापूल। यह पार्टी ईनापूल ही की दी हुई थी। उस पार्टी को एक साल से ज़्यादा समय हो गया है। मगर इन पिछले पन्द्रह दिनों में हालात बदल गये हैं। रोज़र अमेरिका जाने वाला है। कोई एक हफ़्ता हुआ ईना भी नौकरी छोड़कर कहीं चली गयी है। जाने से पहले मैं ईना को सिनेमा दिखाने भी ले गया था। वह स्कूटर पर पहली बार सवार हुई थी। कितना डरती थी। मैं उसके डरने से मज़े लेने के लिए स्कूटर खूब तेज़ चला रहा था। ईना मुझसे मज़बूती से लिपट गयी थी। इन्टरवल में आइसक्रीम खाते हुए उसने कहा कि वह मोरीन को नहीं बतायेगी कि वह मेरे साथ सिनेमा गयी थी। मैं बहुत निराश हुआ। मैं तो उसे इसीलिए ले गया था कि मोरीन को पता चल जाये।

दिन भर मैं और रोज़र काम में बहुत उलझे रहे इसलिए रात को ईना की पार्टी में मैं यूं ही उदास और अनमना-सा था। मैंने सोच लिया था कि किसी से सिवाय रस्मी बातचीत के कोई बात ही न करूँगा। अब खामोशी ख़्वामख़्वाह सवार हो जाये तो आदमी दार्शनिक बन जाता है। हर चीज़ में नित नये अर्थ दिखाई देते हैं। मग़र उस दार्शनिकता के मूड के बावजूद मैं मेहमानों में एक लड़की को बार-बार देखने पर मज़बूर हो गया। वह एक बहुत ही आकर्षक लाल रंग के कपड़े पहने फायर प्लेस के पास खड़ी कुछ लोगों से बातें कर रही थी। सुनहरे बाल माथे पर झूलते हुए, हल्की नीली आंखों पर साया किये हुए हैं। ग़ालिब ने ऐसी ही कद-काठी को "फितना-ए-महशर" *(महाप्रलयकारी)* का खिताब दिया होगा। मग़र उसके व्यक्तित्व का सबसे बड़ा आकर्षण उसके होंठ थे। बार-बार निगाहें उसके होंठों तक उठकर ठहर जाती थीं। उनकी लाली उसके लिबास के रंग से, फायर प्लेस में दहकते हुए अंगारों की दमक से मिलती हुई होने के बावजूद कितनी अलग थी, कितनी अनोखी और मोहक।

रोज़र मेरे पास आ गया। वह बहुत शर्मीला-सा लड़का था। जब भी ज़्यादा नर्वस होता, हकलाने लगता "इध-ध-र-त-त-तुम क्या कर रहे हो। उधर च-च-चलो, व-व वह लड़की बहुत सुन्दर है।" मैंने जवाब दिया, "नहीं रोज़र, वह सुन्दर लड़की तुम्हारे लिये है, मेरा आज कुछ मूड नहीं है। मैं तो अब वापस जाने की सोच रहा हूं।" रोज़र को शायद मेरी बात पर यक़ीन न आता अगर मैं पास से गुज़रती हुई ईना को घर जाने की इज़ाज़त देने के लिए न रोक लेता।

"तुम अभी नहीं जा सकते," ईना लगभग चीखती हुई बोली, "क्यों रोज़र। तुम अपने दोस्त को रुकने के लिए क्यों नहीं कहते?"

"नहीं ईना, आज मेरा कुछ मूड नहीं है, वैसे तुम्हारी पार्टी बहुत कामयाब है। बुलाने का बहुत-बहुत शुक्रिया।" जब अपना ओवरकोट लेने के लिए मैं कमरे के पिछले दरवाज़े की तरफ बढ़ रहा था तब फायर प्लेस के पास से गुज़रा। उन होंठों पर एक बार फिर निगाहें जाकर ठहर-सी गयीं। एक पल के लिए हमारी आंखें मिलीं। किसी ने दिल की गहराइयों में चुपके से कहा कि आज तुम्हारी दुआएं कबूल होने का दिन है। आज जिस चीज़ को हाथ लगाओगे, सोना हो जायेगी। मैं अग़र ज़रा सी देर भी सोचता तो चुपचाप कमरे से बाहर निकल आता। मग़र मैंने अपने आपको उस लड़की से बातें करता हुआ पाया।

"क्या आज शाम तुम मुझे अपने घर कॉफी के लिए नहीं बुलाओगी?" अग़र उस सवाल पर उसे आश्चर्य होता तो हैरत की बात न थी। उसकी आंखों में एक धुंधलाहट सी पैदा हो गयी। जैसे सोचती हो कि मेरे सवाल हंस कर टाल दे या गंभीर होकर बुरा माने। फिर अचानक उन आंखों में नीली चमक बढ़ गयी। वह मुस्कराने लगी। "हां, हां, ज़रूर। तुम बाहर ठहरो मैं अभी आती हूं।"

मैं ओवरकोट के बटन लगाता हुआ बाहर सर्दी में निकल आया। सूखे दरख़्तों की सूनी शाखों से स्ट्रटी लैम्प झांककर पार्क की हुई कारों की छतों पर छाया और रोशनी के अनगिनत डिज़ाइन बना रहा था। मुझे ज़्यादा देर इंतज़ार नहीं करना पड़ा। वह एक और लड़की को साथ लिये बाहर आ गयी।

"यह क्रिस्टीन है। हम दोनों साथ एक फ्लैट में रहते हैं और क्रिस्टीन," वह अपनी दोस्त की तरफ मुड़ी "ये हमारे साथ कॉफ़ी पीने चल रहे हैं, ये मिस्टर–" "क़ैसर हसन," मैंने अपना परिचय दिया।

"आपसे मिलकर खुशी हुई हसन साहब," चश्मा लगायी हुई क्रिस्टीन ने मुझसे रस्मी अंदाज़ में हाथ मिलाते हुए कहा। "चलो मोरीन चलें, अब इंतज़ार किस बात का है?" मैं दोनों के बीच चलने लगा। क्रिस्टीन कह रही थी, "आप ईना को जानते हैं। हमारा फ्लैट ईना के पास ही है।" मुझे इस तरह बिन बुलाये मेहमान बन जाना कुछ अच्छा नहीं लग रहा था। इसीलिए मैं धीरे-धीरे चलते-चलते रुक गया। वे दोनों भी ठहर कर मेरी बात करने का इन्तज़ात करने लगीं।

"मेरा सुझाव तो यह है कि पहले हम 'ला रोमा' चलकर कॉफ़ी पीयें और फिर मैं आप दोनों के फ्लैट चलकर कॉफी पीयूं। क्यों क्या राय है?"

"मग़र यह 'ला रोमा' क्या है और कितनी दूर है? मोरीन जैसे तैयार थी।"

"यह एक इतालवी कैफे है। वहां एक्सप्रेसो कॉफी बड़ी मज़ेदार होती है और फिर लारोमा शहर के बीचों-बीच स्थिति है।"

"मैं तो आज रात जल्दी ही घर जाने की सोच रही थी," क्रिस्टीन ने माफ़ी चाही।

"अग़र आप दोनों जल्दी वापस आये तो शायद मैं जागती हुई ही मिलूं?"

ला रोमा मैं शाम ढले कॉफी भीड़-भाड़ होती है। वहां की रौनक कॉलेज के बेफ्रिक लड़के और लड़कियों से दोबारा कुछ और हो जाती है। मोरीन ने बताया कि वह शहर में नयी आयी है। वह और क्रिस्टीन दोनों वहीं के स्कूलों में पढ़ाती हैं। दोनों बहुत अच्छे दोस्त हैं। कॉलेज में साथ थे। अब नौकरी भी साथ की है। साथ ही रहते भी हैं। जब कॉफी पीकर हम दोनों बाहर निकले तब मैंने पूछा भी कि अगर देर हो रही हो तो बस पकड़ लें, मग़र मोरीन ने कहा, "रात के वक़्त मुझे टहलना अच्छा लगता है। ट्रैफिक कम हो जाये तो इमारतों की मौजूदगी का अहसास बढ़ जाता है। नये शहर में इमारतें बड़ी दिलचस्प मालूम होती हैं।"

"एक अंधेरी-सी सड़क पर कैथोलिक गिरते के सामने वाले मकान का फाटक खोलते हुए मोरीन ने कहा "और यहां मैं रहती हूं।" एक खिड़की की तरफ़ इशारा करके बताया" वह कमरा क्रिस्टीन का है। मगर शायद वह सो रही है। उसने रोशनी नहीं जला रखी है। मुझे ऐसा लगा कि मैं उस घर के बाग में आ गया हूं। धीमी रोशनी में एक पगडंडी घास के दर्मियान नज़र आ रही थी। "संभल कर आना सीढ़ियां हैं।" मोरीन ने हिदायत दी। मैं उसके इस तरह ध्यान रखने से बहुत प्रभावित हुआ है उसमें औपचारिकता न थी, जिसकी यूनिवर्सिटी में पढ़ने वाली और शहरों में काम करने वाली लड़कियां आदी होती हैं। किसी अजनबी के साथ यूं पहली बार बाहर जायें तो गेट पर खड़े-खड़े ही– "गुड नाइट" कह दिया जाये।

जब मोरीन कॉफ़ी बनाकर लाई तब मैंने उससे कह दिया कि उस पूरी शाम में मुझे उसका यह शब्द कि "संभल कर आना यहां सीढ़ियां हैं" बेहद पसंद आया। उसमें अपनत्व और खुलापन था। वह हंस कर खामोश हो गयी। इतनी ही देर में मैंने महसूस कर लिया था कि मोरीन काफी बातें करती हैं, फिर भी अपने मन की बात नहीं कहती। यह सावधानी कुछ भेदभरी सी लगी। रात देर गये जब मैं लौटने लगा तब वह गेट तक छोड़ने आई। दोस्ताना बेतकल्लुफी से उसने कहा, "अब तुम्हें मालूम हो गया है कि हम कहां रहते हैं। जब भी कॉफ़ी पीने का दिल हो, चले आना।"

"तुम थक जाओगी मेरे लिए कॉफ़ी बनाते-बनाते। ऐसा क्यों नहीं करतीं कि कल शाम चाइनीज़ होटल में मेरे साथ खाना खाओ।" मोरीन मान गयी।

दूसरे दिन उस होटल में खाना ख़त्म करते हुए मैंने कहा, "यहां सब चीज़ अच्छी

है, मगर कॉफी बड़ी वाहियात होती है। मैं तो हमेशा कोका कोला पीला हूं।"

"मैं भी इस वक़्त कोका कोला ही पीयूंगी। कॉफी घर चल कर पीयेंगे।"

हम ठंडे कोका कोला की चुस्कियां ले रहे थे कि मुझे रोज़र अंदर आता नज़र आया। मैंने सोचा उसे इसी मेज पर बुलाना चाहिए, वरना वह आइरिस से कह देगा। आइरिस अस्पताल में नर्स थी और उन दिनों हम अक्सर साथ इकट्ठे देखे जाते। आइरिस नर्स ज़्यादा थी और दोस्त कम। उसको मेरी सेहत का इतना ख़्याल रहता है कि मैं "होमसिक" हो जाता।

"सर्दी ज़्यादा हैं स्वेटर पहनना न भूलना।" रोज़र को भी उसकी नसीहतें सुननी पड़ती।"

"मोरीन! मेरे दोस्त रोज़र से मिलो!" रोज़र के चेहरे पर कुछ इस तरह का भाव था जैसे वह बात करने में खूब हकलाने वाला हो।

"मैंने आपको ईना की पार्टी में देखा था।" रोज़र बहुत शिष्ट लग रहा था। हकलाहट नाम को न थी। मुझे उसक सुथरा लहज़ा अच्छा भी लगा और ताज़्जुब भी हुआ।

"मैं और रोज़र उन दिनों साथ मिलकर एक लम्बा लेख लिख रहे थे। मुकाबला समझ लो। मगर इत्तफाक ये है कि किसी बात पर सहमत नहीं होते।"

"मैं साफ, सीधी बातों से उल्टे नतीजे निकालने के पक्ष में नहीं हूं।" रोज़र ने व्यंग्य किया।

"और मैं इस बात का कायल नहीं हूं कि इन्सान हर जगह, हर वक़्त अपने विषय की बातें करें। रोज़र पर रात-दिन समाजियत का भूत सवार रहता है।"

"और मैं कहता हूं, क्यों न रहे। एक सिपाही चौबीस घंटे कानून का रखवाला बना रह सकता है, एक डाक्टर दिन और रात के हर हिस्से में अपने फन का प्रदर्शन करने को तैयार रहता है तो एक नर्स... " मुझे फौरन एहसास हुआ कि अग़र इस बहस को खत्म नहीं किया गया तो रोज़र आइरिस की बात किए बग़ैर न रहेगा। इसलिए मैंने बात काट दी। "अच्छा-अच्छा रोज़र वकीलों की तरह इस वक़्त ज़िरह करके अपनी भूख खराब न करो। हम दोनों तो जाने ही वाले थे कि तुम आ गये।" रोज़र ने मोरीन से कहा, कैसर को अब मैं ज़्यादा रोक भी नहीं सकता। सुबह हमें प्रोफेसर हडसन से मिलना है। अगर ट्रैफिक में भी देर हो जायेगी तो यह प्रोफेसर साहब से यही कहेगा कि रात को रोज़र ने बात में लगाये रखा।" मोरनी हंसती हुई उठ खड़ी हुई। वह बड़ी दिलचस्पी, से लोगों की बातें सुनती थी। इतना सुन्दर अगर बातें सुनने वाला हो तो कौन खामोश रह सकेगा।

(प्रोफेसर हडसन की हिदायत के मुताबिक मैं और रोज़र अपने काम में) कुछ ज़्यादा ही व्यस्त रहने लगे। दिन-दिन भी लायब्रेरी में किताबों को चाटते रहते। मोरीन से मुलाकात बिल्कुल ही न हो सकी। क्रिसमस आया तो वह और क्रिस्टीन

अपने-अपने घर चले गये। दोनों के क्रिस्मस कार्ड आये तो यह मालूम हुआ। मैंने भी जवाब में कार्ड भेज दिये। कालेज में दूसरा टर्म भी तेज़ी से गुजरा। ईस्टर की छुट्टियों में मुझे बेल्जियम से एक पोस्ट कार्ड मिला। क्रिस्टीन और मोरीन दोनों ने मिलकर बुरूज़ से लिखा। उस होटल का जिक्रा था जिसमें वह ठहरी थी। वहां की ऐतिहासिक इमारतों का ज़िक्र था। दिन तेज़ी से गुज़रते रहे। साल का आखिरी डांस था। मेरे साथ आइरिस को देखकर रोज़र को ताज़्जुब हुआ।

"मैं तो उम्मीद कर रहा था कि तुम मोरीन के साथ आओगे," जरा-सी देर को हम अकेले हुए तो उसने कहा।

"इरादा तो मेरा भी था कि मोरीन को साथ लाऊँ। मग़र आइरिस से बहुत दिनों से कह रहा था। तुम्हारे साथ तो तुम्हारे पड़ोसी की लड़की नज़र आती है।"

"बाइबिल का यही एक उसूल मुझे पसंद है, अपने पड़ोसी से मुहब्बत करो।"

यह बिल्कुल संयोग था कि गर्मियों में मेरा बेल्जियम जाना हुआ। बुरूज़ भी गया। खास तौर पर उसी होटल में ठहरा जहां से क्रिस्टीन और मोरीन ने कार्ड भेजा था। वहां से मैंने दोनों को अलग-अलग लिखा। बस यहीं से हमारी दोस्ती ने एक नयी करवट ली। यह बदलाव कुछ इतने धीरे-धीरे हुआ कि मुझे महसूस करने में काफी समय लगा।

(नया शिक्षा वर्ष शुरू हुआ। मेरे बहुत से दोस्त कॉलेज छोड़कर चले गये। रोज़र को भी अमेरिका से स्कॉलरशिप मिलने की सूचना आ चुकी थी। नये विद्यार्थियों से दोस्ती नहीं हुई थी। कुछ ऐसा हुआ कि मेरा ज़्यादातर वक़्त क्रिस्टीन और मोरीन के फ्लैट में गुज़रने लगा। वक़्त के साथ बेतकल्लुपी भी बढ़ रही थी। कभी-कभी मुझे ऐसा लगता जैसे मोरीन क्रिस्टीन पर ढके-छिपे अन्दाज़ में चोट करती। मैं अक्सर सोचा करता कि कहीं ये व्यंग्य जलन का नतीजा तो नहीं। एक शाम मुझे मोरीन से पूछना ही पड़ा। मैंने फ्लैट में आते ही सवाल किया।)

"आज कॉफी कौन बनायेगा?"

"क्रिस्टीन," मोरीन ने फैसला सुनाया और क्रिस्टीन चुपचाप कॉफ़ी बनाने चली गयी। पहले उस बात पर बहस होती, टॉस होता।

"मोरीन! यह क्रिस्टीन अब कॉफ़ी बनाने में पसोपेश नहीं करती?"

"क्रिस्टीन अब तुम्हारी हर बात मान लेती है," मोरीन ने एक सपाट लहज़े में कहा। उसका कारण जानबूझ कर मोरीन से नहीं पूछा। बात आयी गयी हो गयी।

एक शाम मैंने मोरीन को फोन किया। उसने बताया कि एक दिन पहले वह मुझसे मिलने आयी थी। मैं घर पर न थी। वापस लौट ही रही थी कि उसे रोज़र मिला, जो कोई फिल्म देखने जा रहा था। उसने मुझे भी चलने को कहा तो मैं साथ चली गयी। अच्छा तुम आओ तो बातें होंगी।

"फुर्सत मिली तो जरूर आऊँगा," मैंने टेलीफोन पर बातें खत्म करते हुए कहा।

मगर उस रात मैं मोरीन के फ्लैट नहीं जा सका। एक पल के लिए भी मुझे इस बात का ध्यान नहीं आया कि रोज़र और मोरीन साथ सिनेमा गये थे। उसमें बात ही क्या थी। मोरीन उस शाम कुछ नहीं कर रही थी और रोज़र फिल्म देखने जा रहा था। दोनों साथ चले। मग़र दूसरी दोपहर खाने पर जब रोज़र से मुलाकात हुई तब मैं सोच रहा था कि वह उस बात का ज़िक्र जरूर करेगा। वह हमेशा ज़रा-ज़रा सी खबरें सुनाया करता कि आइरिस को फलां दुकान से निकलते देखा। मोरीन को बस से उतरते देखा। मग़र उस दोपहर रोज़र ने सभी बातें की और फिल्म का ज़िक्र नहीं किया। मैंने नयी फिल्मों के बारे में पूछा भी मगर मन चाहा जवाब न मिला। मैं अनजान हो गया। शायद वह उस बात को राज़ रखना चाहता हो।

मग़र यह राज़ कुंडली मारे सांप की तरह जानदार भी था और गतिहीन भी। हर दो सूरतों में कातिल। शुरू-शुरू में तो मुझे एक अनाम-सा गुस्सा था। फिर एक अज़ीब तरह की बेचैनी होने लगी कि यह बात राज़ रखकर मुझे खास तौर पर नीचा दिखाया जा रहा है और आखिर में तो मुझे अकेलेपन का शिद्दत से एहसास होने लगा। रोज़र से बात करते हुए मेरा दिल चाहता कि रक़ीब समझकर उसे नापसंद करूँ। मग़र ज़ब भी हमारी निगाहें मिलतीं तो ऐसा लगता जैसे मेरे संदेह में कोई बुनियाद न हो। रोज़र की ख़ामोशी कुहरे की तरह छाई रही।

वह शाम सुर्मई और मुलायम सी थी, जब मैं मोरीन के फ्लैट पर पहुंचा।

"मोरीन तो अभी बाहर गयी है और शायद देर तक न आये," क्रिस्टीन ने मुझे कुछ इस तरह बतलाया जैसे वह कुछ छिपाना चाह रही हो।

"आज क्या बात है, क्रिस्टीन, मैंने तुम्हारे दोस्त फ्रेंक की लाल रंग की स्पोर्ट्स कार बाहर खड़ी नहीं देखी। क्या हर हफ्ते की रात की तरह आज तुम नाच घर नहीं जाओगी?"

"तुमने कभी इस बात पर गौर नहीं किया कैसर कि फ्रेंक या कोई और लड़का मुझसे दोस्ती किसलिए करता?" क्रिस्टीन के लहज़े से एक छिपी हुई हीनभावना प्रकट हो रही थी। "मुझ में अगर कोई खूबी है तो यही कि मेरी दोस्त मोरीन बहुत खूबसूरत है। अक्सर लड़कों ने मुझसे दोस्ती इसलिए की कि वे मेरे ज़रिये मोरीन तक पहुंच सकें। हालांकि यह बात और है कि उन्होंने मुझे नापसंद नहीं किया।"

"हमेशा हंसते रहने वाली क्रिस्टीन के मुंह से ऐसे गंभीर शब्द अच्छे नहीं लगते," मैंने ड्राइंगरूम में ऊंचे लैम्प के नीचे बिछी हुई अपनी पसंदीदा आरामकुर्सी पर पसरते हुए कहा।

"ऐसे माहौल में जो खूबसूरती की पूजा करता हो, खूबसूरत न होना एक जुर्म है। मैं हक़ीक़त पसंद हूं, हालांकि दिल चाहता है कि लोग मुझे रोमांटिक कहें," क्रिस्टीन किताबों के शेल्फ पर निगाहें इस तरह जमाये थी, जैसे सचमुच कोई किताब ढूंढ़ रही हो।

"तुम्हें तो याद ही होगा "क्रिस" कि अपने दोस्त विलियम शेक्सपयिर ने कहा है

कि खूबसूरती " क्रिस्टीन ने मेरी बात काट दी, "जब कोई मुझसे कहता है खूबसूरती देखने वाले की निग़ाह में होती है तब मैं समझ जाती हूं कि वह यह कहना चाह रहा है कि मैं खूबसूरत नहीं हूं।"

मुझे तो यह डर लग रहा है कि कहीं तुम मोरीन की दोस्ती से उकता न गयी हो।

"नहीं, कैसर, मोरीन से दोस्ती इतने सालों में कुछ इतनी मज़बूत हो गयी है कि मुझे अब सुन्दर लड़कियों से ईर्ष्या नहीं होती। मग़र जब से तुमने बुरूज़ से हम दोनों को अलग-अलग कार्ड लिखे, हमारे संबंधों में फ़र्क आ गया है। पहले हम दोनों बहस भी करते, एक दूसरे से ख़फा भी हो जाते मग़र अब हर बात हममें से किसी एक की नाराज़गी पर खत्म होती है।"

इस भूचाल को कौन रोकेगा। मैंने दिल में सोचा, यह लावा जो उबल पड़ने को है।

"मोरीन कहां गयी है ओर कब तक वापस आयेगी?" मैंने बातों का रुख मोड़ने की कोशिश की।

"तुमने जानबूझकर यह न पूछा कि मोरीन किसके साथ बाहर गयी है?" क्रिस्टीन अपनी और मोरीन की दोस्ती की बुनियादों को हिला देने पर तुली हुई थी।

"रोज़र के साथ गयी होगी, मैंने दिखावटी लापरवाही से अनुमान लगाया।"

फिर हम ख़्याल के साथ कि मोरी और रोज़र आज फिर साथ बाहर गये हैं, मुझे यों महसूस होने लगा कि जैसे मुझे कोई ज़िस्मानी तकलीफ नहीं थी बल्कि गहरा दर्द था। गुजरी हुई बातों को कोफ्त, आने वाली उलझनों का ख्याल, जज़्बात की उस तकलीफदेह पेचीदगियों के साथ-साथ मुझे इस बात की ख़्वाहिश भी थी कि अग़र मोरीन मुझसे अपने और रोज़र के बढ़ते हुए संबंधों के बारे में बात कर ले तो मैं बिल्कुल अच्छा हो जाऊँगा। यह अनाम उलझन खत्म हो जायेगी। इस बोझिल क्षण को हल्का करने के लिए मैं मुस्काराया भी और चुपचाप क्रिस्टीन की तरफ देखने लगा। मग़र उसकी आंखों में अचानक आंसुओं को देखकर मुझे ताज़्जुब हुआ और बेसाख्ता कारण पूछ बैठा?"

"तो तुम यह समझते हो कि दुनिया में तुम ही अकेले हो जिसके पास उदास हो जाने का कुछ सबब है?" क्रिस्टीन की आवाज़ एक धीमी-सी फुसफुसाहट मालूम हुई।

"तुम सचमुच बहुत उदास हो। खुशी को लोग अजीब-अजीब तरह से व्यक्त करते हैं, मग़र दुख तो सबका एक-सा होता है। जैसे कुछ भाग्यवान आंसू बाह देते हैं, और कुछ बस खामोश रहते। मैंने कुर्सी से उठते हुए कहा।

क्रिस्टीन ने ऐनक उतार आंसू पोंछे और मेरे बहुत पास आ गयी "औरत अपने प्रेमी के लिए सब कुछ बनना चाहती है और खूबसूरती सब कुछ बनने के लिए कितना जरूरी है," क्रिस्टीन ने आंसूओं से भीगे हुए गाल मेरे गालों से मिला दिये

और उसी धीमे-धीमे लहज़े में कहती रही, "मैंने हमेशा यही सोचा कि तुमको यह कभी नहीं बताऊँगी कि मैं तुम्हें कितना चाहती हूं। हमारे तुम्हारे बीच एक मासूम-सी दोस्ती कायम हो गयी थी और मैं उसे ख़राब नहीं करना चाहती। जब तुम मेरे पास होते हो तब मेरे मुंह से अछूते वाक्य निकल जाते हैं। मेरे चुटकुलों पर सब हंस देते हैं और ख़ास तौर पर तुम... तुम्हारी हंसी।"

मुहब्बत की यह बेबाक स्वीकृति। मुझे ऐसा लगा कि एक पल के लिए मैंने चमकीले बालों को छू लिया हो। जैसे उन शब्दों में जादू था। वह आवाज़ नहीं थी। एक गीत था। मैंने सोचा कि अगर मैं क्रिस्टीन के चेहरे की तरफ, आंसूओं से भीगी आंखों की तरफ न देखूंगा तो वह असानी से बातें कर सकेगी। अपने दिल की भड़ास निकाल सकेगी। क्रिस्टीन की बाहें अभी तक मेरे गले में पड़ी हुई थीं और वह कह रही थी "कैसर डियर कैसर! तुम्हारे बेफिक्र और लापरवाह स्वभाव ने शुरू में तुम्हारी तरफ मेरा ध्यान खींचा और फिर धीरे-धीरे तुम सारे के सारे अच्छे लगने लगे। तुम अक्सर यहां आते। बेतकल्लुफी से बैठते। फरमाइश करके कॉफ़ी बनवाते, सारे काजू खाते।" आंसू रुक चुके थे। कभी-कभी एक-आध सांस बेतरतीब हो जाती तो ख़्याल होता कि सिसकी ली होगी। "सच बताओ कैसर क्या मैं तुम्हें अच्छी नहीं लगती?" क्रिस्टीन ने यह सवाल पूछकर मेरी तरफ देखा और फिर जल्दी से नज़रें हटा लीं, जैसे एकदम उसे एहसास हो गया हो कि उसका सवाल बहुत ही बचकाना था। मैंने जवाब देने के लिए मुंह खोला ही था कि वह बोली, "कुछ मत बोलो। ऐसा लगता है कि मैंने तुम्हारा जवाब सुन लिया है।"

"यह नहीं है क्रिस्टीन कि मैं तुम्हें नापसंद करता हूं। मग़र मैं मोरीन को तुमसे ज्यादा पसंद करता हूं।" क्रिस्टीन ने मेरे दोनों गालों को इस तरह चूमा जैसे बुजुर्ग विदा लेते वक़्त बच्चों को चूम लेते हैं और फिर एक आरामदेह और सुकूनबख़्श खामोशी छा गयी जो एक सुलझी हुई दोस्ती का एहसास दिलाती थी।

"उस रात हम दोनों बाहों में बाहें डाले सिनेमा देखने भी गये।"

और दूसरे दिन मैंने मोरीन को ढेकर सारी किताबें उठाये सेन्ट्रल लायब्रेरी की सीढ़ियां चढ़ते हुए देखा। सुनहरे बाल अब भी उसकी आंखों पर छाया किये हुए थे। "मोरीन," मैंने उसे पास से पुकारा। यों अचानक नाम सुनकर वह पलटी और दो-तीन सीढ़ियां उतरकर मुझ तक आयी।

"अरे तुम यहां क्या कर रहे हो?" उसके लहज़े में वही पुरानी बेतकल्लुफी थी। फिर जैसे अचानक रात की घटना की याद आ गयी हो। चेहरे पर एकदम संजीदगी छा गयी।

"तुमको सड़क पार करते देखा तो इधर चला आया। जल्दी से किताबें वापस करके आओ। मुझे कुछ जरूरी बातें करनी हैं।" स्वीकृति में सिर हिला कर वह लायब्रेरी के घूमते हुए दरवाज़े की तरफ मुड़ गयी और मैं सोचने लगा कि अब हम

दोनों को चाहिए कि एक दूसरे का पूरी तरह जायज़ा लें। कब तक म्च्चाई से आंखमिचौली खेलते रहेंगे।

मोरीने ने पास आकर मेरे ख्यालों के ताने-बाने तोड़ दिए। "चलो, चलें- उस लायब्रेरियन को तो मुझसे दुश्मनी है। कितना सारा जुर्माना किया। विद्यालयों के साथ तो ख़ास रियायत करनी चाहिए।" गंभीर बातचीत करने से कतरा रही हो।

"तुम सिनेमा देखने जाओगी?"

"क्या तुम्हारे लिए शहर में कोई पिक्चर देखनी बाकी रह गयी है?"

उसके लहज़े में बहुत कड़वाहट थी। अपने शब्दों के तीखेपन का असर देखने के लिए वह मेरी तरफ मुड़ी।" आओ चलें, कॉफी पीयें," मैं ज़वाब का इंतजार किये बगैर उसे "लारोमा" ले गया। यह बिल्कुल संयोग था कि "लारोमा" रेस्तोरां सबसे निकट था और फिर शाम वहां बहुत ज़्यादा भीड़भाड़ भी नहीं होती। इसलिए चैन से बैठकर बात भी हो सकती थी। फिर भी काफी लोग बैठे थे। मैं मोरीन को दूर अंधेरे से कोने तक ले गया जहां पर ज्यूक बाक्स से निकलने वाले फिल्मी गानों की आवाज़ कम ही सुनाई देती थी। कॉफ़ी की प्यालियां चमकती हुई काली मेज़ पर रखते ही मैंने बातचीत शुरू की।

"मोरीन, मुझे पता कि तुम अपनी भावनाएं किसी पर कभी प्रकट नहीं होने देती हो। मग़र पिछले चंद दिनों से में और तुम दोनों कुछ अज़ीब उलझनों में फंसे हैं। आओ, सिर्फ एक दिन के लिए तुम अपने सिद्धान्त ताक पर रख दो। आज थोड़ी देर के लिए खुले दिल से बातें कर लो। मोरनी ने कुछ जवाब न दिया और खामोशी से कॉफ़ी में चीनी हिलाती रही।"

"क्या तुम्हें यह बुरा लगा कि मैं क्रिस्टीन को कल रात सिनेमा ले गया।" फिर जैसे दहकता हुआ लावा फट पड़ा हो।

"हां, बुरा और बहुत ही बुरा। क्या जरूरत थी तुम्हें क्रिस्टीन को साथ ले जाने की। मैंने किताब पढ़ने की कोशिश की और न पढ़ सकी। घर ख़त लिखना चाहा और दो अक्षर लिखकर फाड़ दिया। दिल चाहा कि खूब रोऊँ। खिड़की के शीशे तोड़ दूं। मग़र जब रात देर गये तुम दोनों वापस आये तो मैंने सोच लिया था कि कुछ ज़ाहिर नहीं होने दूंगीं। आखिर मेरा तुम पर हक ही क्या है? तुम अपनी मर्ज़ी के मालिक हो। मगर आख़िर क्रिस्टीन ही क्यों?"

"मग़र तुम भी तो रोज़र के साथ सिनेमा जा चुकी हो, मैंने तो कुछ नहीं कहा।"

"बस इसी का तो मुझे अफसोस है। काश, तुमने झगड़ा किया होता। लड़ते हुए बुरा माना होता और वह रोज़र... उसने तो दो बार सिनेमा साथ ले जाकर मुझसे कहा कि तुम्हें कैसर और मुझमें से किसी को पसन्द करना होगा। दो दोस्त एक ही लड़की में दिलचस्पी लेकर अपनी दोस्ती बनाये नहीं रख सकते।"

"तो फिर... तुमने क्या फैसला किया?" उत्सुकता से पूछा मेरी निगाहें उसके होंठों

पर जमी थी जिनकी ज़रा सी थिरकन ज़िन्दगी में चार चांद लगा सकती थी। इतने अर्से में पहली बार मोरीन ने मेरी आंखों से आंखें मिलायी। कितनी संजीदगी उतर आयी थीं उनका नीलापन गहरा हो गया था।

"अग़र यही सवाल मुझसे तुम रात पूछते तो?" ...वह खामोश हो गयी जैसे उपयुक्त शब्द तलाश कर रही हो। मेरे हलक में खुश्की एकदम बढ़ गयी।

"तो?" पूरा सवाल था। या शायद दिल की धड़कन सवाल बन गयी थी।

"तो मैं, तुम्हारे गले में बाहें डालकर तुमसे लिपट जाती। तुम्हें प्यार करती," वह मुस्कराने लगी।

"मगर आज– क्या आज तुमने इरादा बदल दिया है?" इस मुस्कराहट में ज़हर भी हो सकता है– औरत के बदला लेने की कहानियां किसने नहीं सुनीं।

"कल रात तो हम दोनों अकेले होते, मगर अब इस वक़्त! यहां...!!

इतने लोगों के बीच !!!" उसकी खूबसूरत आंखें पास की मेजों पर बैठे हुए लोगों का जायज़ा ले रही थीं। वे मुस्कराती हुई नीली आंखें कितनी सुन्दर लग रही थी। वे होंठ कितने लाल लग रहे थे। मैं उठ खड़ा हुआ। "हटाओ अब यह कॉफ़ी कौन पीये... "

मोरीन भी साथ ही उठी। "मैं तो पहले भी कॉफ़ी नहीं पीना चाह रही थी।"

वतन की याद

कई बरस लंदन में गुज़ारने के बाद रवि बहुत ज़्यादा भावुक हो गया था। वह हर दूसरे साल क्रिसमस की छुट्टियों में अपनी पत्नी लक्ष्मी और बच्चों के साथ दिल्ली आता और मॉडल टाउन में अपनी माता-पिता के साथ रहता। उसे अपने देश में रात मखमल की तरह लगती और दिन रेशम जैसा। उसे गेंदें के फूलों का सोना बहुत पसंद था। और धूप में चमकती हुई पीपल की पत्तियों की चांदी बहुत भाती थी। रवि के बहन-भाइयों की शादी हो चुकी थी, मगर हर दो साल बाद क्रिसमस के दिनों में मॉडल टाउन में रवि के माता-पिता के घर में वे सब भी आ जाते। खूब रौनक रहती। खूब धमा-चौकड़ी मचती। वह रौनक रवि को बहुत ज़्यादा अच्छी लगती थीं। वह दो साल तक लंदन में खूब मेहनत करके पैसे बचाता और फिर यह सारी पूंजी हवाई जहाज़ से अपने देश आने और प्रियजनों के लिए उपहार खरीदने में फूंक देता। लंदन लौटते वक्त उसकी जेब खाली होती और उसके सूटकेस हल्के होते मग़र उसका दिल अपने प्रियजनों के प्यार से भरा होता। हर नशे की तरह प्यार के नशे को भी बार-बार ताज़ा करना पड़ता है। शहद की मिठास का अनुभव शहद को दोबारा जीभ पर रखने के बाद ही होता है, सिर्फ़ उसकी याद से नहीं। इस बार चलते वक्त जब रवि अपनी मां के पैरों को छूकर उठ रहा था तब उसने बताया कि वह कुछ महीने बाद ही दिल्ली वापस आयेगा– शायद अकेला ही। रवि की पत्नी को अपने पति की यह बात सुनकर आश्चर्य हुआ था। लक्ष्मी की आंखों में काजल की रेखा और माथे पर लाल बिंदी जैसे प्रश्न वाचक चिन्ह बन गये थे। अपने भाई से गले मिलते वक्त रवि सोच रहा था कि वह लक्ष्मी को कैसे बतायेगा कि वह इतनी जल्दी अकेला दिल्ली क्यों आना चाहता है। उसी क्षण उसने ज़वाब सोच लिया था।

नयी दिल्ली के खूबसूरत कनाट प्लेस में इन्टरनेशनल एयरलाइन्स के एक दफ़्तर में कुछ पहले जब रवि अपनी वापसी की बुकिंग कराने गया था तब उसने देखा था कि काउंटर के पास एक सुन्दर नवयुवती खड़ी हुई सिगरेट पी रही है। उसके सिगरेट पकड़ने के अंदाज़ में बचपना सा था, मग़र जब वह गहरा क्रश लगाती तब ऐसा मालूम होता जैसे वह अपने गर्मजोश प्रेमी के होंठों से अपने नरम होंठ मिला रही हो।

रवि को वह लड़की बड़ी प्यारी लगी। मग़र उसने खुद अपनी नज़रें लड़की के होंठों से हटा ली थीं। इंग्लैंड में इतने दिन रहने के बाद किसी लड़की को घूरना उसे अब बुरा लगने लगा था। इसके अलावा कांउटर क्लर्क भी अब कवि की तरफ देखने लगा था।

"जी, अगले हफ़्ते लंदन जाने वाली कोई फ्लाइट दीजिए जो दिल्ली से सुबह रवाना होती हो।" रवि ने काउंटर क्लर्क की तरफ अपना टिकट बढ़ाते हुए कहा। उसे आधी रात को बच्चों के साथ जहाज़ से रवाना होना अच्छा नहीं लगता था और फिर बहुत रोकने के बावजूद उसके माता-पिता हर बार उन्हें एयरपोर्ट विदा करने ज़रूर आते थे।

बुकिंग करने के बाद रवि ने बहुत शिष्टता से काउंटर क्लर्क का धन्यवाद किया। जब वह एयरलाइन्स के दफ्तर से बाहर निकल रहा था तब उसके वही लड़की दरवाज़े के पास मिली। रवि शीशे का बड़ा दरवाज़ा खोलकर पकड़े रहा और वह "थैंक यू" कहते हुए .पास से गुज़र गयी। किसी पश्चिमी सेंट की खुशबू से उसका कोमल तन महका हुआ था। रवि ने देखा कि उसने बहुत आकर्षक ढंग से साड़ी बांधी हुई थी। सफेद शिफोन की महीन साड़ी उसके सांवले-सलोने बदन पर खूब जंच रही थी। कई बरसों तक गोरे लोगों के बीच रहते-रहते रवि को सावंला-सलोना रंग बहुत पसंद आने लगा था। रवि ने सोचा कि शायद अंग्रेज़ भी सांवला रंग पसंद करते हो।

"आप बहुत दिन से इंग्लैंड में रह रहे हैं क्या?" उस लड़की ने रवि से उस वक़्त पूछा जब एयरलाइन्स के दफ्तर से निकल कर कनाट प्लेस के ऊँचे खंभों वाले बरामदे में उसके पास आ गया था। रवि ने जवाब देने से पहले सोचा कि युवा लोगों की आवाज़ में कितना प्यारा-सा बांकपन होता है जो उम्र के साथ-साथ धुंधला जाता है।

"जी हां, मैं कई सालों से लंदन रह रहा हूं, मग़र आपको कैसे मालूम हुआ?" रवि उसके साथ-साथ चलते हुए कहने लगा। एक पुरुष और स्त्री के कदमों का साथ-साथ चलना उन्हें अपने आप एक अच्छे जोड़े में बदल देता है। इस बात का एहसास शायद दन दोनों को होने लगा था।

"मुझे काफी अनुभव है, "वह मुस्कराई, "आपका यह धारीदार सूट टाई बांधने का सहज़-सा अंदाज़, बुकिंग कराने का तरीका लड़की के लिए दरवाज़ा खोलने में पहल।" उसने दूसरी सिगरेट होंठों में दबा ली थी। रवि ने अपने लाइटर से उसके होठों में दबी हुई सिगरेट सुलगा दी। वह कह रही थी, "और अब यह मेरी सिगरेट सुलगाने के लिए अपना लाइटर निकालने का ख़्याल– ओ, क्या आप सिगरेट पीते हैं? वह अपना हैंडबैग खोलने लगी।"

जी नहीं, धन्यवाद, रवि ने कहा मैं तो सिर्फ़ पाइप पीता हूं– क्या आप भी कहीं बाहर से अपने सगे-संबंधियों से मिलने के लिए आई है? रवि ने उस लड़की के निःसंकोच व्यवहार को देखकर कम से कम यही सोचा था।

"नहीं, मेरी ऐसी किस्मत कहां? मैं तो दिल्ली से बाहर सिर्फ़ देहरादून तक जाती हूं जहां मेरे मम्मी-डैडी रहते हैं।" वे दोनों धीरे-धीरे चल रहे थे। रवि को महसूस हुआ कि उस लड़की की चाल में बेपरवाही-सी थी। जैसे परीक्षा के बाद लड़के और लड़कियों का अन्दाज़ा होता है। फिर उसे आश्चर्य हुआ कि अचानक उसे क्यों अपने कॉलेज के दिन याद आने लगे।

"पता नहीं आजकल अब पढ़े-लिखे लोग देश से बाहर जाने को अपनी खुशकिस्मती क्यों समझते हैं?" रवि को उस लड़की से बातें करना अच्छा लग रहा था और यह वाक्य जानबूझ कर उसने बात बढ़ाने के लिये कहा था। वरना लदंन जाने से पहले वह खुद हर वक़्त बाहर के देशों के ख़्वाह देखा करता था।

"मैंने आपको जब लंदन के लिए वापसी की बुकिंग कराते हुए देखा तब सोचा था कि आप जाने कितने बरसों से बाहर रहते होंगे। आपको न जाने कितने नये-नये अनुभव हुए होंगे। अनुभव ही दरअसल इन्सान को खुबसूतर बनाते हैं," वह रवि को देख रही थी। उसकी आंखें निडर और शरारत भरी लग रही थीं। मग़र रवि को उस समय उन लाखों की सुन्दरता का आभास नहीं था। बल्कि उनमें झांकते हुए वह तो सोच रहा था कि एक ही क्षण में दो व्यक्ति एक दूसरे के बारे में बिल्कुल अलग-अलग बातें सोचते हैं। बिल्कुल अलग होने के बावजूद एक दूसरे को खूबसूरत लगते हैं। क्या खूबसूरती सचमुच देखने वाले की निग़ाह में होती है और उस चीज़ में नहीं जिसे देखा जाता है? क्या यह हो सकता है कि यह लड़की, उसका यह सांवला-सलोना रूप सिर्फ मेरे देखने की वजह से इतना प्यारा बन गया है? रवि को अपनी आंखों में इतने गौर से झांकते हुए देखकर वह घबरा-सी गयी थी। शायद इसीलिए सिगरेट का कश इस बार वह चूमने के अंदाज़ में नहीं ले रही थी।

"इस तरह क्या देख रहे हैं आप?" उसने रवि से पूछा और रवि ने सोचा कि यही सवाल सब लड़कियां हर देश में, हर युग में, हर भाषा में किसी न किसी पुरुष से बिल्कुल इसी तरह करती हैं। क्या इस खूबसूरत लड़की को भी इस बात की ज़रूरत है कि उसे यह यक़ीन दिलाया जाये कि वह बहुत सुन्दर है, बहुत आकर्षक है, बहुत मोहक है।

"जी– जी मैं तो यह सोच रहा था कि आपसे किस तरह कहूं कि आप बहुत खूबसूरत हैं, रवि ने उस लड़की से नज़रें चुराते हुए कह ही दिया। "मुझे मालूम है", अपने रूप की तारीफ़ सुनते हुए वह मुस्कराई। रवि ने सोचा कि शर्म से लाल होता हुआ सांवला चेहरा तो और भी खूबसूरत हो जाता है।

"आप नहीं जानते किसी लड़की के लिए सुन्दर होना कितनी बड़ी मुसीबत है," वह कह रही थी!

"मुसीबत है?" रवि को यह बात सुनकर बहुत आश्चर्य हुआ। "क्या आपके बहुत से चाहने वाले हैं और आपको यह फैसला करने में मुश्किल हो रही है कि खुद किस को चाहे?"

किसको चाहे नहीं किस-किसको चाहें? सिर पीछे की तरफ झुकाकर वह अपनी शरारत पर खूब खिलखिलाकर हंसी। "नहीं, असल मुसीबत तो यह फैसला करना होता है कि किस-किस को नाराज़ करें। ज़मीन और ज़ायदाद के लिए तो बहुत से क़ानून हैं, मग़र हर लड़की को अपने बचाव के लिए खुद नियम बनाने पड़ते हैं," वह गंभीर हो गयी थी और रवि को हंसते-हंसते गंभीर हो जाने वाली यह लड़की और भी अच्छी लगी। वह दोनों एक दूसरे से बातें करते, कनाट प्लेस के एक ब्लाक से निकल कर दूसरे ब्लॉक में दाखिल हुए, फकीरों से बचते, दुकानों की सजावट पर ध्यान दिए बिना आहिस्ता-आहिस्ता उसी जगह पहुंच गये थे जहां से शायद घंटा भर पहले उनका यह सफ़र शुरू हुआ था।

"लीजिए बातों-बातों में हम दोनों से मिलकर कनॉट प्लेस का पूरा चक्कर काट लिया। यहीं तो मैंने आपके लिए दरवाज़ा खोला था। इसी जगह तो आपकी सिगरेट जलायी थी," रवि ने कहा।

"इसी बात पर एक सिगरेट और जला दीजिए," उस लड़की ने कहा। रवि ने नयी सिगरेट जलाते हुए बरामदे से बाहर देखा वहां धूप तेज़ होती जा रही थी। उजले आसमान पर सूरज की उड़ान ज़ारी थी। दिल्ली में सर्दियों की यह धूप कितनी सुहावनी होती है– रवि ने उस वक़्त सोचा था। ये हरी-हरी पत्तियां और कोमल टहनियां जैसे चुपके-चुपके धूप-छांव की आंख-मिचौली का तमाशा देखती हों। रवि ने सोचा कि कोई दृश्य शायद उसी वक़्त तमाशा बनता है जब उसे कोई देखने वाला हो। क्या कनॉट प्लेस में उस वक़्त कोई उसे इस खूबसूरत लड़की का सिगरेट जलाते हुए देख रहा है और रवि को घंटे भर में पहली बार एहसास हुआ कि उन बरामदनों में और बाहर फुटपाथ और सड़क पर काफी लोग चल-फिर रहे हैं, हार्न बजाती हुई कारें और टैक्सियां हैं, और शोर मचाते हुए स्कूटर हैं। लंदन में हार्न की आवाज़ कभी सुनने में नहीं आती। रवि को एकदम लंदन के ट्रैफिक का सकून याद आ गया। शहर कितनी आसानी से आदत बन जाते हैं।

"आप इस एयरलाइन्स के दफ्तर में क्या कर रही थी? क्या आप भी कहीं बाहर जाने वाली हैं," रवि ने उस चचंल लड़की से पूछा।

"मैंने भी कभी किसी एयरलाइन्स के आफिस में नौकरी की थी," उसने नजरें रवि के चेहरे से हटा ली थी। उसकी आवाज़ में उदासी थी। दोनों ने फिर टहलना शुरू कर दिया था। रवि को ख़्याल आया कि लंदन में टहलता कोई नहीं है। लोग एक जगह से दूसरी जगह पहुंचने के लिए तेज़-तेज़ चलते हैं। लेकिन सिर्फ टहलते वक़्त ही तो दूसरे राहगीरों के मन की भाषा बढ़ी जा सकती है।

"कितने दिन काम किया था आपने?" रवि ने पूछा।

"पन्द्रह दिन– मैंने यह नौकरी यह सोचकर की थी कि बाहर के देशों को देखने का मौका मिलेगा– मम्मी-डैडी ने मुझे बहुत रोका था और कहा था "चीमी यह

नौकरी ठीक नहीं है। मग़र मुझे नयी दिल्ली में ज़ोरबाग में एक अच्छे से फ्लैट में रहने और अच्छी तनख़्वाह पाने की इच्छा थी।"

"आपको आपके डैडी-मम्मी चीमी कहकर पुकारते हैं? कितना अच्छा नाम है। चीमी आपने उनकी बात क्यों नहीं मानी?" रवि ने पूछा, उसने दिल ही दिल में वह नाम कई बार दोहराया। अपने मन में अच्छी तरह बिठा लेने के लिए। मग़र नाम दोहराते वक्त उसे यक़ीन था कि वह उसे आसानी से नहीं भूल सकेगा। चीमी को कोई भी कैसे भूल सकता है।

"मैं बहुत छोटी-सी थी जब मम्मी ने कहा था कि टूटा हुआ शीशा न उठाना-वरना हाथ कट जायेगा," चीमी ने चलते-चलते रुक कर अपना दायां हाथ रवि के समाने फैला दिया। घावों के निशान हथेली पर बनी हुई भाग्य की रेखाओं से ज़्यादा गहरे थे। रवि ने हथेली से नज़रें उठाकर चीमी के चेहरे को देखा। वह मुस्करा रही थी। रवि देर तक चीमी की आंखों में देखता रहा। आंखें आत्मा का दर्पण होती हैं। मग़र दर्पण में देखने वाला अपना चेहरा देखना ाहता है। रवि तो घावों का राज ढूंढ रहा था।

आप मुझे इस तरह क्यों देख रहे हैं? चीमी, रवि के इस तरह टिकटिकी बांधकर देखने से प्रभावित दिखाई देती थी।

"मैं जानता हूं कि आपको इस तरह क्यों देख रहा हूं। लेकिन चीमी आप मुझसे इसका मतलब न पूछिए– अपनी नौकर छूट जाने के बारे में बताइए," रवि ने जवाब दिया।

"मुझे बाहर के देशों में बनी हुई चीज़ें, वहां के सेंट और लिपिस्टिक, नायलान और जार्जेट की साड़ियों का भी बहुत शौक था और यह सिगरेट ..." चीमी ने एक गहरा कश लिया।

"फिर आपने इतनी अच्छी नौकरी क्यों छोड़ दी?" रवि ने पूछा।

"इस एयरलाइन्स के बड़े मैनेज़र विदेशी हैं न, इन लोगों के दिल छोटे होते हैं और बेडरूम के दरवाज़े बहुत बड़े और हमेशा खुले हुए," चीमी ने अपने होंठों को गोल करके धुंआ उड़ाते हुए कहा, "इसीलिए तो मैंने आप से कहा था कि रूप एक मुसीबत है।"

"क्या नौकरी छोड़े बग़ैर गुज़ारा नहीं हो सकता था?" रवि को उस लड़की से हमदर्दी हो गयी थी, जैसे रवि ने उसकी हथेली के घाव खून में भरे देख लिए हों। रवि को पहली बार ध्यान आया कि पुरुषों को शायद कभी पूरी तरह यह एहसास नहीं होता कि लड़कियां उनकी वज़ह से किन-किन मुसीबतों का शिकार होती हैं। उनके कारण कितनी लड़कियों के सपने चकनाचूर हो जाते हैं।

"नहीं, चीमी ने बहुत छोटा सा ज़वाब दिया।

"सचमुच हम पुरुष बहुत स्वार्थी होते हैं," रवि ने कहा और कोट की जेब से

अपना पाइप निकाल दिया। "अब मुझे ही देखिये। कितनी देर से आपके साथ कनॉट प्लेस में घूम रहा हूं। आपको कहीं जाना होगा।" रवि चलते-चलते रुककर लाइटर से पाइप सुलगाने लगा।

"नहीं, आपसे बातों में पहल मैंने की थी। अग़र मैं चाहती तो कोई न कोई बहाना करके कब की चली गई होती। कौन जाने कभी मुझे लंदन आने का मौका मिले। शायद आप ही मुझे वहां की सैर करायें। मग़र मैंने तो आपको कनॉट प्लेस के बरामदों के सिवाय कुछ नहीं दिखाया," चीमी ने कहा। फिर रवि की तरफ मुड़कर कहने लगी, "दिल्ली तो आपका शहर है। यहां आपको क्या दिखाना है।"

"सच मानिए तो एक बात कहूं चीमी," रवि ने चीमी की आंखों में देखते हुए सच्चे दिल से कहा, "आज दिल्ली से मेरी एक नयी तरह की दोस्ती हुई है। यह दिल्ली मुझे लंदन में बहुत याद आयेगी। बहुत ही ज़्यादा।"

रवि जब अपने माता-पिता, भाई-बहनों से विदा होकर लक्ष्मी और बच्चों के साथ कस्टम की तरफ बढ़ रहा था तब उसके दिल ने चाहा कि एक सांवली-सलोनी लड़की कोई नाजुक-सी हल्के रंग की साड़ी पहने एयरपोर्ट के किसी कोने में सिगरेट का नीला धुंआ उड़ाती दिखाई दे।

एयरपोर्ट के अन्दर ड्यूटी फ्री दुकान पर सेंट और तम्बाकू खरीदते वक़्त लक्ष्मी ने पूछा, "क्यों जी, आपने मां जी से क्यों वादा किया है कि मैं जल्दी ही अकेले दिल्ली जाऊँगा।"

रवि ने उस बात का जवाब पहले ही सोच रखा था– "मां बूढ़ी हो रही है न, किसी के आने की आस लगी रहे तो वक़्त अच्छी तरह बीत जाता है।" मग़र रवि ने दिल ही दिल में फैसला कर लिया था कि वह जल्दी ही अकेला दिल्ली लौटेगा और चीमी के लिए बहुत सारे उपहार लायेगा। आइरिश कट ग्लास की ट्रे– ऐश ट्रे भी। ज़ोर बाग में चीमी के आरामदेह फ्लैट में अपना पाइप रखने के लिए एक बड़ी ऐश ट्रे की कमी रवि को कई बार महसूस होती थी।